MORT À BÉAGA

lemasque.com

Patrick Tringale

MORT À BÉAGA

ÉDITIONS DU MASQUE
17, rue Jacob 75006 PARIS

Né à Toulon dans une famille sicilienne originaire de Catane, **Patrick Tringale** fait des études de psychologie à Nice. Puis il part s'installer à Paris où il enchaîne les tournages de cinéma comme électro et machino. Il devient par la suite réalisateur de documentaires puis scénariste de cinéma et de séries télévisées. Il partage désormais sa vie entre la France et le Brésil. Son premier roman aux éditions du Masque, *Caatinga*, remporte le prix du Roman d'aventures en 2016. Il publie ensuite *Dernier Carnaval* en 2018. *Mort à Béaga* est son troisième roman.

Couverture : Louise Cand
© Guilherme Cambraia / EyeEm

ISBN : 978-2-7024-4917-2

Selon le modèle Kübler-Ross, on observe cinq étapes du deuil :
*1. **Déni** : « Ce n'est pas possible ! »*
*2. **Colère** : « Pourquoi moi et pas un autre ? »*
*3. **Marchandage** : « Je ferai ce que vous voudrez, mais laissez cette personne vivre. »*
*4. **Dépression** : « Je suis si triste, pourquoi se préoccuper de quoi que ce soit ? »*
*5. **Acceptation** : « Maintenant, je suis prêt, je peux aller de l'avant. »*

« Le stress est féroce, inimaginable. J'ai découvert, pour la première fois, que j'étais seule. J'ai dû faire face à la mort, et à la solitude. Je me souviens de la peur, ma peau tremblait. Cela vous marque pour le restant de votre vie. »

Dilma Vana Rousseff,
ex-présidente du Brésil,
à propos des tortures subies pendant la dictature

« La tristesse garde toujours un espoir, de n'être plus triste un jour. »

Vinícius de Moraes,
musicien, poète et diplomate

Cette fois, il faudra sans doute que j'en tue un.

Si certains se laissent dominer, dociles et vite vaincus, d'autres refusent et se rebellent. Ils s'agrippent alors à leur argent et à leur téléphone comme si c'était leur cœur et leurs entrailles. Parfois ils sortent même des armes. Il faut alors abandonner et fuir. Et oublier la honte.

« La vie doit être une vallée de larmes pour mériter le salut éternel », comme le répète le pastor *à ma mère.*

J'ai quitté les zones putrides de ma périphérie pour entrer dans la ville et je fouille la nuit depuis trois heures, sans trouver ma proie.

Lui ? Non, trop pressé, trop sûr de lui.

Elle ? Non plus. Lente mais voutée, son sac doit être vide.

Je fais semblant d'hésiter, mais en réalité, j'ai peur de flancher. Et de me mépriser comme toutes les autres fois.

L'air est brûlant, des mois qu'il ne pleut plus. Je rêve d'une bière. Un chopp *Brahma, dans un verre givré, avec sa mousse crémeuse. Mais à quoi bon rêver, je n'ai même pas de quoi m'acheter une bouteille d'eau.*

Et eux ? Oui, pourquoi pas eux ? Ces deux qui m'ont croisé sans me voir, comme si je n'étais qu'un papier sale. Mais c'est mieux comme ça. Cette nuit, je suis invisible. Personne ne voit ma jambe tordue. Ni mes yeux avides.

Obnubilés l'un par l'autre, ils ne se rendent pas compte que je les suis. Il est plus grand qu'elle. Beaucoup plus grand. Il la tient serrée contre lui, et de son autre main en hauteur il tend un iPhone, le dernier modèle, 3 490 reais dans les boutiques du centre. Ils font un selfie, puis un deuxième, bouche contre bouche. Ils sont écœurants de bonheur. Il range le portable dans sa poche arrière, le laissant dépasser sans se soucier qu'on le lui vole. Puis il l'entraîne derrière le tronc d'un sapucaia, là où la lumière des lampadaires ne traverse plus. Il lui caresse la taille, les fesses, les cuisses et glisse sa main sous la jupe. Elle rit, ne l'empêche pas, elle écarte même les jambes. Ce sont des gringos. Personne d'ici n'agirait de cette façon sans avoir vérifié les alentours. Les rues ne sont pas sûres la nuit.

Ils repartent, bifurquent vers le quartier de Lourdes.

Lourdes. C'est un signe, non ? Dieu me les désigne. Cette fois, je dois aller jusqu'au bout.

Il n'y avait plus aucune table de libre dans la choparia, *mais on leur a fait de la place. Les riches savent recevoir. Enfin, se recevoir. Surtout s'ils ont la bonne couleur de peau. Moi, si j'essayais d'entrer, les serveurs me chasseraient à coups de torchon comme un chien malade. Alors, je reste dans la nuit moite, à les attendre. J'ai le temps. Ils ne m'échapperont pas.*

Sur la télé du bar, le match Cruzeiro/Flamengo va commencer. Les joueurs sont alignés pour l'hymne, des clients debout chantent, main sur le cœur : « Brasil / Um sonho intenso / Um raio vívido / De amor e de esperança ». *D'espoir ? Pour qui ?*

Ils ont commandé des filets de poulet, des oignons grillés, et des bières pression. J'ai faim. J'ai soif. Ma gorge est remplie de graviers. Je les hais, ces filhos da puta.

Elle n'est pas si jeune, trente ans au moins. Elle est vraiment toute petite, mais ses hanches sont comme je les aime, bien rondes, pas comme celles des habituelles gringas sans cul. Ses cheveux sont noirs, sa peau blanche et ses dents brillent dès qu'elle sourit. Elle n'a rien à voir avec les femmes de mon quartier, vieilles à vingt ans. J'aimerais la tenir entre mes bras. M'enfermer avec elle loin du monde. La déshabiller, la lécher partout, l'entendre gémir.

Et si je m'en allais ? Un vigile va finir par me remarquer, figé sur le trottoir. Et je sais que je ne vais pas y arriver, je suis un lâche. Adriel me l'avait bien dit, quand on devait braquer l'épicerie du Baiano. Il y était allé seul, et il est mort en prison, décapité par ses compagnons de cellule.

Mais avec l'argent du gringo, je pourrais faire opérer ma jambe dans une vraie clinique et trouver un travail honnête. Cuisinier, maçon, vendeur de téléphones. Pour montrer à Dieu que je suis capable d'autre chose que de mendier aux carrefours.

La gringa bâille, mais son namorado *ne le voit pas, pris dans une discussion avec ses nouveaux amis. Quand elle se penche pour remettre ses chaussures, je vois la moitié de ses seins, elle n'a pas de soutien-gorge, ils ont l'air aussi soyeux que des oreillers. Elle bâille encore et il s'en aperçoit enfin. Il se lève, mais elle lui sourit, désigne leurs voisins de table et le serveur qui apporte une nouvelle tournée. Alors il accepte sa proposition, l'accompagne dehors, l'embrasse, la met dans un taxi et retourne dans le bar en oscillant. Moi, même plus saoul que lui, je ne l'aurais jamais laissée partir. Une femme comme elle, on la garde près de soi, toujours. Il ne mérite pas de vivre.*

Il doit être trois heures du matin, peut-être quatre, quand il quitte le bar. Il téléphone. Il appelle sa femme ? Une autre ? Je suis trop loin pour voir sa montre, mais elle doit coûter cher elle aussi. Ce salaud a tout. Béni de Dieu. Dieu est injuste.

Je sais, je ne devrais pas dire ça. Pardonne-moi, Seigneur.

Rue Santa Catarina. Il n'y a plus que nous deux. Il faut que je passe à l'attaque. Je me rapproche et je vois son tatouage à l'intérieur de l'avant-bras. Iemanjá, la reine des orixàs, *la puissante déesse de la mer. Ce n'est peut-être pas un gringo après tout, ou alors il vit au Brésil depuis longtemps.*

On traverse un carrefour décoré d'une crèche de Noël faite d'ampoules clignotantes. La Sainte Famille me fixe sans sourire. Quand j'en aurai fini avec le gringo, je n'irai pas boire, je ne dépenserai rien, je donnerai tout à ma mère. Je lui dirai que j'ai été embauché à l'épicerie du Baiano pour les fêtes. Elle me croira. Elle me croit toujours. Je l'accompagnerai à l'église, on donnera un peu d'argent au pastor, *Dieu verra que je ne Lui en veux pas.*

Le gringo se tourne. Et me repère. Il n'a pas l'air inquiet. Il a tort. Cette fois, je ne reculerai pas. Je ne suis pas un lâche.

Il regarde autour de lui. Il n'y a personne pour l'aider. On est seuls, tous les deux. La vie doit être une vallée de larmes. De larmes et de sang.

Je sors le couteau à viande de ma poche.

I

DÉNI

« Trust No One »
(tatoué sur le tranchant de la main droite de Lana Del Rey)

Gabi

Belo Horizonte, Minas Gerais, Brésil.
Samedi 10 décembre 2016.

Elle remonta des profondeurs du sommeil en plusieurs paliers moelleux, mais sans réelle intention d'émerger. Les rideaux étaient mal tirés et le soleil s'était faufilé jusqu'à grimper sur le lit. Elle ne fit rien pour l'en empêcher et replongea dans une torpeur aussi anesthésiante qu'un bain trop chaud. Elle s'en voulait pourtant de dormir la plupart du temps depuis leur arrivée, au lieu de profiter de chaque seconde. Mais le décalage horaire, et surtout climatique – 30 degrés en plein hiver – l'anéantissait. Elle ne s'était sentie en forme que pour la visite de la *fazenda* au creux de montagnes vallonnées, elle qui exécrait la campagne et tout ce qui ressemblait à du vert.

Nilton Macambira était le producteur de cachaça pour lequel Celso avait dû revenir au Brésil. Si son regard ridé respirait la méfiance, son sourire s'élargissait quand il vantait son *aguardente*. Il lui avait expliqué le processus de distillation – jus de canne à sucre, eau de source, fûts en inox – mais elle avait perdu le fil après le troisième verre de dégustation.

Celso était resté avec Nilton pendant qu'un jeune employé ravi l'emmenait faire la visite – alambics en cuivre, chais, tonneaux, champs de canne et cascade miniature au bas de la propriété. En revenant, encore un peu ivre, elle avait aperçu Celso vitupérant contre le vieux producteur. Mais il lui avait expliqué que les négociations étaient toujours tendues ici, les *Mineiros* étant impitoyables en affaires.

Elle avait été surprise. Pas de le voir perdre patience mais qu'il soit si expansif. Elle l'avait toujours connu réservé, mais se rendait compte que c'était à cause de la langue française, qu'il ne maîtrisait pas suffisamment malgré les leçons qu'elle lui avait données. Ici, dans son pays où il ne craignait pas d'être moqué pour des erreurs ou une mauvaise prononciation, il était volubile, enthousiaste et blagueur. Jaloux aussi. Il ne supportait pas qu'on la regarde, ce qui la faisait rire. Son machisme ressortait comme l'accent d'un provincial de retour chez lui. Et il avait tout le temps envie de lui faire l'amour. La veille dans l'ascenseur, une voisine de chambre qui avait dû entendre ses gémissements et les chocs répétés contre la cloison l'avait toisée, détaillant son corps de haut en bas, comme pour comprendre la raison d'une telle frénésie.

Elle tâta le drap près d'elle. Celso n'était pas là. Elle ne l'avait pas entendu rentrer cette nuit et il avait dû se réveiller à l'aube pour aller courir. Le soleil avait pris possession de tout le lit et le sommeil l'enveloppa dans ses bras épais. Elle n'avait jamais dormi aussi profondément, comme entourée d'un rempart. Personne ne pouvait l'atteindre. Pas de chauve-souris, pas d'attaque dans le noir. À l'abri du péril et du malheur.

Investigadora Rafaela

Son cerveau tremblotait avec la vigueur d'un téléphone sur vibreur, et une nausée insidieuse guettait, tapie contre les parois de son œsophage. Elle se maudissait d'être une fois de plus *de ressaca*, en proie à la gueule de bois. Sa chemise la serrait, son pantalon la serrait, ses chaussettes et ses chaussures la serraient. Elle aurait bien aimé accuser tout l'alcool englouti la veille, mais elle savait qu'elle était simplement trop grosse. Depuis toujours. Elle avait encore pris six kilos en un mois. Elle allait finir par éclater comme une chambre à air trop gonflée. *Meu Deus!*

Elle réprima un haut-le-cœur et se retint d'insulter à nouveau Jenival qui accélérait, freinait, accélérait et freinait, comme toujours sans raison. Ce crétin roulait fenêtre ouverte malgré la climatisation, à la recherche d'un visage connu. N'importe quel vendeur de rues ou employée de maison faisait l'affaire pour bavarder. Et il adorait ça, bavarder. Mais pas avec Rafaela. Depuis son transfert un an plus tôt, elle ne s'était fait aucun ami, ce qui était normal : Belo Horizonte était une ville accueillante, mais refermée sur elle-même. Mais surtout, personne n'aimait cette femme qui foudroyait le monde de son regard funèbre, cette flic qui, pour ses collègues, était une *azarada*, quelqu'un qui attirait la malchance, les ennuis et parfois, le drame.

Ils avaient traversé la ville, sirène hurlante, appelés sur un meurtre. Mais c'était une erreur, il n'y avait pas de mort. Ou tout du moins pas encore. Une équipe de la PM, la *Polícia Militar*, et une de la *Polícia Civil* d'un autre quartier étaient sur place, mais personne ne semblait vouloir stopper la furie des habitants qui s'acharnaient sur un homme à terre, à qui il ne restait qu'un bermuda et une tong.

Rafaela dut se frayer un chemin à coups d'épaule. Les premiers s'écartèrent, impressionnés par sa masse imposante, mais quelques-uns résistèrent. Elle les repoussa en grognant et se mit en protection de la victime. Aucun policier ne vint la soutenir. La foule haletait à l'unisson, prête à fondre de nouveau sur l'homme recroquevillé sur le trottoir.

Elle demanda une ambulance par radio et Jenival s'avança enfin, avec un sourire qu'il avait du mal à cacher, pour lui expliquer que la victime au sol était le méchant de l'histoire. Il avait tenté le coup du *sequestro virtual* sur une famille du quartier. Sachant leur gamin de huit ans à l'école, il leur avait téléphoné pour exiger une rançon, leur faisant croire qu'il avait enlevé l'enfant et qu'il le tuerait s'ils ne lui donnaient pas tout de suite 1 000 reais. La mère avait eu une attaque cardiaque, mais le père avait reconnu la voix du ravisseur. C'était un client de son *boteco*, le bar qu'il tenait au coin de la rue. Accompagné de voisins, il lui était tombé dessus un pâté de maisons plus loin. Jenival ne put s'empêcher de rire : Rafaela Tajès, inspectrice de classe 2 de la *delegacia dos homicídios*, avait sauvé la vie d'un fils de pute.

L'ambulance arriva et emporta le faux kidnappeur qui avait perdu trois dents et sans doute l'usage d'un œil.

La veille, une patrouille avait saisi tout un assortiment de décorations de Noël à un camelot du centre. Ils avaient couvert le climatiseur du bureau de guirlandes dorées, les vitres d'étoiles adhésives, et l'un d'eux avait dessiné une bite sur le placard avec un spray pailleté.

En tapant le rapport sur l'intervention, Rafaela les entendait dans le couloir rire de la *sapatão* – comme ils l'appelaient quand ils étaient loin d'elle – qui avait protégé un escroc foireux. Jenival racontait avoir cru qu'elle allait sortir son arme et faire un carton sur les voisins. D'autres rires, gras comme des toux de fumeur. Ils savaient tous qu'elle n'était jamais armée. Certains jours, elle se demandait si elle ne ferait pas mieux de s'équiper à nouveau et de descendre un à un tous ces abrutis de collègues. En épargnant Leidiane, bien sûr.

Elle ouvrit son tiroir, goba un comprimé contre la migraine et deux contre les nausées, tout en surveillant du coin de l'œil Jenival qui revenait, entouré de trois de ses fans pendus à ses lèvres. Par un miracle qu'elle n'expliquait pas, la brigade entière adorait Jenival. Peut-être parce qu'il racontait des blagues, des blagues nulles qu'il trouvait sur Internet, mais toujours adaptées aux cas qui les occupaient.

– … et donc Joãzinho écrit sa lettre au papa Noël : « *J'ai été très gentil cette année, apporte-moi un vélo.* » Mais pris de remords, il déchire la lettre et la réécrit : « *Bon, c'est vrai papaï Noël, j'ai fait quelques bêtises, je m'excuse, mais apporte-moi quand même un vélo.* » Sauf que Joãzinho a maintenant peur que le père Noël ne veuille plus. Il aperçoit alors l'image de la Vierge Marie posée sur la crèche. Il la prend, la glisse dans l'enveloppe et cette fois, écrit à Jésus : « *Jésus, je suis avec ta mère, si tu veux la revoir vivante, apporte-moi un vélo !* »

Ils se tapèrent sur les cuisses. Elle en eut assez. Et quand elle en avait assez, elle partait manger.

Après avoir fait deux fois le tour du quartier, elle choisit de s'aventurer dans une pizzeria qui venait d'ouvrir et s'avachit sur une chaise en plastique qui plia dangereusement sous son poids. Le serveur s'étonna. Une femme déjeunant seule ? C'était rare. Dans quatre-vingt-dix pour cent des cas, les f…

– Prends ma commande au lieu de faire des statistiques.

Vexé, il s'éloigna et ne revint que cinq longues minutes plus tard pour déposer une bouteille de Cerveja Pinguim tiède, sans lui jeter un regard. C'était systématique, elle s'y prenait mal avec les serveurs et ils se vengeaient, comme le lui répétait Thiaguinho. Douze ans, short trop large et Havaianas usées, il se grattait le ventre en secouant la tête.

– Pourquoi tu ne réagis jamais ? Tes collègues se moquent de toi et les serveurs te méprisent. Pourquoi tu ne tires pas dans le tas ? Tu devrais en tuer un ou deux, ça ferait réfléchir les autres. Pourquoi je dois être ta seule victime ?

Elle se servit un deuxième verre, et alluma une cigarette. Thiaguinho s'assit sur la table en souriant.

– Je t'ai dit que j'ai été pris à l'école de commerce ? Et j'ai déjà trouvé un stage. Chez Chevrolet, au marketing. Sélectionné sur cent candidats !

La pizza arriva enfin, fumante, avec sa croûte épaisse, des rondelles de salami, de la *mussarela* fondue et une belle odeur parfumée. Son portable sonna avant qu'elle n'attaque la première bouchée. Il fallait qu'elle revienne tout de suite. Un vrai mort, cette fois.

La ceinture de sécurité lui écrasa les seins quand Jenival freina sans prévenir à l'entrée du quartier de *Cidade Jardim*. Elle l'insulta, descendit de voiture, se signa et embrassa le dos de son index en passant devant une église avant de se diriger vers la scène de crime. Mais il n'y avait cette fois encore aucun cadavre. Un agent de la PM en uniforme beige lui apprit que le corps était déjà parti pour l'institut médico-légal. Il ne savait pas grand-chose, mis à part qu'il s'agissait d'un homme poignardé, un blanc, sans papiers d'identité. Rafaela fulmina :

– Et pourquoi on est là alors ?

– J'applique la procédure : nous, la *Polícia Militar*, on constate, on prend les premières mesures en gelant les lieux, puis on appelle les beaux seigneurs de la *Polícia Civil*. Vous.

Elle toisa l'agent peu impressionné qui renifla en s'essuyant le nez avec le plat de la main. Jenival vérifiait déjà l'heure sur son smartphone.

– Notre service finit dans dix minutes, le mieux, c'est de refiler l'affaire à l'équipe suivante.

Sans l'écouter, Rafaela partit examiner le lieu du meurtre. Une entrée de garage d'immeuble, aucune caméra de surveillance, des arbres qui cachaient la vue et des murs aveugles. L'endroit parfait pour une agression.

Dans la jardinière proche du portail, les larges feuilles de *taioba* semblaient piétinées. Elle s'accroupit en grimaçant, gênée par tous les plis et replis de son ventre, et fouilla entre les tiges. Des vieux mégots, un gobelet Subway délavé par les pluies, et un portefeuille. Un portefeuille Vuitton couvert de sang frais. Il était vide, à l'exception d'une carte magnétique. Celle d'une chambre de l'hôtel Holiday Inn. La victime devait être un homme d'affaires, ou un touriste, peut-être un gringo.

Jenival avait raison, leur tour de permanence se terminait, ils pouvaient confier l'enquête à l'équipe suivante. Mais l'hôtel n'était pas très loin. Ce serait sans doute vite réglé.

Gabi

Elle s'éveilla une nouvelle fois, avec la mollesse d'une lionne repue. Il faisait trop chaud désormais. Où était passée la télécommande du climatiseur ? Elle vérifia son téléphone. Ni appel, ni texto. Celso devait toujours être en train de courir. Le retour au pays lui donnait des ailes. Elle essaya de l'appeler. Messagerie.

En se levant, elle s'aperçut dans le miroir mural et se fit une grimace. Depuis l'adolescence, elle en voulait au monde entier d'être si petite. Même avec des talons, elle était trop courte. Avec trop de hanches. Trop de tout, en fait. Trop de cul, trop de seins, la peau trop blanche et les yeux trop noirs. Bon, les cheveux n'étaient pas trop mal. L'ensemble lui évoquait une Daenerys Targaryen brune de trente-cinq ans. Sans dragons, hélas.

Elle réalisa que les rideaux étaient ouverts et que les employés de l'immeuble de bureaux face à l'hôtel pouvaient la voir déambuler toute nue. Avec sa parano habituelle, fruit de longues années de pratique, elle se disait qu'un connard de voyeur pouvait la reluquer. La reluquer et la filmer. Elle allait se retrouver sur YouPorn. Elle enfila un tee-shirt de Celso. Le téléphone de la chambre sonna. Ce devait être lui qui l'attendait dans la salle du petit-déjeuner en bas. Elle avait une faim de grizzli. Elle décrocha. Ce n'était pas Celso. C'était la police. Ils montaient la voir. Pourquoi ?

Celso est mort.

Isolés, ces trois mots étaient compréhensibles, mais pas collés ensemble. Elle allait se réveiller, prendre sa douche et retrouver Celso. Il avait programmé une visite à Ouro Preto, une ville classée à l'Unesco. Elle avait envie que cette grosse femme, et l'autre avec ses joues mangées par les cicatrices d'acné, sortent de sa chambre. Elle avait envie de reprendre sa vie normale.

Celso est mort.

Le visage de la femme était évasé, sa bouche épaisse et ses yeux gonflés comme si elle avait trop dormi. Elle était vêtue d'un jean informe et d'une chemise d'homme à rayures trop serrée. Son collègue arborait son badge de police sur le devant de son polo comme un trophée. Ce n'était pas à l'Unesco qu'était classée la ville d'Ouro Preto, c'était au patrimoine mondial de l'humanité. Mais c'était peut-être la même chose, il fallait qu'elle se renseigne. Auprès de Celso ?

Celso.
Est.
Mort.

La flic la dévisageait avec un mélange d'hostilité et de prudence.

– *Do you understand what I said?*

Gabi maîtrisa ses pensées qui papillonnaient.

– *Sim, perfeitamente*, vous pouvez parler portugais, je l'enseigne en France. Pas dans une école. Dans un centre. Un centre de formation pour adultes. Surtout des étrangers qui entament des démarches administratives...

– Madame...

La flic réprima un soupir. Gabi comprit le message.

– Vous avez raison, ce n'est pas important. Mais... Celso est vraiment mort ? Comment ? Pourquoi ?

L'autre flic étouffait des bâillements comme si tout cela ne l'intéressait pas beaucoup. Elle eut envie de l'envoyer se faire foutre. Mais elle se sentait incapable de bouger, comme dans ces rêves où l'on s'enfonce dans un sol trop mou. L'autre parlait, un écho lointain et cotonneux. Elle devait se concentrer et l'écouter.

– ... vol, et sans doute un meurtre dû à l'affolement, ce qui arrive souvent. Le corps a été découvert ce matin, la police militaire l'a fait évacuer, l'endroit est fréquenté par des écoliers et ils ne voulaient pas leur imposer ce spectacle.

Le flic se tourna vers elle avec un sourire.

– Les gosses filment tout avec leurs portables aujourd'hui et ils balancent ça sur Internet. Des fois, c'est des trucs bien dégueus, même pour moi.

Sa collègue le lorgna un instant en refoulant un autre soupir, se frotta une tempe en plissant les yeux, et reprit :

– Le meurtrier présumé a été dénoncé par un témoin anonyme qui l'a vu ce matin se battre avec un complice dans la favela du Morro do Papagaio, dans la zone sud. Il a dû vouloir défendre son butin, et perdre, car une équipe de la *Polícia Civil* vient de retrouver son corps dans une décharge. Il avait sur lui un couteau de cuisine couvert de sang, ayant probablement servi à l'agression, ainsi que 65 reais, 50 euros et une montre. Pas de portable. Vous reconnaissez la montre ?

Elle lui tendit l'écran de son smartphone. Gabi n'avait rien compris à son explication. Sa montre ? Oui, c'était possible.

La femme éteignit son téléphone et continua :

– On recherche toujours le troisième homme. Ce n'était pas votre mari, donc ?

– Qui ça ?

– La première victime. La réception nous a dit qu'il s'appelait Celso de Oliveira et vous Gabi Monteiro.

– On n'est pas mariés, mais on vit ensemble.

La femme la dévisagea avant de poursuivre avec suspicion :

– Comment se fait-il que vous ayez un nom brésilien ?

– C'est portugais. Du Portugal. Mais je suis française.

– Bon. Peu importe. Votre ami avait de la famille dans la région ?

– Non. Il est né à São Paulo, mais il n'a plus personne là-bas. Il vivait à Paris. Avec moi.

– Vous comptez demander le transfert du corps à São Paulo ou le ramener en France ?

– Je ne sais pas. Il est vraiment mort ?

– Oui. Il est à l'institut médico-légal. On va vous y accompagner pour l'identification. Vous allez avoir besoin de vos papiers d'identité. Et des siens si vous les avez. Et de tout ce qui peut prouver que vous étiez liée à lui.

– J'ai des photos de nous deux sur mon portable. Ça suffit ?

La femme la regarda, puis se tourna vers son collègue qui tentait de dissimuler son sourire. Elle se dirigea vers la porte.

– Habillez-vous, on vous attend en bas.

Ils sortirent. Elle était debout au milieu de la chambre, immobile comme un pied de lampe oublié. Qu'avait dit la policière ? Elle devait faire quoi déjà ?

Gabi

Elle discernait chaque détail avec une netteté insoutenable : l'émail poli sur la sonnette à gauche du portail ; la tache sombre d'humidité sur le bas d'un mur de la cour intérieure ; les rayures sur la porte métallique de l'entrée du bâtiment ; les traces de doigts sur la paroi vitrée entre les deux salles grises.

Dans la salle du fond, des assistants sociaux recevaient les proches des victimes. Elle était une proche de victime.

Assise sur une chaise mal stabilisée, elle observait la femme qui tapait sur le clavier de son ordinateur en fronçant les yeux, le nez et la bouche comme si elle restait myope malgré ses lunettes. Gabi étudiait les perles de ses boucles d'oreilles – *des vraies ? en plastique ?* – la rougeur sur son cou – *maladie de peau ? morsure d'amant ?* – et ses ongles vernissés qui enfonçaient les touches avec vigueur – *comment dit-on* french manucure *en portugais ?* La femme continuait de fixer son écran avec la concentration d'un contrôleur aérien. Gabi se tourna vers la salle d'attente. Le policier vérolé avait disparu, mais la flic était toujours là et elle flanquait des gifles sur le côté d'un distributeur de sucreries.

La route jusqu'à l'IML lui avait paru interminable. Le flic conduisait avec des à-coups et sa collègue s'était vexée quand Gabi s'était plainte de la circulation qui les ralentissait. Elle avait simplement voulu parler de tout et de rien pour effacer la terreur qui lui enserrait le cœur, mais la flic n'aimait visiblement pas que l'on puisse critiquer son pays, comme le faisaient toujours, disait-elle, les gringos. En temps normal, Gabi lui aurait répondu au nom de tous les gringos, mais l'époque du temps normal était sans doute révolue.

À leur arrivée, ils avaient croisé une vieille dame qui marmonnait une prière en triturant un chapelet en bois brun. La flic lui apprit que c'était la mère de l'assassin de Celso, qu'elle était là elle aussi pour reconnaître le corps de son fils. Gabi l'avait dévisagée comme pour tenter de comprendre. La vieille dame s'était tournée vers elle et sans savoir qui elle était, lui avait souri, les yeux mouillés de larmes. Gabi s'était rendu compte qu'elle n'était pas âgée du tout, quarante ans tout au plus. Était-ce le chagrin qui la vieillissait ? Et elle ? Avait-elle soudain pris quinze ans ? Elle n'osa pas chercher de miroir pour vérifier.

La flic dormait, bouche ouverte, tête appuyée en arrière contre le mur. Gabi attendait depuis deux heures, sans bouger, ankylosée, étrangère à sa propre vie. Toute une famille arriva, ils étaient une dizaine, mais eux ne supportèrent pas l'attente. Un chauffeur de taxi avait percuté un arrêt d'autobus, il y avait eu un mort, leur mort, et ils hurlaient leur colère en s'en prenant pêle-mêle aux assistants sociaux, aux secrétaires derrière leurs ordinateurs et à l'ouvrier torse nu venu réparer une fuite d'eau. En râlant d'avoir été réveillée par leurs cris, la flic essaya de calmer tout le monde et se retrouva cernée par la famille hystérique au moment même où un employé de la morgue venait les chercher, elle et Gabi. Il y avait un embouteillage au niveau des arrivées, expliqua-t-il, mais elles pouvaient maintenant voir le corps. La flic lui fit signe d'y aller, elle la rejoindrait dès que possible.

Gabi suivit le garçon dont la blouse grise flottait autour de son corps fluet. Il la guida dans de longs couloirs déserts en soliloquant sur Paris, l'équipe du PSG et ses joueurs brésiliens, avec l'animation d'un chauffeur de taxi voulant distraire le touriste monté dans sa voiture. Il paraissait avoir quinze ans – *n'était-ce pas trop jeune pour travailler dans une morgue ?* –, une marque horizontale marquait son front – *une cicatrice ? l'habitude de mettre une casquette ?* – et il portait des tongs – *on ne met pas des sabots blancs dans un milieu hospitalier ?*

Elle se rendit compte qu'elle s'attachait encore à des détails inutiles pour reculer dans son esprit le moment où elle allait voir Celso. Ou plus précisément le cadavre de Celso. Allait-elle tenir le coup ?

Un escalier aux marches carrelées descendait vers le sous-sol. Gabi s'attendait à voir des corps partout et à trembler de froid, prise à la gorge par des relents de formol. Mais il n'y avait rien de tout cela, les couloirs étaient peints d'un jaune printanier, il y régnait une température agréable et de toute façon, elle ne savait pas à quoi ressemblait l'odeur du formol.

Elle s'attendait aussi à une vaste salle lumineuse où se trouverait le corps de Celso, étendu sous un drap blanc que l'on déplierait délicatement jusqu'aux épaules. Mais l'employé la fit entrer dans une petite pièce nue et carrée, éclairée aux néons. Une ouverture basse dans un mur donnait sur un goulet sombre, duquel un tube vitré haut d'un mètre cinquante s'avançait jusqu'au centre de la pièce. C'était là-dessous, dans ce boyau de verre, qu'allait glisser le brancard avec le corps pour l'identification, lui avait indiqué l'employé avant de partir le chercher.

Gabi se sentit aussi faible que si elle sortait de trois heures de piscine – *je n'ai pas pris de petit-déjeuner, je ne me suis pas lavé les dents avant de partir, il faut que je m'assoie.* Il n'y avait pas de chaise.

Les minutes passèrent. Deux ? Dix ? Vingt ? C'étaient les derniers instants où tout était encore possible. Il s'agissait d'une erreur, Celso était vivant, il l'attendait à l'hôtel, on allait lui expliquer, s'excuser, en rire même. Le brancard apparut, poussé dans le tube. Et c'était Celso. Ses vêtements étaient froissés comme s'il avait dormi dans les égouts. Ses yeux étaient fermés. Pourquoi pensait-elle qu'ils seraient ouverts ? À cause de la vitre, elle ne pouvait pas le toucher. C'était lui, et ce n'était pas lui. C'était impossible. C'était impensable. Puis elle vit le tatouage à l'intérieur de l'avant-bras. La belle déesse en robe bleue. Et les croûtes de sang séché sur les mains.

– C'est là qu'il a dû recevoir les premiers coups de couteau…

La policière entra dans la pièce en essuyant sa large nuque dans un mouchoir en papier.

– Dans ce genre d'attaque, les premières blessures sont toujours défensives. Vous le reconnaissez ?

– Oui, c'est lui. Je croyais qu'il serait nu.

Elle ne savait pas pourquoi elle avait dit ça. La policière hocha la tête.

– On laisse toujours les vêtements, cela facilite l'identification. On ne les retire que pour la nécropsie.

– On ne dit pas autopsie ?

– Au Brésil non. Si vous êtes sûre qu'il s'agit bien de votre ami, il va falloir signer des attestations… Excusez-moi.

Son téléphone avait sonné. Elle décrocha en lui faisant signe qu'elle en avait pour une seconde et ressortit. Le jeune employé en blouse se pencha sous le tube de verre.

– C'est bon, vous avez terminé ? Je peux le ramener ?

– Je ne sais pas. Oui. Je pourrai le récupérer quand ?

– Oh là, vous savez ce que c'est, le week-end c'est toujours chargé, on se récupère les accidents de la route, les bagarres de sorties de bars et les braquages. Mais on vous préviendra dès qu'on aura fini avec lui.

Il tira le brancard et le corps de Celso disparut.

Elle n'avait pas revu les deux policiers, elle avait signé des formulaires, on avait photocopié son passeport et elle s'était retrouvée dehors, assaillie par la brûlure du soleil. Sous un arbre courbé comme une griffe, un vendeur ambulant faisait bouillir des épis de maïs dans un baril. La fumée était blanche, dense, malsaine.

Il était facile de se perdre dans ce damier de rues identiques, surtout quand on était bousculé par des passants qui ne savaient pas que le monde s'était effondré en moins de trois heures. Comment s'appelait son hôtel déjà ? Hilton ? Mercure ? Elle alluma son iPhone pour chercher sur Google, mais il n'y avait aucun réseau WiFi. Elle continua de pianoter, sans savoir pourquoi, essayant des applications qui ne fonctionnaient pas sans Internet, et finit par ouvrir son album photo.

Les selfies pris avec Celso.

Tous les deux enlacés comme un couple de pandas.

Ses jambes se firent molles et elle coula lentement jusqu'au sol, au milieu du trottoir, avec une seule envie, pleurer. Pleurer avec des hoquets, des tremblements dans tout le corps, et de la morve. Pleurer jusqu'à l'évanouissement. Mais elle n'y arrivait pas. Autour d'elle, les passants s'écartaient comme si allait les contaminer avec une sale maladie.

Elle se souvint du nom de l'hôtel. L'Holiday Inn. L'Auberge des Vacances.

Assise dans un taxi, une autre envie la submergea, aussi soudaine qu'une poussée de fièvre, une de ces réactions violentes comme elle en avait connu tant dans sa jeunesse chaotique. L'envie de hurler son incompréhension, sa douleur et sa colère, doublée de celle de frapper quelqu'un, qui que ce soit, sans discernement ni logique. Elle demanda à descendre, de peur que le chauffeur se mette à lui poser des questions auxquelles elle n'aurait pas de réponses, ou qu'elle décide de déverser toute sa rage sur lui. L'hôtel était encore loin, mais elle s'en fichait, il fallait qu'elle marche. Et puis personne ne l'attendait désormais.

Pour se calmer, elle entra dans un vaste hangar, le *Mercado Central.* Des échoppes minuscules se succédaient le long d'allées sinueuses. Smartphones, bouteilles de cachaça, herbes médicinales, fleurs, ustensiles de cuisine, fromages, fruits inconnus. L'étal d'un vendeur de noix de cajou était décoré d'un sapin en plastique et d'un ange qui souriait. Noël serait là dans deux semaines. Bonnes fêtes à tous.

Soudain sa colère disparut. Celso lui faisait face devant un stand vendant des animaux. Avec son beau sourire, il lui désignait les oiseaux en cage, les chiots, les lapins, les coqs, et une autruche de cinquante centimètres de haut.

Ce n'était pas Celso, bien sûr. Celso n'existait plus, elle ne le verrait plus, ne se collerait plus jamais contre son dos et ses fesses pour dormir. Hébétée, elle reprit son errance jusqu'au comptoir d'un boucher. Une mouche était posée sur un quartier de bœuf. Le malheur avait la couleur noire et transparente des mouches.

Elle se retrouvait seule. Une nouvelle fois.

Capitão
(à prononcer à peu près comme « capitan »)

Il coupa à travers la forêt en emplissant ses poumons de cette puissante odeur de terre humide qui agissait sur lui comme un rail de cocaïne. Deux énormes problèmes venaient d'être réglés, et même si celui des terrains du Libanais était toujours en suspens, le *Capitão* souriait, soulagé.

Le premier concernait la grandiose organisation de son mariage en janvier avec Mirela. La construction de sa chapelle privée, dédiée à Santa Rita de Cássia, patronne des cas impossibles, était terminée, la liste des invités close, et il avait réussi à engager Bruno et Marrone, le meilleur duo de chanteurs *sertanejos*, pour animer la fête.

Le second problème, c'était Celso. Et ce pitoyable bâtard était enfin mort. Le *Capitão* embrassa trois fois la croix en or qu'il portait autour du cou. Que le Seigneur en soit remercié !

À l'approche des bâtiments de sa *cervejaria*, ses deux chiens galopèrent à sa rencontre. Une femelle doberman élancée au regard dément, Princesa, et un pitbull blanc placide et mortel, Tyson, qui l'accompagnèrent à l'intérieur de la brasserie, collés à ses jambes comme des enjoliveurs de voiture. Salué avec un respect craintif par les ouvriers qui déchargeaient les sacs d'orge, le *Capitão* longea la chambre froide, puis la pièce d'embouteillage, et ouvrit la porte du hangar du fond où se trouvaient les cuves en acier dans lesquelles fermentaient les bières qu'il avait fait élaborer par un brasseur allemand. Derrière les cuves, le prisonnier oscillait, pendu par les bras aux tuyaux d'alimentation.

Maigre comme une racine, l'homme du Libanais était marqué par la nuit passée dans la chambre froide et par ce que lui faisait endurer Zika, qui le cognait avec régularité, comme s'il s'agissait d'un sac de frappe. Le *Capitão* s'arrêta pour l'observer pendant qu'il continuait de le boxer en sautillant. Bien qu'il l'ait choisi lui-même, tout en lui le dégoûtait : ses bras couverts de tatouages, sa démarche de *malandro* des favelas, et surtout ses cheveux teints en orange. Mais il le savait enthousiaste et redoutable. Comme lui dans sa jeunesse.

Il lui fit signe d'arrêter de frapper en espérant qu'ils avaient pu lui soutirer des informations, mais Vargas, qui attendait à l'écart, lui dit que non.

Le prisonnier ne bougeait plus. Vargas sortit son stéthoscope de sa trousse, ausculta son cœur, déboucha un flacon de carbonate d'ammonium et le lui fit renifler. Le prisonnier eut un sursaut et redressa la tête en clignant des paupières. Satisfait, Zika se rapprocha en réajustant ses mitaines de combat, mais le *Capitão* l'éloigna d'un geste : cet imbécile prenait trop plaisir à torturer, il ne savait pas que la jouissance faussait les interrogatoires.

– Vois-tu, au départ, j'ai cru comme toi au pouvoir de la violence physique. Il faut dire que nous en étions des spécialistes…

Zika réprima une grimace en pensant « *Ça y est, le vieux est reparti avec ses conneries d'un autre siècle !* ».

– … mutilations, noyades, électrocutions, viols, un véritable festival. Mais j'ai été vite déçu par le peu de résultats obtenus, des demi-vérités ou des mensonges, lâchés uniquement pour faire cesser le calvaire.

Zika haussa des épaules imaginaires, le vieux racontait n'importe quoi, qu'on le laisse encore une heure avec ce minable et il le ferait chanter. Le *Capitão* calma d'une caresse ses chiens excités par l'odeur du sang et examina le prisonnier par en dessous tout en continuant sa leçon d'histoire :

– La souffrance mentale est de loin la plus efficace. À la grande époque de l'Inquisition, à Venise, on ne torturait qu'un prisonnier sur cinq. Les quatre autres attendaient dans de petites cellules disposées autour, assez près pour pouvoir entendre les hurlements sans les voir. Et c'étaient eux, terrorisés, qui finissaient par parler, jamais le supplicié.

Il continua de jauger le prisonnier. Même affaibli, celui-ci avait encore le regard brûlant de haine. Le *Capitão* se recula en écartant les mains comme s'il était désolé.

– Hélas, parfois, on se heurte à des fanatiques comme lui. J'en ai connu quelques-uns à Petrópolis. Résistants à la douleur, très forts mentalement. Des héros. Des imbéciles aussi, persuadés que le communisme triompherait. Ils ont perdu. Et personne ne saura jamais où leurs os pourrissent.

Il se tourna vers Vargas.

– Il ne dira rien. Pour lui, le Libanais est un saint, il préférera mourir que le trahir.

– On le donne aux chiens ?

– J'ai mieux. Prête-moi ton téléphone. Zika, ouvre la cuve.

Le *Capitão* prit le Samsung Galaxy de Vargas et sélectionna l'option caméra. Sentant qu'une décision fatale avait été prise par leur maître, Princesa se mit à saliver et Tyson à gronder à basse fréquence.

– Le houblonnage, tu connais mon garçon ? C'est l'étape essentielle dans la fabrication de la bière. C'est là que les saveurs amères apparaissent. Pour cela, on mélange le malt, le houblon et les épices, et on porte à ébullition. Tu sens cette chaleur ?

Gagné par la panique, le prisonnier découvrit le liquide verdâtre bouillonnant dans la cuve.

– Tu voulais être un martyr et tu vas être exaucé. Tu vas mourir lentement et la douleur sera terrible. Dieu sera fier de toi.

Le prisonnier hurla en se débattant comme un câble électrique en surtension, mais il ne put se libérer de l'emprise de Zika et Vargas, qui parvinrent à le hisser au sommet de la cuve. Ses pieds entravés touchèrent la surface de la bière brûlante, il s'agita dans tous les sens comme le couteau d'un mixeur, mais ils réussirent à l'enfoncer sans se presser. Ses cris déchirants se répercutèrent inutilement entre les murs de la brasserie, accompagnés par les aboiements des chiens survoltés.

Le *Capitão* filma jusqu'au bout.

Investigadora Rafaela

Assise dans l'ombre de la *delegacia* sur un tabouret qui menaçait de craquer, Rafaela allumait sa douzième cigarette de la matinée quand apparut le monstre.

Les deux cents chevaux du Ford Explorer, blanc comme un uniforme de Stormtrooper, rugirent une dernière fois, puis Leidiane coupa le moteur, sauta à terre et désigna le V8 du menton avec une fierté d'enfant.

– Alors ? Tu en penses quoi ?

– Tu rajoutes une mitrailleuse sur le toit et tu auras le plus beau char d'assaut du Minas Gerais.

– Plus c'est gros, et plus j'aime ça, je n'y peux rien. Dans ces engins, j'ai l'impression d'être indestructible.

– Tu *es* indestructible.

Leidiane sourit et lui piqua sa cigarette sans cesser d'admirer sa nouvelle acquisition. Rafaela voulut savoir où en était l'enquête sur le touriste poignardé. Leidiane avait repris le dossier à la fin du service de Rafaela et l'avait déjà archivé : Jaïr Silva, le jeune voleur venu de la favela de Sumaré, était bien le meurtrier. Le sang et les empreintes sur le couteau avaient matché. Comme entretemps, il avait été tué à son tour, l'enquête sur le touriste pouvait être classée. Celle du meurtre du *favelado* restait ouverte, mais elle n'avait pas vraiment avancé. Aucun témoin, aucune empreinte, aucune piste pour l'instant.

– Mais on trouvera son meurtrier. Un jour. Vivant ou non. Au fait, Jenival raconte partout que la femme du poignardé était une vraie petite beauté ?

– Petite c'est vrai, un mètre cinquante-cinq grand maximum.

– Mais pas belle ?

– Si. Très mignonne. Si on aime les gringas.

Leidiane tira une dernière bouffée puis rendit sa cigarette à Rafaela, tout en continuant d'admirer son nouveau jouet de deux tonnes.

Rafaela la contempla en douce. Leidiane était aussi grande qu'elle, mais mince bien sûr, des cheveux blonds coupés court, une chemise blanche toujours immaculée et des jeans qui semblaient avoir été cousus sur ses fesses bombées. Elle était jeune, resplendissante, et sans une conscience qui lui grignotait le cerveau. Le mois précédent, lors d'une intervention contre des dealers de *maconha* soupçonnés de l'assassinat d'un rival, elle avait abattu un trafiquant et blessé deux autres. Le premier avait été touché au ventre et vivrait jusqu'à sa mort avec une poche intestinale. Le second était cloué à vie sur un fauteuil s'il parvenait à s'en payer un. Ces deux survivants allaient purger, dans cet état lamentable, une peine de trente ans de détention dans une prison surpeuplée. Leidiane elle ne pensait déjà plus ni au mort ni aux deux infirmes. Elle avait accompli son job et oublié ses victimes. Rafaela aurait tant aimé lui ressembler.

Sa deuxième permanence de douze heures était terminée depuis un bon moment, mais elle ne se décidait pas à rentrer chez elle. Pour y faire quoi ? Décorer un arbre de Noël qu'elle n'avait pas acheté ? Se gaver de Pringles devant des *novelas* et des émissions religieuses pendant ses trois jours de récupération ?

En traversant le couloir menant à son bureau, elle entendit les rires. Jenival n'était pas parti lui non plus et il régalait encore l'équipe d'une de ses blagues pitoyables. Deux pas de plus et elle tomberait sur eux, rassemblés comme un troupeau de buffles autour de la fontaine à eau. Elle fit demi-tour. Elle allait rentrer chez elle. Seule, c'était mieux qu'entourée de débiles.

Cidade Nova était un ancien quartier populaire grignoté par des immeubles de standing hauts de vingt-cinq étages. Les rues étaient désormais protégées par des caméras et par des équipes de surveillance installées dans des guérites en hauteur. À son arrivée à Béaga – comme on appelait Belo Horizonte, le H se prononçant *aga* en portugais –, Rafaela n'avait pas eu à chercher, elle avait profité du départ d'un collègue pour récupérer son appartement au cinquième étage d'un édifice de quinze. Elle y vivait depuis huit mois et ne connaissait toujours pas ses voisins. On pouvait habiter ici pendant des années, y travailler, y côtoyer même des collègues natifs de la ville, et pourtant on restait toujours un étranger. « Béaga est un œuf », disait toujours Ciro Rocha, le *delegado* qui dirigeait sa brigade. Un œuf qui se suffisait à lui-même, où tout le monde se connaissait depuis des générations. À Rio, on vous demandait quelle équipe de foot vous supportiez, à São Paulo combien vous gagniez, ici, à Béaga, à quelle famille vous apparteniez. Elle, elle venait de Montes Claros, une petite ville au nord de l'État, où elle avait fait l'essentiel de sa carrière avant d'en demander sa mutation précipitée.

En sortant du supermarché SuperNosso, elle fut percutée par la chaleur étouffante. Ses mains étaient sciées par les sacs plastiques contenant les packs de bière, et si elle ne se dépêchait pas ses plats surgelés allaient fondre. Parvenue devant son immeuble, elle s'apprêta à appeler le vigile pour qu'il lui ouvre quand elle décela une présence dans l'ombre de l'épais feuillage du *munguba* dressé devant le mur d'enceinte de la résidence. Elle s'arrêta, les sens en alerte, mais se détendit en découvrant que ce n'était qu'une quadragénaire à la peau d'un marron usé et aux cheveux déjà gris, qui s'avançait d'un pas hésitant.

– *Delegada* Tajès ?

– Je ne suis pas *delegada*, juste *investigadora*.

– Je m'appelle Ana, c'est un ami à vous qui m'a donné votre adresse. Il m'a dit que vous pouviez m'aider.

– Il a un nom cet ami à moi ?

– Belchior. C'est un chauffeur de bus. Vous avez résolu l'enquête sur la mort de sa cousine, Erika Andrade.

– Belchior n'est pas tout à fait un ami, mais je me souviens de lui. Et qui est mort cette fois ? Quelqu'un de votre famille ?

– Personne n'est mort *graças a Deus*. C'est ma fille, elle a disparu.

– Je ne m'occupe pas des disparitions. Il y a un service pour cela. Je vais vous donner leurs coordonnées.

– Je les connais. Ils n'ont rien fait. Vous seule pouvez m'aider.

– Ce n'est pas possible, je regrette.

Sans l'écouter, la femme sortit une feuille pliée en quatre et la lui tendit. Les bras chargés, Rafaela ne put la prendre. La femme la déplia pour elle et la lui plaça devant le visage. C'était un avis de recherche concernant une adolescente.

– Isabel a disparu depuis trois semaines. Son père et moi, on a prévenu la police, on est allés au service des disparus avenida Brasil, on a rempli des papiers, on a fait imprimer deux cents exemplaires du tract qu'ils nous ont donné, on les a collés partout et on a passé des annonces dans les journaux. Mais on n'a eu aucun résultat. La police s'est contentée de nous téléphoner deux fois, mais juste pour savoir si elle était revenue. On serait blancs et riches, tous les hélicoptères de la ville continueraient à chercher notre fille.

– Je vous répète que je ne peux rien faire.

– Elle n'a pas fugué. Elle n'a pas suivi un garçon. Il lui est arrivé quelque chose, quelque chose de grave, je le sens au fond de mon ventre.

– Je travaille aux homicides, les disparitions sont hors de ma compétence.

– Elle vient d'avoir quatorze ans.

– Je suis désolée.

Rafaela avait tout raté : son café était trop fort, les *pães de queijo*, des petits pains au fromage, étaient mal cuits et encore à moitié congelés, et la bière trop tiède. Elle la but tout de même en regardant du coin de l'œil la feuille posée sur la table. C'était le tract fourni par la *delegacia dos desaparecidos*, avec toutes les informations et le numéro de téléphone de contact.

Isabel dos Santos, adolescente de quatorze ans, avait disparu depuis le 13 novembre. Sur la photo, elle avait l'air d'une enfant. Un visage ovale, une peau chocolat au lait, des cheveux noirs lissés avec une fine tresse blonde qui descendait le long de sa joue comme une larme.

Rafaela vida sa bière et plia le papier pour ne plus voir ces yeux noirs qui semblaient la fixer avec insistance.

Isabel.
14 ans.
Disparue.
En danger.

Elle décapsula une autre bière.

Júlio Cesar

Le vigile quitta son poste devant le portail de l'entrée, traversa comme un missile le premier salon puis le deuxième, où se trouvait l'énorme télévision, ralentit dans le couloir décoré de guirlandes clignotantes qui menait aux chambres et s'arrêta pour écouter, le visage levé à la façon d'un chien de chasse. Il pointa l'index vers deux clients un peu saouls pour qu'ils se taisent, et ils obéirent, impressionnés par sa carrure qui avait inspiré son surnom, *Trator*, le tracteur. Avec son pass, il déverrouilla la porte d'une chambre où un couple s'activait. La fille sur le dos le questionna du regard, l'homme lui ne se rendit compte de rien et continua d'ahaner. Il referma la porte, en ouvrit une autre. Cette fois, l'homme sursauta et perdit instantanément sa vigueur. La fille l'engueula, il n'avait pas à entrer comme ça, elle allait se plaindre au Samouraï. Il ne l'écouta pas et continua sa recherche effrénée en visitant toutes les chambres du bordel.

De l'extérieur, c'était une maison comme une autre du quartier de Pampulha, au nord de Béaga, une villa dodue et anonyme, protégée par de hauts murs et un portail aveugle en fer. À l'intérieur, une quinzaine de filles y œuvraient par roulements, sous la supervision d'une septuagénaire sévère qui tenait la caisse et de *Trator*, le chargé de la sécurité. La clientèle était locale, rarement gringo, des hommes de la classe moyenne et élevée, qui pouvaient payer les 250 reais des passes et ne faisaient pas confiance à la prostitution sur Internet.

Trator s'arrêta une nouvelle fois, le nez en l'air. Les mouvements suspects venaient-ils de la cuisine ? Il colla sur la porte son oreille tuméfiée par les combats de jiu-jitsu, puis ouvrit à la volée. Isabel poussa un cri aigu, laissa tomber les couverts qu'elle essuyait et recula jusqu'au réfrigérateur, effrayée. *Trator* la bouscula pour chercher tout autour d'elle.

– Tu as vu quelqu'un ?

– Quelqu'un ?

– Personne n'est passé par là ?

– Par là ? Non. À part Camila qui est venue manger une galette de tapioca. Et Bruna qui voulait du…

– Je ne te parle pas des filles, connasse ! Il y avait quelqu'un d'autre ! Il y a eu un truc bizarre sur les images.

– Sur les images ?

– Arrête de répéter tout ce que je dis !

Il ouvrit la porte donnant sur l'arrière-cour et vit que la caméra de surveillance en haut du mur avait pivoté vers le sol.

– Qui a touché la caméra ? Tu as vu quelqu'un oui ou non ?

– Si j'ai v… Non, je n'ai vu personne. C'était peut-être le chat.

Trator se hissa sur une caisse de bières et réorienta la caméra dans la bonne direction.

– Arrête de lui donner les restes à ce putain de chat ! Si je le vois encore dans les parages, je le crève et je t'oblige à le bouffer. T'es pas en vacances ici, compris ?

Elle voulut s'excuser, mais le vigile était déjà reparti. Elle s'appuya contre la pile de l'évier et tordit sa mèche blonde, comme chaque fois qu'elle était terrifiée. Ce qui lui arrivait souvent depuis trois semaines. Elle attendit, encore tremblante, puis ouvrit la porte, vérifia le couloir, personne, referma, revint vers l'évier et fit coulisser la cloison en bois sous la cuisinière. Júlio Cesar se déplia pour s'extraire du réduit encombré de tuyaux et de produits de nettoyage. Souriant, il l'attrapa par la taille pour la serrer contre lui mais elle se dégagea, terrorisée.

– Il faut que tu partes, il pourrait revenir !

– C'est un con, trop de muscles, pas de cervelle. Embrasse-moi.

– Il va me frapper s'il apprend que tu viens me voir. Ou pire, m'obliger à faire ce que font les autres filles.

– C'est impossible baby, le Samouraï m'a promis qu'il ne t'arrivera rien, tu sers de caution, rien de plus. Dans quelques jours, j'aurai l'argent, je le rembourse et je te sors de là. Je t'aime, tu le sais non ?

– Oui mais…

– Je t'ai dit que j'allais acheter la moto d'Elias ? Il me propose un super prix. Je vais t'emmener à Búzios avec.

– Quand ça ?

– Très bientôt je te dis. On passera le réveillon sur la plage.

Il l'embrassa en lui caressant les fesses, mais quand il insinua ses doigts sous le bord inférieur du short en jean, elle se tortilla pour se libérer, les yeux fixés sur la porte.

– Pars s'il te plaît. Je dois préparer les repas des filles.

– Je t'appelle ce soir. Je t'aime baby.

Il l'embrassa de nouveau et se faufila dans l'arrière-cour. Avant d'escalader le mur, il choisit une des culottes qui séchaient sur la corde à linge et la jeta sur la caméra, obstruant l'objectif. Content de lui, il se mit à grimper, mais la porte de la cuisine s'ouvrit une nouvelle fois. *Trator* était de retour. Affolée, Isabel ne put s'empêcher de se tourner vers la cour. Heureusement, Júlio Cesar avait réussi à plonger derrière les caisses de bouteilles de Coca.

Accroupi, il observait le vigile qui tournait comme un chacal autour d'Isabel. Alors qu'elle versait du riz dans une casserole en tremblant, *Trator* fit tomber une cuillère sur le carrelage. Júlio Cesar savait qu'il l'avait fait exprès, pour obliger Isabel à se baisser et pouvoir reluquer ses jambes. Et son cul qu'il prit en photo avec son smartphone.

Il avait envie de revenir dans la cuisine, de s'emparer d'un couteau, d'ouvrir en deux le ventre de ce *filho da puta*, de récupérer son amoureuse et de s'enfuir.

Mais il savait que les hommes du Samouraï les rattraperaient avant même qu'ils puissent sortir de la ville.

Gabi

La moquette rayée, bleu, gris et bordeaux ; le fauteuil beige ; la bouilloire chromée sur la table ; les sachets de thé Lady Grey ; les capsules de café Nespresso ; la fenêtre ne s'ouvrant que sur cinq centimètres pour éviter les suicides ; les façades des immeubles en face, sur fond de montagnes d'un vert intolérable, comme si elles venaient d'être repeintes ; et sur le côté de la fenêtre, les rideaux blancs, tranchant avec la moquette rayée, bleu, gris et bordeaux...

Assise sur le lit, Gabi s'enivrait dans un continuel panoramique de la chambre. Elle avait essayé de lire un de ses mangas, de regarder un film à la télé, de surfer sur le web, mais rien ne fonctionnait. Elle avait pris trois douches, de plus en plus froides. Ce ne fut pas mieux. Seul l'inventaire inutile de la chambre réussissait à atténuer ces images incrustées dans son cerveau comme une tache blanche sur la rétine :

Celso sur le brancard de la morgue.
Les croûtes sur ses mains.
Le sang sur son visage.
Ses yeux fermés.

Elle récupéra son sac sur le lit et sortit l'article du journal *O Tempo*, le seul à avoir relaté le crime sur plus de deux lignes. Elle le lut, même si elle le connaissait déjà par cœur. Il ne disait d'ailleurs pas grand-chose, un touriste de São Paulo avait trouvé la mort après un vol dans une rue du quartier de Cidade Jardim. Le coupable était mort. La *prefeitura* promettait de nouvelles rondes policières.

Elle avait cherché d'autres informations sur Internet, mais sans rien trouver de plus développé. D'autant qu'une tragédie avait supplanté ce fait-divers finalement assez banal. Un viaduc construit moins de cinq ans auparavant s'était effondré sur l'avenida Pedro I sans raison apparente. L'accident avait fait trois morts et dix-huit blessés. La *prefeitura* promettait une enquête rapide et impitoyable.

Elle hésitait à prévenir ses copines de la mort de Celso. Elles allaient l'inonder de coups de téléphone. Comment le leur dire d'ailleurs ? Avec un message sur sa page Facebook ? Et avec quels mots ?

« *Salut à toutes. Il fait beau au Brésil. Ah et Celso est mort. @+* »

Et pourquoi pas un émoji de visage en larmes ?

Elle parcourut les profils de ses amis. Ils avaient posté des vidéos marrantes, des selfies de collègues du Centre coiffés de bonnets de Noël et des invitations pour les fêtes du réveillon. Le monde tournait.

Une voix cristalline dans le couloir. Elle se dirigea vers la porte pour espionner par le judas. C'était un couple.

La femme pouffait. C'était celle qui l'avait examinée dans l'ascenseur après l'avoir entendue faire l'amour avec Celso. Elle était avec son mari. Ou un amant. Un homme que cette salope allait pouvoir serrer entre ses bras, et entre ses jambes !

Ni la police ni l'IML ne l'avaient encore rappelée. Qu'allait-elle décider pour le corps de Celso quand elle pourrait le récupérer ? Le faire enterrer ici, à Belo Horizonte ? Le ramener en France ? Combien coûtait le transport d'un cercueil ? Allaient-ils lui rembourser le billet retour de Celso ? Lui faire un avoir ? Allait-elle continuer de se farcir la tête avec ces questions stupides ?

La nuit était tombée. Elle ne s'attendait pas à cette douleur physique qui l'avait envahie, les maux de tête, les sensations d'étouffement, les tremblements irrépressibles dus à l'épuisement et l'insomnie. Si elle arrivait à dormir, il se pourrait qu'à son réveil, tout soit comme avant. Elle ne dormit pas. Elle observa le moustique posé sur sa cuisse – *il est arrivé comment au seizième étage ? Par la fenêtre ? L'ascenseur ? Il va me piquer ? Me contaminer ? Chikungunya ? Paludisme ? Dengue ?*

Elle n'arrêtait pas de penser que tout était de sa faute. Si elle n'avait pas voulu rentrer, elle serait restée avec Celso dans ce bar, ils seraient revenus à l'hôtel plus tard, ou plus tôt, ou par un autre chemin, ou en taxi, et il n'aurait pas été braqué, et il ne serait pas mort. Ou alors elle serait morte avec lui, ce qui n'aurait pas été pire. Les mêmes suppositions tournaient dans sa tête comme des ivrognes braillards faisant la ronde en se tenant par la main. La femme de ménage entra. C'était le matin.

Vêtue d'un uniforme marron et blanc, elle s'excusa, elle avait frappé, personne n'avait répondu, elle allait revenir plus tard. Elle se baissa pour ramasser un tee-shirt posé sur le sol, mais Gabi hurla :

– Ne touchez pas à ça !

Surprise, la femme de chambre recula. Gabi s'en voulut, tenta de s'excuser, mais c'était un peu tard. La femme de ménage partit sans un bruit. Gabi se leva et remit le tee-shirt dans l'exacte position où l'avait laissé tomber Celso la dernière fois qu'il était sorti de la salle de bains.

Investigadora Rafaela

En pénétrant dans la *delegacia dos desaparecidos*, Rafaela savait qu'elle commettait une erreur : elle appartenait à un autre service de police et elle se mêlait de ce qui ne la concernait pas. Et comme elle le pressentait, celui qui la reçut, l'*investigador* Lucas, barbe courte et tatouages de rappeur, s'emporta. Ses collègues et lui s'occupaient de plus de 3 000 disparitions par an, ils travaillaient jour et nuit, exploitant la moindre piste, le plus insignifiant des renseignements, et ne laissaient jamais, jamais tomber un cas ! Ils s'étaient démenés pour Isabel dos Santos, comme pour tous les autres disparus, hommes, femmes, vieillards ou enfants. S'ils n'avaient aucune nouvelle, c'était soit parce qu'il lui était arrivé malheur, soit parce qu'elle avait suivi un amoureux dans un autre État. Ils allaient malgré tout poursuivre leurs recherches, mais il la prévint, qu'elle ne s'amuse pas à mener sa propre enquête, c'était toujours comme cela que l'on compliquait les choses.

Rafaela passa le reste de son après-midi à lui désobéir en arpentant Nossa Senhora da Conceição, une favela en voie d'urbanisation possédant avenues goudronnées, eau courante et écoles. Elle interrogea tous ceux qu'elle croisa, mais personne ne savait quoi que ce soit, ou alors ils débitaient des hypothèses sans preuves et des ragots contradictoires.

Sa présence avait été vite signalée et les parents de la gamine vinrent à sa rencontre, débordants de reconnaissance. Elle essaya de tempérer leur enthousiasme, elle venait simplement jeter un œil, elle ne pensait pas faire mieux que ses collègues du service des disparitions, mais Ana dos Santos lui embrassa les mains comme si elle allait accomplir un miracle sous leurs yeux. Le mari, Anastasio, un homme noueux aux yeux doux de Père Noël, tint à lui faire visiter leur *abrigo*, l'orphelinat que lui et sa femme tenaient depuis vingt ans dans le quartier. C'est ici qu'avait été recueillie Isabel après avoir été abandonnée à l'âge de deux mois par sa mère toxicomane. Sa femme et lui étaient tombés amoureux de ce bébé si plein de vie et avaient fini par l'adopter. C'était aujourd'hui leur fille de sang et ils étaient terrorisés à l'idée qu'elle soit en danger. Mais que Dieu en soit remercié, la *delegada* Tajès était là pour la sauver et la leur ramener. La mère embrassa de nouveau les mains de Rafaela qui se maudit de leur avoir donné cet espoir déraisonné.

En repartant de l'*abrigo*, elle rasa les murs pour tenter vainement de marcher à l'ombre. Elle ruisselait, regrettant que toute cette eau perdue ne la fasse pas au moins maigrir un peu, et repéra la façade d'un temple évangélique, *A Igreja do Cristo Rei Nazareno*. Quatre colonnes de marbre triomphantes entouraient la porte à deux battants largement ouverts comme une invite. Elle entra.

L'immense salle rectangulaire déserte et sillonnée de néons blancs n'était pas aussi fraîche qu'elle l'avait espéré.

Elle se signa et avança au milieu de ces chaises en plastique thermoformé que l'on trouvait partout, dans les maisons, les restaurants, les bordels, et bien sûr, les églises. Un jeune *pastor*, pantalon de toile noire et chemise blanche fermée jusqu'au dernier bouton, surgit de nulle part et se précipita sur elle, tout sourire dehors. Rafaela sortit le tract. Déçu – ce n'était pas une future disciple – il expliqua qu'il était au courant de la disparition de la pauvre enfant, mais il ne savait rien, si ce n'est que Dieu pourvoirait à son salut. Rafaela s'épongea l'arrière du cou et lui fit signe de s'asseoir à côté d'elle. Il s'exécuta, de nouveau souriant, il y avait sans doute là une ouverture. Il allait attaquer son laïus quand elle le prit de court :

– Juste une question. Quand on meurt, et qu'on n'a commis aucun péché, combien de temps doit-on attendre avant de s'asseoir à la droite du Seigneur ? Un an ? Deux ? Davantage ?

Déstabilisé, le *pastor* perdit quelques millimètres de sourire.

– Comment cela ?

– Si on n'a rien fait de mal, et qu'on meurt soudain, pourquoi attendre dans les limbes ? Pourquoi ne pas aller directement au paradis ?

– Les limbes ?

– Le purgatoire, les limbes, l'entre-monde, on se fiche du nom exact. Pourquoi doit-on rester si longtemps dans cet état intermédiaire avant d'être enfin en paix ? Et que peut-on faire pour libérer une âme en peine de cette errance ?

Perturbé, le *pastor* leva son visage vers le ciel pour se donner le temps de préparer une réponse satisfaisante, mais il sentit sur lui le regard fixe de Rafaela et, très vite, sa belle chemise blanche fut baignée de sueur.

En ressortant du temple, Rafaela avisa une *lanchonete* qui servait des plats complets, avec riz blanc, haricots noirs, frites, choux-fleurs et morceaux de bœuf braisé. Elle en commanda un, accompagné d'une bouteille de bière Antarctica Original. Sur la télévision en hauteur étaient diffusées les images en direct d'une intervention de la police contre des trafiquants de crack au nord de la ville. Elle pouvait entendre, en vrai, au loin et avec un décalage, les rotors des hélicoptères qui survolaient le quartier en question. Ces hélicoptères qui ne recherchaient pas la petite Isabel.

Thiaguinho étira ses jambes maigrelettes sur une chaise en plastique et paria qu'elle n'avait pas eu de réponse dans le temple : les noms des églises évangéliques changeaient, mais à l'intérieur c'était partout pareil, personne ne savait jamais rien. Et ce n'était pas mieux dans les cathédrales catholiques, les synagogues ou les *terreiros* de candomblé.

Il haussa les épaules et se mit à sourire.

– Je t'ai dit que j'ai rencontré la fille du *governador* ? Stefany. Elle m'a donné son WhatsApp.

Rafaela termina son assiette, alluma une deuxième cigarette et commanda une troisième bière ainsi qu'une part de gâteau au chocolat, au lait condensé et à la chantilly. Un homme s'approcha, tête baissée et regard fuyant comme s'il entrait dans un sex-shop. La cinquantaine, débardeur mou, jean bon marché et sandales en cuir. Il la dépassa, s'arrêta, revint, puis finit par s'asseoir derrière elle et gigota sur sa chaise en donnant l'impression qu'il souffrait du ver solitaire. Elle vida son verre, s'essuya la bouche dans un carré de papier et se tourna vers lui.

– Qu'est-ce que tu veux ? Que je te paie une bière ? Que je t'accorde une danse ?

Déstabilisé, l'homme regarda de tous côtés comme s'il cherchait une issue de secours. Rafaela leva le menton.

– Alors ?

– C'est que… voilà… je suis un voisin des parents d'Isabel… et je…

– Tu as des informations ?

– Ben, c'est-à-dire… On vous a parlé de Jota-Cê ?

– Non. Je t'écoute.

– Ce n'est pas son nom, juste son surnom, enfin des initiales. JC, *Jota-Cê*. Comme José Carlos ou João Cristiano ou…

– J'avais compris. Il fait quoi ton Jota-Cê ?

– Je le connais pas. C'est un *malandro*, il vend de la drogue. Enfin je crois. Ou des motos volées. Et… et…

– Et ?

– Et c'est le petit copain d'Isabel. Ses parents ne savent pas qu'elle couche depuis longtemps. Même si je pense que c'est ce Jota-Cê qui a profité d'elle. Parce que c'est une gentille fille. J'ai quelques photos. Vous voulez voir ?

Sans répondre, elle tendit la main. Il alluma son smartphone, chercha dans l'album-photo, mais elle s'en empara et fit défiler les clichés. Quelques-uns montraient la gamine avec le fameux Jota-Cê, un garçon d'une vingtaine d'années aux cheveux rasés sur les côtés, le cou tatoué des cinq étoiles du club de football du Cruzeiro. Sur d'autres photos, Isabel était accompagnée de copines du même âge. Mais sur toutes les autres, elle y était seule, à pied dans la rue, sur son vélo, les cheveux mouillés après une douche ou assise devant l'orphelinat, un casque audio sur les oreilles. Sur la dernière, elle apparaissait en culotte, derrière les rideaux mal fermés de sa chambre.

Rafaela leva des yeux noirs vers le voisin qui se troubla.

– Tu la mates depuis longtemps ?

– Moi ? Mais non je… je la connais depuis toujours, et je la trouve… très photogénique.

– Surtout à poil. Tu étais où quand elle a disparu ?

– Moi ? À Vitoria. J'y vais deux fois par mois pour acheter des *coco verde*. J'y suis resté une semaine. Vous pouvez vérifier.

– Je le ferai. En attendant, je transfère tes photos sur mon téléphone. Et je les efface du tien.

– Ah bon ?

Elle pianota pour s'envoyer les clichés. Puis supprima tout l'album.

– Et si j'apprends que tu continues d'épier des gamines, photogéniques ou pas, je te jette en prison en racontant aux détenus que tu as violé un bébé de trois mois.

Blême, il récupéra son téléphone en tremblant. Elle vida sa troisième bière, et en commanda une autre.

Elle reprit sa voiture, même si elle savait qu'elle n'était pas en état de conduire. Elle avait trop mangé et elle avait encore trop bu. Mais le GPS allait l'aider à rentrer chez elle. Elle pourrait regarder des infos déprimantes. Ou des épisodes de *Grey's Anatomy*.

Et si elle partait en virée dans le centre ?

Non. Elle se ferait dépouiller comme la dernière fois où elle y était allée, saoule comme aujourd'hui.

Elle prit tout de même la direction de la *rodoviária*, la gare routière. Il fallait qu'elle se change les idées et qu'elle oublie cette Isabel qui avait dû mourir depuis tout ce temps. On allait l'appeler dans une semaine, ou dans plusieurs mois, lorsque l'on découvrirait par hasard son corps putréfié. Un cadavre de plus. Elle espérait qu'elle ne viendrait pas la hanter, elle aussi.

Capitão

Il fit sa balade quotidienne en compagnie des chiens, leur donna à manger, les brossa et appliqua de la pommade au coin des yeux rouges de Tyson. Quand il revint vers l'immense maison de deux étages dominant la vallée, il vit un de ses hommes, le *locutor*, le *speaker*, qui l'attendait sur le sentier en trépignant.

Vingt ans auparavant, le *locutor* avait été le présentateur de rodéos le plus célèbre du Brésil. Arrêté pour trafic de cocaïne, il avait passé deux ans dans la prison Franco da Rocha de São Paulo, où il avait été poignardé quatorze fois dans une bagarre, et avait perdu un rein. Il avait été libéré grâce aux avocats d'un de ses admirateurs, Guilherme Napoleão Soares, dit *o Capitão*, et était depuis à son service, prêt à mourir pour lui s'il le lui demandait.

Agité, le *locutor* ne tenait pas en place et se frottait la bouche en parlant :

– C'est votre fiancée, elle… elle…

– Calme-toi. Que se passe-t-il avec Mirela ?

– Elle n'est pas encore revenue de son shopping en ville. Je savais qu'elle n'aurait jamais dû y aller. Imaginez qu'elle y ait appris la mort de Celso ? Et si elle avait fait une crise ?

– Comment veux-tu qu'elle l'apprenne ? Elle n'achète aucun journal. Et je lui ai interdit Facebook, Twitter et toutes ces saletés.

– Oui, mais si à la télé…

– À la télé, elle ne regarde que les *novelas* et *The Voice*. Et elle ne va sur Internet que pour commander des parfums.

– Oui mais si…

– Arrête avec tes si.

Son regard transperça le *locutor* qui baissa la tête. Un bruit de moteur les fit se tourner. C'était justement le Porsche Cayenne conduit par Aldemir qui entrait dans la propriété. Le *Capitão* avait choisi Aldemir pour trois raisons : son inquiétant œil blanc, dû à un glaucome, qui faisait frémir tout le monde, sa conduite prudente, et la facilité avec laquelle il tuerait à mains nues quiconque s'approcherait de trop près de Mirela.

Aldemir sortit les paquets du coffre pendant que Mirela descendait du 4 × 4. Au loin, à la porte de la brasserie, deux employés s'arrêtèrent de décharger un camion pour admirer la sublime *mulata* aux yeux aussi clairs qu'un torrent de montagne. Mais l'un des deux aperçut le regard fixe du *Capitão* et il entraîna l'autre dans le hangar.

Dans sa chambre surchargée de coussins satinés, Mirela ouvrit ses sacs face à son fiancé qui l'observait d'un air intrigué.

– Comment as-tu pu acheter toutes ces robes avec seulement l'argent que je t'ai donné ?

Elle eut un infime moment d'absence puis elle dégaina son sourire.

– Elles étaient en soldes. Et j'ai marchandé.

– Des soldes à douze jours de Noël ?

– Ben oui. Où j'aurais pris l'argent de toute façon ?

Elle lui adressa un autre sourire, l'embrassa sur la bouche et prit la première robe, une rouge à paillettes.

– Celle-là, elle va te plaire.

Elle fit glisser sa jupe et enleva son corsage. Il la regarda se dandiner en culotte. Elle était si belle. Il ne pouvait vivre sans elle. Mais elle lui mentait. Il découvrirait de quelle façon. Et il la ferait plier. Il la ferait plier comme le Libanais qui croyait pouvoir le défier. Ou comme Celso qui lui avait désobéi et l'avait déjà payé de sa vie.

Gabi

Elle se réveilla suintante, prisonnière du drap froissé, se libéra à coups de pied furieux et récupéra son téléphone qui n'arrêtait pas de biper. Elle avait fini par annoncer la mort de Celso par texto dans la nuit, profitant du décalage horaire pour n'avoir à parler à personne. Il y avait vingt-deux messages venant de France. Elle n'en écouta aucun. La police, elle, ne l'avait pas appelée. Elle tenta de joindre l'institut médico-légal. On la mit en attente dans un silence assourdissant. Au bout de vingt minutes, elle hurla des *Allô !* exaspérés. Personne ne répondit. Elle raccrocha avec rage.

Dans le lobby, elle se calma en compagnie de Jean-Alix, le portier haïtien qui la dépassait de trois têtes et qui parlait un français ressemblant à une berceuse. Ils avaient sympathisé à leur arrivée et il leur avait raconté qu'il vivait au Brésil depuis trois ans, économisant dans le but de rapatrier à Belo Horizonte le peu de famille qui lui restait sur son île. Gabi comprenait aujourd'hui ce que cela signifiait, il avait lui aussi perdu des proches, sans doute beaucoup, et de façon dramatique. Pourtant il souriait tout le temps, lui disant qu'il allait faire très beau aujourd'hui et que le taxi qu'il lui avait commandé arriverait dans moins d'une minute. Elle voulut lui parler de Celso, de sa mort, réalisant que personne dans l'hôtel n'était au courant. Mais le taxi était là et Jean-Alix lui en ouvrait déjà la portière.

Le chauffeur, tassé et presque invisible derrière son volant, devait avoir plus de quatre-vingts ans. Il devait penser devoir sa longévité aux cinq crucifix en métal chromé qu'il avait amoncelés sur son tableau de bord, en compagnie de trois rosaires en bois brun et d'un magnet de la Vierge Marie qui, avec ses bras écartés, ressemblait à la déesse Iemanjá. Cette Iemanjá que Celso avait tatouée sur l'avant-bras. Iemanjá, la déesse de la mer, censée protéger ceux qui traversaient les océans. Iemanjá, cette foutue menteuse.

Aux feux rouges, Gabi observait des mendiants qui déposaient en équilibre sur les rétroviseurs extérieurs des voitures des sachets de bonbons porteurs de messages religieux optimistes. « *Jesus está voltando*, Jésus revient ! » Puis ils couraient les récupérer avant que le feu ne repasse au vert. Des automobilistes en achetaient-ils ? Où les vendeurs se fournissaient-ils ? Pourquoi les taxis étaient-ils tous blancs dans cette ville ? Y avait-il des Uber ici ? Des *Oubaires*, comme disait Celso. Une nouvelle fois, Gabi n'arrivait plus à contrôler son esprit et ses pensées rebondissaient comme un Super Mario hystérique.

Le taxi la laissa rue José Ildeu Gramiscelli dans le quartier de Bonfim, un quartier moins beau que celui de son hôtel et écrasé par un soleil qui paraissait plus cruel ici. À l'accueil de la *delegacia dos homicídios*, le policier aux joues grêlées finissait de raconter une blague à ses collègues rassemblés autour de lui. Torse bombé, fier d'avoir déclenché l'hilarité générale, il se tourna enfin vers elle. Mais elle ne voulut pas se renseigner auprès de lui, pas à côté de tous ces types qui, elle l'aurait parié, devaient lorgner en douce ses seins ou ses fesses.

– Je voudrais voir la *delegada* Rafaela Tajès.

– Elle n'est pas *delegada. Investigadora* seulement.

– Vous croyez que je suis venue me documenter sur vos grades ?

Il la fixa une seconde, cherchant une réplique qu'il ne trouva pas, puis demanda aux autres où était la *sapatão*. Personne ne savait et personne ne semblait s'intéresser au sujet. Gabi commença à s'énerver, répétant que c'était urgent. Il lui indiqua une vague direction sur le côté et reprit sa discussion avec ses collègues.

Gabi s'engagea dans le couloir, arriva au bout et ne trouva personne. Elle revint sur ses pas, passa la tête dans des pièces où travaillaient des policiers concentrés sur leurs ordinateurs, mais aucun ne lui accorda un regard. Elle grimpa un escalier et finit par trouver Rafaela dans un bureau décoré d'étoiles accrochées n'importe comment, comme lors d'une fin de fête ratée. Absorbée par l'écran de son PC, Rafaela piochait dans un sac d'un kilo de noix de cajou toastées. Elle n'avait pas entendu Gabi et celle-ci en profita pour l'observer. Elle savait qu'on utilisait ce vilain mot de *sapatão*, grosses chaussures, pour désigner une lesbienne, mais elle ne put s'empêcher de vérifier la taille des pieds de l'*investigadora* sous le bureau. Ils étaient normaux, petits même par rapport aux mollets qui les surmontaient.

Elle aperçut la photographie d'une adolescente sur l'écran de l'ordinateur. Rafaela sentit sa présence derrière elle, ferma le document comme prise en faute et se tourna. Elle mit quelques secondes avant de reconnaître Gabi et s'étonna qu'elle soit arrivée jusque-là sans avoir été annoncée. Pourquoi était-elle venue d'ailleurs ? Un nouveau problème ? Gabi s'approcha.

– C'est comme ça que vous appelez la mort de quelqu'un, un problème ?

– Vous avez raison, désolée. Et donc vous êtes venue pour… ?

– Je n'ai plus aucune nouvelle de vous.

– Normal, je ne suis plus en charge de l'enquête.

– Comment ça ?

– On travaille par roulements, deux fois douze heures pour chaque équipe, et on passe le relais. C'est ma collègue l'*investigadora* Cavalcante qui a repris le dossier. Elle n'est pas là pour l'instant. Je lui dirai de vous rappeler.

– J'ai traversé toute la ville pour venir jusqu'ici. Quand j'appelle, on me fait poireauter pendant des heures. Vous ne pouvez pas me renseigner ?

Rafaela réprima un soupir, s'essuya les doigts couverts de sel sur son pantalon, cliqua sur l'icône d'un dossier sur son ordinateur, entra son code d'accès et commença à lire :

– Le résultat de la nécropsie a confirmé la mort par hémorragie due aux coups de couteau. Pas d'autres lésions.

Un taux d'alcool élevé dans le sang. Pas de toxiques décelés. C'est tout. Le meurtrier du voleur quant à lui n'a toujours pas été retrouvé.

Rafaela fit disparaître le document d'un clic de souris, puis la regarda comme une caissière fatiguée attendant qu'on insère sa carte bleue dans le terminal. Gabi reprit :

– Et l'IML ?

– Quoi l'IML ?

– Ils ne m'ont pas appelée.

– Vous êtes sûre ?

– Non, je ne suis pas sûre, je suis venue parce que je m'ennuyais dans ma chambre d'hôtel, c'était ça ou me faire les ongles et j'ai oublié mon vernis à Paris.

Rafaela soupira, bien fort cette fois, et décrocha le téléphone. Elle appuya sur quelques touches, demanda à parler au Dr Marcelo de Castro, patienta en contemplant son paquet de cigarettes posé devant elle, puis eut son interlocuteur, échangea des politesses, lui donna le nom de Celso, écouta, souleva un sourcil intrigué, écrivit sur un Post-it, remercia, raccrocha et se tourna vers Gabi qui piaffait sur place avec l'envie de prendre le sac de noix de cajou et de le bazarder à travers la pièce.

– Alors ?

– Le corps de votre ami n'est plus à l'institut médico-légal.

– Et pourquoi on ne m'a pas avertie ? Il est où ?

– C'est son oncle, j'ai noté son nom…

Rafaela détacha le Post-it pour le lire :

– … Klebber de Oliveira. C'est lui qui est venu le récupérer. Vous voulez son numéro ?

– Mais quel oncle ? Il n'avait plus de famille.
– Vous pensez qu'il n'y a que des orphelins au Brésil ?
Gabi fixait le Post-it.
Un oncle ?

Gabi

Le chauffeur de taxi, jeune cette fois, la peau cuivrée et luisante, semblait ivre de bonheur. Il s'était présenté, il s'appelait Reinaldo, il était *belo-horizontino* depuis cinq générations, et sa ville était la plus belle de tout le Brésil, voire de tout le continent sud-américain. Pensez-donc, la ville aux quatorze mille bars, quatorze mille ! Il voulut lui montrer le formidable lac artificiel, les merveilles imaginées par Oscar Niemeyer, la place du Pape qui possédait le plus beau panorama, la…

– S'il vous plaît, soyez gentil et allez plus vite, je suis pressée.

Il marmonna quelque chose sur les gringos qu'elle ne voulut pas comprendre.

Le quartier d'Ipiranga était gardé comme une forteresse, entrées d'immeubles filtrées par des vigiles, digicodes, grilles et portes successives. Ayant franchi avec succès tous les barrages, Gabi trépignait dans l'ascenseur. Klebber, l'oncle de Celso, avait été bref au téléphone, il lui avait donné son adresse, précisant qu'il devait partir travailler, il gérait une entreprise de construction, et qu'il ne pourrait la recevoir que si elle acceptait de venir tout de suite. Elle s'était sentie soudain moins seule. Elle allait pouvoir partager son désarroi avec quelqu'un. Mais Klebber ne lui ouvrit pas les bras en grand. Il la fit entrer dans son appartement joliment agencé, mais ne lui offrit ni café ni *pão de queijo*. Consultant régulièrement son portable, il lui apprit qu'il était le frère du père décédé de Celso, qu'il n'existait plus personne d'autre dans la famille, et répondit aux autres questions de Gabi de façon lointaine, obnubilé par l'écran de son smartphone. Déçue, elle lui demanda comment il voulait s'arranger pour les funérailles. Il haussa les épaules.

– Je m'en suis occupé. Celso a été enterré hier.

– Quoi ?

– Au Brésil on va vite, tu sais, à cause de l'encombrement des morgues, et des grosses chaleurs de décembre. Et pourquoi attendre quand il n'y a personne pour venir à l'enterrement ?

Elle le dévisagea, incapable de rassembler ses pensées. Elle voulait s'asseoir, boire quelque chose, de sucré de préférence. Il vérifia une nouvelle fois son téléphone, puis sa montre, et la regarda, le visage penché, comme perplexe.

– Tu es qui déjà, je veux dire par rapport à Celso ?

– Moi ? Mais Gabi ! On vit ensemble depuis plus d'un an !

– Ah oui, je crois qu'il m'avait parlé de toi, tu étais sa professeure de français.

– J'étais plus que ça.

– Si tu le dis. Je regrette mais je n'ai plus beaucoup de temps, mes ouvriers m'attendent. Et si je ne suis pas là, ils font n'importe quoi. Tu veux voir sa tombe ?

La nécropole surplombait le quartier de Bonfim et ne ressemblait pas aux habituels cimetières brésiliens aux tombes blanches. La plupart des sépultures étaient surmontées de statues en marbre noir, des Christs géants aux visages sévères étendant les bras pour protéger les pierres tombales, noires elles aussi – *les protéger de quoi ? De la pluie ? Des pigeons ? De l'oubli ?*

Gabi suivait Klebber qui avançait en vérifiant toujours ses messages sur son smartphone, expliquant qu'en temps de crise les affaires n'attendaient pas. Il lui désigna une tombe, sans sculpture celle-là, une simple dalle noire sur laquelle étaient inscrits plusieurs noms, tous des De Oliveira, dont les dates de la mort s'étalaient sur près d'un siècle. Le nom de Celso n'était pas encore gravé, lui précisa Klebber, il le serait en début de semaine prochaine, c'était commandé et déjà payé, qu'elle ne s'inquiète pas, il ne lui demanderait rien. Préoccupé par ses rendez-vous professionnels, il s'excusa, il fallait vraiment qu'il y aille. Il lui effleura le front d'un baiser rapide et disparut sous le portique en ciment où était gravé « *Morutori Mortius* », « Ceux qui vont mourir pour ceux qui sont morts ».

Immobile sous le soleil qui s'acharnait à lui calciner les épaules, Gabi suivait des yeux un convoi dans l'allée en pente tout près d'elle. Le camion funéraire ouvert sur les côtés laissait voir un cercueil en bois ciré aux ornements tarabiscotés. Une dizaine de personnes suivaient, tous très vieux, se protégeant du soleil sous de larges parapluies. Personne ne lui adressa un regard, ni ne sembla même l'apercevoir. Elle n'existait plus. Elle se souvint d'un documentaire vu une nuit d'insomnie. Il parlait des trous noirs qui avalaient les planètes. Il y avait eu des mondes et puis soudain plus rien. Et personne ne savait ce qu'il s'était passé, ni pourquoi.

De retour à l'hôtel, elle chercha un visage amical, hélas Jean-Alix n'était plus de service. Elle se dirigea vers la réceptionniste coiffée d'un chignon lisse d'hôtesse de l'air qui lui avait adressé un signe de la main accompagné d'un sourire. Mais ce n'était qu'un sourire professionnel, elle voulait savoir si Gabi comptait bien rendre sa chambre le lendemain, comme prévu. C'était en effet la fin de ses « vacances » et ils espéraient qu'elle avait passé un excellent séjour. Fallait-il lui réserver un taxi pour l'aéroport ?

Elle fit sa valise. Et celle de Celso. Elle n'avait d'autre choix que de rentrer en France. Mais elle avait la terrible impression de l'abandonner ici. Et de commettre une grave erreur.

Capitão

Ils formaient un public attentif: au centre, le *Capitão*, une tasse de café à la main, brûlant comme il l'aimait; de chaque côté de sa chaise, les deux chiens, oreilles dressées, en alerte; derrière lui, ses hommes, Vargas, bras croisés et jambes jointes comme une figurine en plomb, et Zika, impatient, changeant d'appui d'un pied sur l'autre.

Face à eux, devant les cuves en acier qui bourdonnaient, Aldemir, le garde du corps de Mirela, mains liées dans le dos par une chaîne, faisait non-non-non de la tête en fixant le sol. Une sueur épaisse coulait de son front, longeant son œil vitreux.

Le *Capitão* caressa la tête de Princesa, qui en frémit, puis reprit, très calme, comme s'il s'adressait à un enfant un peu attardé:

– Tu mens Aldemir. Et tu mens très mal. Ça clignote autour de toi: mensonges, mensonges, mensonges.

– Je vous jure, je n'ai rien fait!

Le *Capitão* plissa les yeux avec l'acuité d'un peintre examinant sa toile encore vierge.

– Je pourrais peut-être commencer par ton œil valide. En l'attaquant à la visseuse électrique. Sur la plus petite vitesse.

– Je vous en supplie, je vous répète que ce n'est pas moi !

– Ensuite, je t'arracherai la langue, cette langue qui s'obstine à me mentir. Et je donnerai ton corps à mes chiens. Il ne restera plus rien de toi et de ta minable existence.

Aldemir se redressa, avec un dernier soupçon de fierté.

– J'ai de la famille, ils me chercheront, vous aurez des ennuis !

Le *Capitão* sourit.

– Tu me menaces Aldemir ? Tu sais ce que je fais des misérables comme toi ? Vargas, montre-lui.

Aldemir se tendit, mais Vargas se contenta de sortir son smartphone, d'ouvrir l'application vidéo et de lui tendre l'écran. Aldemir y vit l'homme du Libanais plongé dans la cuve bouillante. Effrayé, il tenta de détourner le regard, mais Vargas promena le smartphone devant son visage jusqu'à la fin du film. Il baissa la tête, et finit par tout avouer, ce qui arracha un sourire au Capitão : les inquisiteurs vénitiens avaient trouvé la meilleure des tortures, la peur par anticipation.

– C'est vrai, j'ai prêté de l'argent à Mirela. Elle voulait acheter d'autres robes et elle n'avait plus assez sur elle. Je ne devais pas vous en parler, c'était juste un petit secret entre elle et moi.

– Non Aldemir, ce n'est pas un petit secret, c'est une trahison. Tu as joué au grand cœur avec Mirela dans mon dos, et ce n'était pas pour lui rendre service. Au fond de toi, tu veux coucher avec ma fiancée.

– Mais non, je vous jure que non !

– Ne me prends pas pour un idiot Aldemir, personne ne prête de l'argent à une femme dans le dos de son homme s'il ne veut pas la lui voler. Et bien entendu, je ne peux l'accepter. Zika, fais-toi plaisir mon garçon.

Celui-ci n'attendait que ça. Son coup de pied dans les genoux fit vaciller le garde du corps. Sans lui laisser la possibilité de se rétablir, il lui envoya une série de coups de poing au visage. Rendus fous par les gouttes de sang qui les aspergeaient et frustrés de ne pouvoir attaquer, les chiens aboyaient comme des furies. Zika continua de frapper, coups de poing, coups de coudes, coups de genoux. Le nez d'Aldemir craqua, son œil valide se ferma, il se plia en deux et vomit sans que la pluie de coups ne cesse.

Le *Capitão* prit sa tasse, recueillit du bout de l'annulaire les derniers cristaux de sucre imbibés de café et les suça.

– Ça suffit. Et vous aussi les chiens, silence.

Il avait parlé d'une voix basse, mais les deux molosses stoppèrent instantanément. Zika souriait, essoufflé et comblé. Le *Capitão* avait raison, il aimait faire mal, bien plus que baiser ou se défoncer. Il était un danger mortel. Zika, le virus fatal.

Le *Capitão* se leva, jetant un dernier regard sur Aldemir qui gémissait avec une voix d'enfant.

– Tu vas quitter Belo Horizonte et le Minas Gerais. Si par malheur tu voulais revenir, je te ferais tuer et je ferais tuer tous tes proches.

Il partit, ses deux chiens à ses côtés, mais Zika le rattrapa devant la porte de la brasserie. C'était à propos du Libanais. Il avait bien étudié le coup et d'après lui, c'était possible de le coincer malgré toutes ses protections. Il suffisait que le *Capitão* lui donne l'ordre et il irait le buter. C'était super simple. Le *Capitão* secoua la tête.

– Non, ce n'est pas super simple. Tout le monde sait que je veux sa disparition, la police serait ici dans l'heure qui suit.

– Vous avez des hommes à vous là-bas.

– Pas à la police fédérale. Et le meurtre du Libanais serait de leur ressort.

– Mais vous ne pouvez pas le laisser vous narguer comme ça, il faut montrer que vous avez des couilles !

Le *Capitão* s'arrêta. Seule la veine qui palpitait sur sa tempe montrait qu'il était sur le point de perdre patience.

– Pourquoi ? Quelqu'un en doute ? Toi ?

Zika se tut, pas très certain de vouloir s'engager sur ce terrain, mais trop orgueilleux pour battre en retraite. Vargas les rejoignit, ayant senti que la situation pouvait dégénérer. Il lui agrippa le bras.

– Charge Aldemir dans le pick-up et vire-le de la propriété.

Mais Zika se dégagea et soutint le regard du *Capitão*. Il n'avait pas si peur, le lion se faisait vieux, il perdait ses crocs. Et comme Zika avait passé ses quinze premières années à se faire tabasser par son beau-père, il ne craignait pas les coups. D'un autre côté, le *Capitão* payait bien. Très bien même. Alors il prit sa décision. Il garda la tête haute mais il tourna sur lui-même et partit.

Les chiens fixaient leur maître qui respirait lentement, les yeux mi-clos. Vargas s'inquiéta :

– C'est encore une de vos migraines ? Vous voulez que je…

– Tais-toi.

Le *Capitão* massa ses tempes du bout des doigts et peu à peu, la douleur se stabilisa à un niveau acceptable. Mais le *locutor* arriva en courant. Mirela s'était enfermée dans sa chambre et refusait d'ouvrir. Il avait entendu des bruits de meubles renversés. Le *Capitão* fronça les sourcils.

– À cause d'Aldemir ?

– Non. Elle était chez le coiffeur. Des clientes parlaient de la violence dans la ville. Et elles citaient des exemples. C'est comme ça qu'elle a appris pour Celso. Je vous l'avais dit !

Le *Capitão* frappait du poing à la porte, mais Mirela refusait d'ouvrir. Un éclair de haine enflamma son regard, il redescendit, récupéra la hache posée dans l'entrée, revint et fracassa la porte en une dizaine de coups rageurs. Mirela s'était blottie dans un coin de la chambre. Luttant contre le mal de tête qui risquait de le submerger, il lui parla avec calme :

– Tu sais que je n'aime pas quand tu t'enfermes. Mais je comprends mon amour, tu as dû être choquée par la mort de Celso.

– C'était toi ?

– Non, je n'y suis pour rien. Je ne l'aimais pas, je ne vais pas dire le contraire, mais je ne désirais pas sa mort. Celso a été victime d'un crime, hélas, ordinaire.

Il se pencha et l'embrassa avec tendresse.

– Je le jure devant Dieu.

Elle le fixa puis ferma les yeux comme un acquiescement. Il lui sourit à nouveau.

– Je vais demander que l'on répare très vite ta porte *meu amor*. Ah, et tu vas avoir un nouveau garde du corps.

– Aldemir est parti ?

– Disons que tu ne le verras plus. On va te trouver quelqu'un de plus fidèle. Et de moins dépensier.

Elle comprit. Il lui sourit une dernière fois avant de sortir.

– Ne t'enferme plus, d'accord ?

Dans le couloir, son sourire s'effaça. Ses hommes lui résistaient, Mirela lui résistait, le Libanais lui résistait, son propre corps lui résistait. Avec un hurlement de rage, il planta la hache dans une marine encadrée qui lui avait couté 6 000 reais.

Gabi

Ses premiers jours à Paris furent un long tunnel envahi d'eaux troubles, un amas confus de jours et de nuits noyés dans un brouillard laiteux que les illuminations de Noël perçaient à peine. Ses copines affolées avaient fait le siège de l'appartement qu'elle louait au fond d'une cour, rue d'Avron, mais elle n'avait pas voulu les voir et avait éteint son téléphone. Elle voulait rester seule, s'enfoncer au plus profond du désastre, comme quand, petite, elle triturait la gencive enflammée d'une dent cariée.

Le premier soir, épuisée par la nuit blanche du voyage retour, elle avait vu Celso dans le couloir. Elle avait voulu le rejoindre, mais il lui avait fait signe de rester là où elle était, puis il était entré dans la chambre. Elle l'avait quand même suivi, le cœur cognant dans sa poitrine. Il n'y était plus.

Elle n'avait pas pu dormir dans *leur* lit et s'était réfugiée sur le canapé du salon où elle s'était recroquevillée comme un poing serré. Depuis, elle errait entre ce petit appartement devenu trop grand et les rues glacées de cette ville où elle ne se sentait plus à sa place. Tout était semblable et tout était différent. Comme si la terre avait pivoté d'un seul millimètre mais que tout avait changé.

La musique pimpante des magasins et les passants agglutinés devant les vitrines de Noël, heureux d'être en famille ou pire, en couple, lui donnaient envie de les frapper sauvagement. Un matin, ou un après-midi, ou peu importe quand, elle avait senti son odeur rue de la Roquette et s'était immobilisée. Il était là, à cinq mètres, dans sa doudoune noire et entrait dans une librairie, La Manœuvre. Elle avait couru pour le suivre à l'intérieur. Ce n'était pas Celso bien entendu, juste un inconnu avec le même parfum, *Acqua di Giò*. Un libraire s'était approché, besoin d'un conseil ? Le rayon « Beaux Livres de Noël » était face à la caisse si elle le cherchait. Elle s'était tournée vers lui.

– Vous avez des mangas ?

Il n'en avait pas. Assise au fond du bus 96, elle ouvrit le livre de Rosa Montero qu'elle avait acheté au hasard. Mais était-ce un hasard ? Le nom de l'auteure était proche du sien et le titre semblait avoir été choisi pour elle : *L'Idée ridicule de ne plus jamais te revoir*. Il parlait de deuil, celui du mari de Marie Curie et celui du compagnon de l'auteure. C'étaient des signes non ? Mais venant de qui ? De Celso ? Que voulait-il lui dire ? Qu'il allait bien ? Qu'il allait mal ? Qu'elle n'aurait jamais dû le laisser seul là-bas ?

Et puis le jour arriva où elle dut reprendre le travail. Le Centre de Formation Lingua était un institut spécialisé pour étrangers en voie de naturalisation, situé au milieu de la rue des Pyrénées. On y passait des diplômes de langue française, le DILF, le DELF, le DALF, des acronymes dont elle ne se rappelait plus la signification. Elle était une des professeurs et c'était là qu'elle avait eu Celso comme élève.

Ses collègues l'entourèrent, on lui frotta le dos comme si elle avait froid, on la traita comme une enfant – *ça va passer, tu vas voir* –, comme une idiote – *quelle idée aussi d'aller dans un pays aussi dangereux!* – ou comme une sœur de malheur – *moi tu sais j'ai un gros souci avec ma mère en ce moment.* Boscovitch, le jeune manager du Centre, lui proposa d'aller courir avec lui – *la nature, le grand air, rien de tel pour te rebooster.* À croire qu'elle sortait d'une grosse grippe.

Elle quitta ses élèves en plein cours et se retrouva devant la pizzeria de la rue de Ménilmontant où elle avait proposé un soir à Celso qu'il s'installe chez elle. Elle disait que c'était pour l'aider car il avait du mal à trouver un studio pas trop cher près du bar de Nation où il travaillait, mais en fait, vivre avec Celso lui était devenu une évidence.

Elle n'était plus devant la pizzeria, elle se trouvait maintenant rue Sedaine dans le onzième, sans savoir comment elle était arrivée jusque-là. Trois mois plus tôt, Celso l'avait conduite dans cette boutique d'ancien grossiste de textile. Il s'était associé avec Yannis, un financier jovial qui l'adorait, pour lancer ensemble un bar brésilien, le Cachaça Chic. C'était d'ailleurs pour démarcher un producteur de cachaça qu'il avait dû partir pour Belo Horizonte. Ce n'était qu'un voyage d'affaires de quelques jours, mais elle avait voulu l'accompagner et avait tellement insisté qu'il n'avait pu qu'accepter – *quelle conne, j'aurais plutôt dû l'empêcher de partir!*

Un commerçant chinois la lorgnait avec suspicion, en reculant dans sa boutique où clignotait un arbre de Noël en PVC – *il croit quoi? Que je suis une terro et que je vais me faire exploser devant son magasin de robes en polyester?*

Sur le rideau baissé du Cachaça Chic, une affichette « À Vendre ». Déjà ? Elle eut envie de parler à Yannis, hélas, elle n'avait pas son numéro, il était sur le téléphone de Celso volé la nuit de sa mort. Elle appela l'agence immobilière, mais ils n'avaient pas le droit de divulguer ses coordonnées. Elle insista, les menaça, les insulta, et ils raccrochèrent. Elle ferma les yeux pour se calmer, rappela, s'excusa et laissa un message pour Yannis qu'ils promirent de transmettre. Sur une impulsion, elle entra dans un salon de tatouage rue Saint-Sabin, à quelques mètres de là. Il lui fallait le même que celui de Celso, au même endroit, sur l'avant-bras gauche, mais le tatoueur ne comprit rien. Au lieu de la fière déesse Iemanjá, il lui proposa une pauvre Vierge Marie éplorée. Et elle eut la nausée en apercevant le sang perlant sous l'aiguille d'un autre tatoueur qui gravait une moto sur le biceps d'un jeune homme au regard troublé.

Trois amies l'attendaient devant sa porte, une avec des lasagnes, l'autre avec de la tisane, la dernière avec des magazines pour qu'elle se change les idées. Elle ne voulait pas se changer les idées et elle réussit à les faire partir en prétextant des copies à corriger et en promettant de les appeler. Elle plongea dans les profondeurs d'Internet pour lire tout ce que l'on pouvait trouver sur le deuil, comme une ivrogne vidant le plus de bouteilles possible. Le mot deuil venait du latin « *dolere* », souffrir. Elle le confirmait. Selon les psychologues, le travail du deuil comportait entre cinq et huit étapes. Quelle que soit la classification, elle en était toujours à la première, celle de la sidération et du déni. Et pourquoi appeler cela un travail ? Un travail, c'était pour vivre, pas pour couler vers la dépression et ses doigts poisseux. Elle visita des blogs de personnes ayant perdu un proche, mais la plupart étaient trop religieux pour elle, avec des promesses de retrouvailles dans un au-delà immaculé, le tout arrosé de phrases ésotériques. « *Laisse les morts ensevelir leurs morts.* » Cela voulait dire quoi ? Qu'on devait oublier, comme s'il ne s'était rien passé ?

Il fallait qu'elle dorme. Elle piocha au hasard un de ses mangas, *Sunny* de Taiyou Matsumoto. Celui qui parlait de l'abandon, des orphelins, et des foyers. Mais ce n'était peut-être pas le moment de lire ça. Elle éteignit. Le quartier était silencieux comme s'il avait neigé. Une ville morte. L'impression de se retrouver à la campagne. Elle repoussa cette idée. Elle ne voulait pas penser au chalet, surtout pas maintenant. Mais comment se forcer à ne pas penser à quelque chose ?

… *Le dortoir est plongé dans la nuit noire. Il sent la Javel et une odeur qu'elle ne connaît pas encore, celle de l'herbe tout juste coupée. Un meuble craque. Un meuble, vraiment ? À moins que ce soit des pas sur le parquet en bois. Elle entend aussi des frottements d'étoffe. C'est quoi ? On dirait que quelqu'un agite un parapluie humide. Soudain, elle sent une présence près de son lit. Une fille de son âge. Peut-être plus vieille. Douze ans ? Elle tient une lampe de poche, filtre la lueur dans la paume de sa main. Ses cheveux frisés sont couleur corbeau, ses yeux noirs, et une tache de naissance marron s'étale sur sa joue. Elle s'assied près d'elle et parle très vite en chuchotant. Elle s'appelle Naïma, elle est là depuis un an, le bruit qu'on entend, ce sont les vampires cachés dans les arbres du jardin qui n'attendent qu'un signal pour s'élancer, fracasser les vitres du chalet et venir leur sucer le sang à toutes. Elle se penche pour lui susurrer à l'oreille que le risque est aussi ailleurs, qu'il faut se méfier de toutes les autres, la première nuit est la plus dangereuse. Elle éteint sa lampe et disparaît. Gabi bloque sa respiration de peur qu'elle ne couvre les bruits de pas de celles qui pourraient approcher. Elle sait qu'elle peut mourir de suffocation, mais elle ne se résout pas à relâcher l'air de ses poumons. Elle ne veut pas être là, elle voudrait prier pour partir, mais aucun dieu ne l'a jamais entendue. Et soudain, les autres attaquent.*

Investigadora Rafaela

Sur TripAdvisor les notes allaient de *muito bom* à *excelente* et l'odeur puissante de la viande grillée la faisait saliver. Le problème, c'est qu'elle savait qui était le propriétaire du restaurant. Un Argentin. Un Argentin qui avait accroché partout des photos de Lionel Messi, du pape Francisco, et des drapeaux bleu et blanc, comme s'il était chez lui ici, en plein cœur du Brésil !

Après deux minutes à hésiter, elle se décida à entrer et un serveur se précipita.

– Combien de places ? Deux ?

Elle leva l'index, une seule. Il parut intrigué, mais n'émit aucune remarque, refroidi par son regard revêche.

Installée en terrasse pour pouvoir fumer, elle étudia le menu et opta pour le *rodízio*, la viande servie à volonté par une armée de cuisiniers déambulant entre les tables, munis de longues broches sur lesquelles étaient empalés morceaux de bœuf, de porc, saucisses et cœurs de poulet. En cherchant ses cigarettes, elle trouva le tract de l'adolescente disparue, soupira, le remit dans sa poche et alluma une Hollywood. Et elle aperçut Boneca, Poupée, assise sur le bord du trottoir entre deux voitures, qui fixait les bouchons de petites bouteilles d'eau avec un point de colle afin de les faire passer pour des neuves alors qu'elle avait dû les remplir d'eau du robinet. Quand Rafaela surgit devant elle en lui bouchant le soleil, Boneca se dressa d'un bond et voulut fuir. Mais la main de la policière s'abattit sur son épaule comme la serre d'un urubu.

Boneca avait seize ans. Elle était née Luiz Antonio. Elle s'était toujours détestée, murée dans ce sarcophage révoltant de garçon, et s'était enfuie de chez son père qui la battait dès qu'il la voyait avec un trait d'eye-liner. Elle traînait depuis près de la *rodoviária* et vivait d'un large éventail de délits, du vol à l'arraché à la prostitution.

Boneca observait Rafaela en essayant de ne pas trembler. Elle avait cinq grammes de *maconha* dans la poche de son minishort, une fausse montre Gucci au poignet et un stylet en acier dans son sac, une arme encore imprégnée du sang d'un client qui avait voulu l'arnaquer et qu'elle avait planté au bras. Cette fois, elle risquait de finir l'année en prison où elle serait le cadeau de Noël des détenus qui se battraient pour être les premiers à la violer.

Tout en maintenant son biceps filiforme, Rafaela écrasa du pied les bouteilles d'eau qui explosèrent avec des hoquets.

– Si c'est des gringos qui t'en achètent une, ils pourraient en mourir avec leurs estomacs fragiles. Tu veux avoir ça sur la conscience ? Je t'ai déjà dit que si tu voulais un travail, je pouvais t'aider.

– Mon père ne veut pas que je travaille, il veut que j'aille à l'école.

– Ton père ne sait plus si tu es vivante ou non, et il s'en contrefiche.

Boneca se détendit, la policière avait dit vivante, pas vivant. C'était le signe qu'elle ne la méprisait pas et qu'elle allait la relâcher sans trop la taxer.

– Tu as mangé ?

– Oui.

– Tu es maigre comme un fil dentaire.

Elle lui tendit un billet de dix.

– Achète-toi un sandwich, pas de l'alcool, sinon je t'arrache la tête.

Rafaela revint à sa table où son couvert avait été dressé. Renversé sur une chaise, pieds nus posés sur la table, Thiaguinho désignait avec mépris Boneca qui s'éloignait, les bras croisés sur sa poitrine comme si elle avait froid.

– Ce n'est pas en l'aidant que tu seras absoute. Tu as ouvert l'enveloppe ? Je suis sûr que non. Faut que tu l'ouvres une bonne fois pour toutes, et que tu saches si tu dois payer ou pas, au lieu de tenter d'apitoyer Dieu en secourant des épaves.

Rafaela ne voulut pas l'écouter, ni voir sa plaie au ventre qui arborait le même rouge que la viande qu'un serveur lui proposa en s'arrêtant devant elle avec sa broche. Elle passa son tour et commanda une bouteille de Skol. Thiaguinho tripotait sa blessure, glissant ses doigts dans l'orifice purulent.

– Ce soir, c'est mon anniversaire de mariage. J'ai réservé au Vecchio Sogno. Le meilleur italien de la ville. Stefany est de nouveau enceinte. J'ai acheté une *cobertura*, un penthouse, dans le quartier de Savassi. 1 900 000 reais. J'ai payé cash.

Quand elle termina son repas, elle avait englouti un demi-kilo de *picanha* de bœuf, cinq saucisses, une douzaine de cœurs de poulet, et bu trois grandes bouteilles de bière. Malgré ses jambes flageolantes, elle prit sa voiture et, comme attirée par un gigantesque aimant, elle retourna dans la favela de Nossa Senhora da Conceição, où vivait la famille d'Isabel, disparue depuis un mois maintenant.

Assise portière ouverte, elle surveillait les allées et venues en faisant défiler sur son smartphone les photographies de la gamine et de ses copines. Elle finit par en repérer une dans la ruelle, une adolescente aux cheveux trop frisés et à la peau trop noire pour espérer sortir un jour de ce quartier déshérité. Elle s'approchait sans la voir, coiffée d'un casque audio. Rafaela s'extirpa avec peine de son siège en se tenant aux montants de la carrosserie et lui saisit le coude au passage. Sans la lâcher ni se présenter, elle sélectionna sur son téléphone la photo où l'on voyait Isabel et le garçon aux cheveux rasés sur les côtés.

– Son nom c'est quoi à ce *malandro* ?

– Je le connais pas, lâchez-moi.

– J'ai trop bu, je suis fatiguée et je n'ai aucune patience. Il s'appelle comment ? Réponds.

Affolée par les yeux injectés de sang de Rafaela, la gamine baissa la tête et marmonna :

– Jota-Cê.

– Ça, je suis déjà au courant. Jota-Cê comme quoi ? José Carlos ?

– Non, Júlio Cesar. Júlio Cesar de Melo.

– Il habite où ?

– Près de la *borracharia*, le réparateur de pneus. Mais il n'y est plus. Ça fait deux mois. Je ne sais rien d'autre, je vous jure !

Rafaela la relâcha et vit que son bras avait rougi. Elle voulut s'excuser, mais la gamine était déjà trop loin.

La petite Isabel s'était-elle enfuie avec ce Júlio Cesar de Melo ? C'était possible. Le CV du garçon était déjà bien rempli malgré son jeune âge. Agression à quinze ans, suspicion de cambriolage à seize, arrestation pour possession de drogue à dix-sept, mais en quantité insuffisante pour un renvoi au tribunal. Aucune condamnation. Pour l'instant. Júlio Cesar, malgré son double prénom impérial, était un petit délinquant ayant toutes les qualités pour finir un jour entre les quatre murs d'une des cent quatre-vingt-dix prisons du Minas Gerais.

Ce fut tout ce que Rafaela put dénicher sur lui en se rendant à la *delegacia*. Où elle n'avait rien à faire, puisqu'elle était censée être en récupération, comme le lui signala son chef, le *delegado* Ciro Rocha. Elle prétexta des affaires oubliées dans un placard, mais il ne l'écoutait plus. Membre de l'Église adventiste du septième jour, il était mal à l'aise en sa présence. Pour lui, elle appartenait à une autre espèce animale, une espèce sans doute dangereuse pour l'humanité. Il lissa sa cravate, regarda à droite puis à gauche, comme s'il allait traverser une avenue, opéra un demi-tour sur lui-même et disparut dans son bureau.

Sur le parking, Leidiane lustrait avec gourmandise le tableau de bord de son Ford Explorer. Elle fit asseoir Rafaela sur le siège passager pour une démonstration du système audio et alluma l'autoradio.

« *Olha a explosão / Quando ela bate com a bunda no chão* (Écoute l'explosion quand elle frappe le sol avec ses fesses). »

Les baffles encastrés dans les portières firent vibrer le ventre de Rafaela et Leidiane lui sourit de toutes ses dents alignées par un orthodontiste de génie. Amusée par sa joie enfantine, Rafaela fit pourtant cesser le déluge sonore en éteignant la radio. Leidiane s'étonna :

– Tu n'aimes pas le funk ?

– Si, mais je n'ai que 39 ans, c'est trop jeune pour devenir sourde. Tu étais au courant que la victime du quartier de Cidade Jardim avait un oncle ?

– De qui et de quoi tu parles ?

– Celso de Oliveira, le *namorado* de la toute petite gringa, celui qui s'est fait poignarder.

– Ah oui, ça y est. Son voleur s'est tiré avec son argent, sa montre, son portable, et s'est fait trucider à son tour par son complice ou un autre connard de sa favela. Donc la première victime avait un oncle. Et ? C'est un problème ?

– Non. Juste qu'on croyait qu'il était seul au monde.

– Personne n'est seul au monde.

– Si, moi.

– Je suis là *querida*. Et j'ai un cadeau pour toi.

Leidiane fouilla à l'intérieur d'un sac-poubelle et en sortit une casquette noire avec, cousues au-dessus de la visière, quatre grosses lettres argentées, D.I.O.R.

– Je les ai gagnées dans un bazar chinois.

– Gagnées, j'imagine que c'est comme ça que tu appelles les amendes pour contrefaçon.

D'autres flics attirés par le butin s'agglutinèrent comme des abeilles sur un buisson de nouvelles fleurs et Leidiane fit la distribution. Jenival hérita d'un flacon de parfum Dolce & Gabbana dont il s'aspergea en abondance. Lui aussi aurait dû être en récupération, mais le public constitué par ses potes lui manquait trop. Il connaissait, comme par hasard, une blague sur les Asiatiques :

– C'est une belle Japonaise qui se réveille toute nue à côté d'un cheval et…

Rafaela s'éclipsa sans que personne le remarque. Le bazar chinois se trouvait dans le centre. Cela lui avait donné une idée. Une envie plutôt.

La rua Guaicurus était une rue très connue dans le quartier de la *rodoviária*. À la toute fin du XIXe siècle, la bourgeoisie de la ville en avait eu assez de voir les prostituées s'exhiber sous leurs fenêtres. Ils avaient signé des pétitions, manœuvré auprès des autorités et glissé des billets dans les poches profondes de quelques hommes politiques qui prirent des mesures. Les filles – il n'y avait pas encore de garçons à l'époque, ni de travestis – disparurent, mais ne changèrent pas de quartier. Elles s'installèrent dans des immeubles de la rue baptisés hôtels, dont les fenêtres furent murées pour plus de discrétion. Ou d'hypocrisie, selon les avis. La bourgeoisie s'en était contentée – ne pas voir, c'est ne pas être au courant, et cela n'empêchait pas, si besoin était, de consommer sans avoir à se transporter jusqu'à des quartiers périphériques hasardeux. Mais peu à peu, en graissant d'autres pattes et en remplissant d'autres poches profondes, d'autres « hôtels » ouvrirent, transformant ce quadrilatère de rues commerçantes en un centre actif de la prostitution très bon marché, qui fit fuir la bourgeoisie vers des quartiers plus décents.

Rafaela dépassa les bazars chinois sans chercher à savoir lequel avait été taxé par Leidiane, et jeta un œil dans les bars sans portes et pourtant sombres à l'intérieur, où se vendaient peu de jus de fruits. Elle entra dans un des hôtels, en passant sous un portique qui n'aurait pas sonné même si elle l'avait franchi équipée d'un lance-roquettes. Un vigile en jean et tee-shirt noirs soupira, ils étaient en règle, pourquoi venait-elle les embêter ? Elle le toisa, narines dilatées, il se décomposa et elle monta l'escalier étroit qui donnait sur un premier couloir labyrinthique. Ici, pas d'arbres de Noël, de guirlandes ou d'étoiles dorées. Des portes donnaient sur des chambres de moins de dix mètres carrés sans fenêtres, équipées d'un lavabo et d'un lit posé à même le sol. Les filles les louaient 90 reais la journée et les passes coûtaient entre 15 et 40 reais, de 5 à 13 euros. Les hommes déambulaient sur les trois étages, s'arrêtaient devant les chambres ouvertes pour lorgner les filles nues ou en culotte, certains négociaient, d'autres attendaient leur tour devant les portes closes des chambres occupées, sans se regarder les uns les autres, comme s'ils faisaient la queue devant un distributeur de billets. Tous se plaquèrent contre les murs et fixèrent leurs chaussures quand apparut Rafaela. C'était une femme. La seule habillée. C'était donc une flic. Tous avaient envie de disparaître. Mais Rafaela ne les voyait pas. Elle aussi regardait les filles une à une.

Elle ressortit de l'hôtel, en essaya un deuxième à quelques mètres de là. Puis un troisième sans se décider. Elle s'installa dans un bar, le Bin Laden Café, qui servait de l'alcool et des pastels au fromage trop huileux. Là aussi on la regarda par en dessous, mais de façon plus hostile. Dans quelques-uns de ces bars, le commerce ne tournait pas seulement autour de la prostitution. Un mois auparavant, des trafiquants de coke s'étaient entretués dans la rue pour des luttes de territoires.

Rafaela s'accouda au comptoir. Elle sentait le danger autour d'elle. Un danger aussi excitant que toutes ces filles, et aussi enivrant que la cachaça pure qu'elle commanda d'un geste.

Gabi

Oubli ? Simple erreur ou aveuglement ? Quoi qu'il en soit, elle ne s'était pas assez couverte et avait même mis des lunettes de soleil, avant de découvrir le ciel blanc comme un drap mortuaire et la violence du vent polaire qui balayait Paris. Elle plaqua le téléphone contre son oreille comme s'il pouvait la protéger du froid. Qui lui parlait déjà ? Ah oui, Boscovitch, le manager du Centre. Il essayait de rester détendu, mais elle sentait son exaspération, c'était sa troisième absence sans prévenir, la prochaine session du DILF approchait et il restait à peine trois jours avant la trêve de Noël. Elle répondit qu'elle se rendait chez le médecin et qu'elle arriverait un peu en retard. Boscovitch continua de parler, il se demandait si elle ne préférait pas qu'il… elle raccrocha et leva la tête. C'était là, numéro 13.

L'agence immobilière n'avait évidemment pas transmis son message à Yannis, le financier de Celso, mais Gabi avait facilement trouvé l'adresse de son organisme de prêt. Elle entra dans l'immeuble après avoir montré l'intérieur de son sac à un agent de sécurité. La secrétaire, soixante ans et robe colorée comme le drapeau d'un pays inconnu, lui barra la route, il fallait prendre rendez-vous, envoyer un mail, et de toute façon, M. Mavros n'était pas là. Gabi la fixa d'un regard de cendres noires jusqu'à ce qu'elle décroche le téléphone intérieur.

Yannis s'excusa, il n'avait pas répondu à son message – il l'avait donc reçu –, son emploi du temps était infernal, il devait finaliser les investissements pour la clôture de l'année fiscale.

Il ne la regardait pas en face, feuilletait des chemises en papier, rebouchait son Bic pour la dixième fois, ouvrait et fermait des tiroirs. Puis il finit par se lancer, très vite. Elle n'avait droit à rien, ni à une rétrocession des droits ni à un partage de la vente du local. Contrairement à ce qu'il avait promis au départ, Celso était entré dans l'affaire du Cachaça Chic sans aucun apport financier, et avec seulement un ou deux contacts de producteurs, des contacts plus fumeux qu'autre chose. Yannis s'en était vite rendu compte, mais au lieu de se séparer de lui comme il aurait dû le faire, il avait poursuivi leur collaboration parce qu'un vrai Brésilien derrière le comptoir aurait été une valeur ajoutée lors du lancement du bar. En résumé, qu'elle ne croie pas qu'il y ait quelque chose à récupérer, c'était lui qui avait perdu lourd dans l'aventure.

Il s'arrêta, la tête baissée et le souffle court du marathonien arrivé dernier. Elle le dévisagea, gagnée par la colère. Elle n'était pas venue réclamer de l'argent, mais pour évoquer Celso avec un ami. Elle était loin de penser que Yannis allait dénigrer ainsi Celso.

Dégoûtée, elle se leva pour partir, aperçut les plans du Cachaça Chic sur une étagère et demanda si elle pouvait en avoir un. Yannis l'observa, sourcils froncés, cherchant à savoir quelle était la combine. Elle serra les mâchoires pour ne pas l'insulter et expliqua que les plans étaient annotés de la main de Celso et que c'était précieux pour elle. Yannis baissa la garde, enfin touché, racontant que deux ans auparavant, il avait perdu sa mère et qu'il ne se passait pas un jour sans qu'il pense à elle. Cela n'avait rien à voir, bien sûr, mais il comprenait. Gabi haussa les épaules, le moment d'intimité attendu était passé, c'était trop tard pour pleurer dans les bras l'un de l'autre.

La pluie et le froid avaient déposé une pellicule de gel sur le rebord des vitres de l'appartement. Gabi était penchée au-dessus des toilettes. C'était la troisième fois qu'elle souffrait de nausées – *et si j'étais enceinte ?* Elle se redressa, s'essuya la bouche et se fit face dans le miroir avec un sourire idiot – *ce sera un garçon. Je l'appellerai Celso bien sûr.* Elle observa ses yeux cernés et ses cheveux sales. Il fallait qu'elle mange, qu'elle dorme, qu'elle prenne soin de sa santé. Dès la première heure le lendemain, elle irait acheter un test pour être sûre, même si elle sentait qu'il était là, leur bébé, dans son ventre, irradiant déjà le ciel de sa vie.

Elle mit de la musique douce, Suzanne Vega, monta le chauffage et engloutit tout ce qu'elle put trouver dans les placards, une boîte de maïs, une de cœurs de palmier, des olives vertes dénoyautées. Et elle se coucha tôt, comme une sage écolière à la veille d'une interro, sans surfer sur Internet, sans lire de mangas, en fermant simplement les yeux et en se laissant submerger par le sommeil en retard…

… Le couloir est si long. Sans issue. Le sol est blanc, carrelé, éblouissant. Quelqu'un vient. Elle ne voit personne, mais les murs vibrent au contact des pas de l'inconnu. C'est Celso ? Il faut que ce soit lui ! Elle veut le revoir, sentir sa peau, griffer son torse. Mais ce n'est pas lui. C'est… Oh non, pas elle ! Elle s'enfuit dans le couloir obscur pour ne pas avoir à s'expliquer. Elle court sur la place aveuglée de soleil. Des maisons blanches, des volets peints de couleurs vives et quatre rues désertes en étoile. Elle doit en choisir une. Elle sait qu'il y aura Celso au bout. Elle prend la plus lumineuse pour ne pas être broyée par la nuit. Elle a raison, Celso est là, de dos, appuyé au comptoir. Elle court vers lui, il…

Sonnerie de téléphone. Elle voulut retenir son rêve, mais il s'enfuit comme ces images de nuages en accéléré dans les films. La sonnerie continuait, stridente. C'était Boscovitch. Il était neuf heures du matin, elle aurait dû être en cours. Elle coupa l'appel et fit courir ses doigts sur l'écran pour chercher le dernier message laissé par Celso. C'était avant leur départ, il l'avait appelée en sortant du chantier du bar pour lui dire le truc le plus anodin du monde :

« C'est moi. J'achète du pain ou non ? Rappelle-moi. »

Elle n'arrivait pas à se souvenir si elle l'avait rappelé ou non. Elle écouta encore une fois sa voix. Puis encore, et encore…

Le test acheté à la pharmacie de la rue d'Avron était négatif. Elle n'était pas enceinte, il n'y aurait aucun enfant, elle n'était qu'un ventre vide, malade d'une stupide indigestion. Le courrier s'accumulait dans la boîte aux lettres, des lettres de fournisseurs d'alcool adressées à Celso et le nouveau numéro de *Bar Business Magazine* auquel il était abonné. Comme elle, la Poste refusait d'admettre qu'il n'était plus de ce monde.

Ses plantes étaient mortes, elles aussi, pas suffisamment arrosées. Elle les jeta, puis se souvint que c'était lui qui avait acheté le palmier nain, ce faux arbre qu'elle avait trouvé ridicule. Elle se dépêcha de le récupérer dans la poubelle, mais se blessa avec le couvercle d'une boîte de conserve. La paume de sa main saigna à l'endroit même où Celso avait été poignardé lors de son agression. Blessure défensive avait dit la flic. Gabi agrandit la plaie pour voir jusqu'à quel point elle pouvait supporter la douleur. Elle prit deux Zolpiden. Dormir était la solution. Elle se souvint de la torpeur qui l'envahissait au Brésil quand elle faisait la sieste et qu'il la réveillait pour lui faire l'amour. Elle réécouta le message, fit défiler leurs selfies, en sélectionna un, zooma sur le visage de Celso, colla le portable entre ses cuisses et s'endormit…

… la place déserte aux maisons blanches. Elle choisit la rue étroite, celle qui mène à Celso. Elle s'y engage et elle est à la campagne. Le ciel est pourpre, des broussailles envahissent le chemin, il est interdit de passer par là. Elle avance quand même et l'horizon se couvre de nuages charbonneux. Les ronces mordent ses jambes nues, elle saigne, des serpentins rouges courent le long de ses cuisses. Au milieu du champ, un olivier donne une ombre noire comme l'intérieur d'un puits. Cachée dessous, c'est bien elle. Naïma. Elle tient un cierge ivoire incrusté d'or et elle rigole.

– Tu m'avais oubliée ma grosse ?

Sa tache sur la joue est plus étendue, elle englobe maintenant l'oreille et la pommette.

– Tu cherches ton mec ?

Elle lui fait signe de s'asseoir près d'elle, mais Gabi ne veut pas salir sa robe pourtant couverte du sang de ses jambes écorchées. Naïma recueille du bout de l'index la cire fondue du cierge, la goûte et la recrache.

– T'inquiète, je vais le chercher ton chéri. C'est normal si je ne l'ai pas encore vu, il doit avoir la trouille. Au début on a très peur et on en veut à ceux qui nous ont laissés tomber. Tu l'as laissé tomber lui aussi ?

Les fourmis jaillissent d'un tumulus de terre et grimpent sur Gabi, qui ne bouge plus. Les premières plongent dans sa plaie à la main et…

Elle se redressa, en nage, le ventre douloureux et la bouche pâteuse comme si elle avait trop bu. Cette fois, le rêve ne s'évanouit pas et s'incrusta avec la force d'une migraine. Elle traversa l'appartement en titubant comme une ivrogne, avec l'impression qu'on avait fouillé chez elle – *quelqu'un est entré ? Où est mon portable ? On me l'a volé ? Oui je sais, la paranoïa est un effet secondaire des somnifères, je vous emmerde.* Elle prit deux autres comprimés. Pourquoi ne trouvait-elle pas son téléphone ? C'était impossible de le perdre, il contenait sa voix et son visage ! Elle le trouva enfin. La batterie était épuisée. Elle aussi. Naïma lui disait toujours qu'elle était trop nerveuse. Pourquoi penser encore à Naïma ? Elle s'effondra dans le fauteuil. Les yeux lui brûlaient. Elle ne voulait plus dormir. Si elle dormait, elle allait retomber dans ses rêves maudits. Mais comment lutter contre ces souvenirs qu'elle repoussait en vain depuis des années et dans lesquels elle décida, finalement, de se laisser aller…

… Les montagnes les encerclent, cet affreux vert est partout, et l'odeur incisive de l'herbe coupée pique les yeux. Le gros chalet craque de partout. Au premier étage, Naïma mène l'attaque dans le dortoir, suivie par Gabi et deux autres filles. La cible, c'est une nouvelle, onze ans, qui pleure depuis son arrivée au foyer ce matin. Elles se jettent sur elle, l'immobilisent, fouillent ses affaires, trouvent l'argent et une chaînette en or, s'en emparent puis disparaissent pour aller partager le butin.

Naïma et elle font caisse commune depuis deux ans. Avec le fric, normalement, elles descendent au village, Naïma achète du shit, elle les derniers volumes de Dragon Ball Z *à la Maison de la Presse. Mais cette fois Naïma a trouvé mieux que fumer des pétards. Elle a volé un litre de trichloréthylène à l'intendant du foyer, qui s'en sert pour nettoyer le moteur de la débroussailleuse.*

Naïma montre à Gabi comment s'y prendre, c'est facile, tu imbibes un bout de tissu, tu te le colles sous le nez et tu respires à fond. L'effet est garanti, comme si le cerveau se liquéfiait et coulait jusqu'à l'intérieur des cuisses.

Déchirées, elles montent sur le toit par la lucarne du grenier. L'air est glacé comme un poignard. Naïma allume la radio. Killing Me Softly With His Song, *par les Fugees.*

– Strumming my pain with his fingers…

Gabi est assise, appuyée contre une cheminée. Tous ses membres sont en plastique mou. Elle a envie de dormir.

De vomir aussi un peu. Naïma s'éloigne sur les tuiles. Gabi veut la rejoindre, danser avec elle, mais son cœur se glace. Elle vient de découvrir les chauves-souris cachées sous le surplomb du toit du chalet voisin qui la fixent de leurs têtes inversées. Si elle fait un seul mouvement, elles vont se précipiter sur elle, la mordre et sucer son sang. Leurs ailes s'agitent déjà avec des mouvements secs et ces affreux bruits de parapluie qu'on secoue. Soudain Naïma hurle. Mais Gabi n'arrive pas à bouger et…

Elle se réveilla. C'était elle qui avait hurlé ? Quelqu'un frappait à la porte. À la porte ou dans sa poitrine ? Elle se leva et dut se tenir aux murs pour atteindre l'entrée. Elle ouvrit. C'était Boscovitch, le manager du Centre. Elle s'effondra.

Capitão

Au cours des années, il était tombé amoureux de quelques-unes, mais elles ne restaient qu'un mois ou deux, rarement trois. Il finissait toujours par les renvoyer sans raison particulière, si ce n'était un ennui soudain et irréversible. Elles repartaient déçues ou vexées, mais confortablement indemnisées. Celles qui, en revanche, avaient commis des impairs – vol dans la propriété, rapprochement trop intime avec un employé ou attitude désagréable et répétée malgré les menaces – étaient punies. Il les livrait à un bordel d'Asunción au Paraguay, tenu par d'anciens soldats de son unité.

Mirela, c'était différent. Il la trouvait curieuse, fière et rusée. Belle, bien sûr. Elle avait hérité des formes de sa mère bahianaise et des yeux de son père, un marin norvégien. Sa peau moirée, sa taille de plus d'un mètre quatre-vingts, le volume de ses seins et ses yeux transparents excitaient tous les hommes et certaines femmes autant qu'ils les effrayaient. À des époques reculées, elle aurait été la propriété d'un roi, ou aurait été brûlée comme une sorcière sur la place publique.

Il l'avait crue perdue à jamais et l'avait retrouvée par hasard. De retour à Belo Horizonte, elle venait d'être embauchée dans une boutique du centre commercial Shopping Diamond. Il l'avait repérée de loin, toujours aussi magnifique, illuminant les clientes de son sourire, mais il ne s'était pas montré, pour éviter de l'effrayer. Pendant plus d'une semaine, chaque jour, il lui avait fait porter des orchidées *Chuva de Oro*, « pluie d'or », celles qu'elle préférait, sans lui faire savoir qu'elles venaient de lui. Et puis un matin, il s'était présenté à l'ouverture du magasin avec le bouquet du jour. Elle s'était figée, et enfuie. Mais il avait trouvé son adresse et avait envoyé Vargas lui livrer une robe de soirée Versace et un collier en perles et saphirs de chez H. Stern, accompagnés d'une invitation à dîner. Elle avait refusé à nouveau. Il avait réitéré l'invitation le lendemain, puis le surlendemain où il était venu lui-même, aux commandes d'un hélicoptère Robinson qui avait affolé tout le quartier. Elle n'avait pu s'empêcher de sourire. Le *Capitão* non plus. Il savait qu'il avait gagné la partie. Plus tard, il lui avait acheté la boutique où elle travaillait, mais il avait eu du mal à la savoir à la merci des regards et avait revendu le commerce, en faisant un beau bénéfice au passage.

Il la surveillait depuis deux heures, tout en jouant aux dames sur son smartphone avec un Hongrois vivant à Prague. Il monta le son d'un des trois moniteurs Sony reliés aux caméras qu'il avait fait installer en secret dans sa chambre. Elle discutait robes de mariée avec Crisóstomo, son nouveau garde du corps, un ancien videur du Velvet, une boîte gay de la ville. Elle avait étalé huit robes sur le lit, et cherchait à savoir laquelle était la plus belle. À moins d'un mois de son mariage, elle n'arrivait toujours pas à choisir. Elle les enfilait les unes après les autres sans se cacher de Crisóstomo, peu intéressé par le corps nu de la jeune femme.

Elle se glissa dans la dernière, satin blanc et soie blanche, avec des nuages vaporeux de tulle blanc autour des épaules et de la poitrine. Du blanc partout. Mirela, reine noire des neiges.

Elle s'observa dans le miroir, le visage de côté, indécise. Puis elle alluma son iPad et y chercha la vidéo de son premier mariage à Brasília, vieux de douze ans. Elle montra les images à Crisóstomo pour qu'il puisse en juger et lui dise s'il était d'accord avec elle : la robe qu'elle venait d'essayer était celle qui s'en approchait le plus, non ? Crisóstomo en convint, et elle serait encore plus ressemblante en rajoutant une longueur de traîne. Mirela hocha la tête, enfin décidée, ce serait celle-là. Le *Capitão* entra alors sans prévenir, les faisant sursauter. Il désigna la porte d'un signe de tête et Crisóstomo sortit. Il contempla Mirela puis grimaça.

– Je n'aime pas du tout cette robe.

Il saisit le tissu à deux mains à la hauteur de l'encolure et tira d'un geste sec. La robe se déchira et les seins de Mirela jaillirent, comme giflés. Il continua de tirer et les parures de tulle craquèrent comme des branches sèches. Mirela resta immobile pendant qu'il s'acharnait jusqu'à ce qu'elle fût nue. Puis il écarta du pied les lambeaux de satin et sa respiration se fit moins saccadée. Apaisé, il lui sourit. Elle était si jolie. Il la tourna ventre contre table, s'introduisit en elle et la baisa en s'agrippant à ses hanches comme aux rênes d'un cheval. Son sperme gicla sur ses fesses et sur les morceaux de robe déchiquetée. Il ne voulait pas qu'elle tombe enceinte, il ne voulait pas voir ce corps parfait se déformer. Il lui embrassa la nuque.

– Tu es mon amour, tu es ma vie et c'est moi qui choisirai ta robe. Je prendrai la plus belle, et la plus chère.

Il ne lui dit pas que celle-ci ne ressemblerait certainement pas à la robe de son premier mariage. En partant, il ramassa les débris et les emporta pour les faire brûler.

Vargas se gara sur le sentier poussiéreux devant les barrières du camp de São Izidoro et ouvrit la portière arrière du Toyota, mais le *Capitão* ne sortit pas tout de suite. Depuis sa dernière visite, les dépendances en tôles, en briques et en tuiles de récupération s'étaient multipliées. Ils avaient aussi construit une école, un magasin d'alimentation et un bar avec billard et vente de glaces. Dans l'allée centrale, une *mangueira* faisait office de sapin de Noël, couverte d'étoiles en papier d'aluminium et de fruits peints. Ce n'était plus une occupation illégale des terres, c'était un véritable village. À quand la mairie, le salon de massage et les trois églises évangéliques se concurrençant l'une l'autre ?

La main posée à plat sur son ventre, il respira profondément en comptant jusqu'à cinq, se composa un visage serein et sortit en faisant un signe amical aux deux *caboclos* qui le filmaient déjà avec leurs portables et au Libanais qui venait vers lui, entouré de son aréopage de fidèles, des métis aux corps de lutteurs.

En vérité, Tobias Haddad n'était en rien libanais. D'origine syrienne par son grand-père, il était né à

Belo Horizonte trente-cinq ans plus tôt. Mais pour beaucoup de Brésiliens, il suffisait d'avoir une ascendance arabe, perse ou moyen-orientale pour être appelé Libanais. Il aurait eu un aïeul chinois, vietnamien ou coréen, on l'aurait surnommé le Japonais.

Après des études et un diplôme de droit à São Paulo, il avait voyagé en Europe et aux États-Unis, s'était engagé à son retour au sein de Greenpeace Brasil et de plusieurs groupes sociaux comme le MTST, *Movimento dos Trabalhadores Sem-Teto*. Il avait pris fait et cause pour le mouvement d'occupation de São Izidoro, au nord de la ville, des travailleurs chassés de chez eux ayant réquisitionné ces terrains pour s'y installer. Il était devenu leur avocat, leur porte-parole, et enfin une sorte de leader, même s'il en refusait le terme. Les propriétés du *Capitão* encerclaient ce terrain occupé depuis trois ans. Pour les sans-terres, c'était un paradis. Pour le Libanais, une enclave révolutionnaire. Pour le *Capitão*, une souillure. Il avait essayé de le racheter à l'État, mais les procédures qu'avait engagées le Libanais empêchaient toute acquisition. Il avait proposé aux squatteurs de les installer en ville à ses frais. Refus. De les indemniser. Refus. Chaque négociation, chaque tentative de marchandage avaient été enregistrée, filmée et divulguée sur les réseaux sociaux.

Le *Capitão* observa un court instant la queue-de-cheval du Libanais qui lui souriait en tendant la main avec courtoisie.

– Que me vaut le plaisir, *senhor* Soares ?

Le Libanais était le seul à l'appeler ainsi, comme s'il refusait de lui accorder le titre de *Capitão*.

– J'ai appris qu'un de vos hommes était mort dans la chute du viaduc. Quelle horreur !

– C'est une horreur effectivement, mais ce n'était pas un de mes « hommes », je n'ai ni troupe ni armée.

Le *Capitão* eut un sourire en coin en dévisageant les membres de sa garde prétorienne. Imperturbable, le Libanais continua :

– Si je ne me trompe, vous étiez l'un des donateurs du parti responsable de la malfaçon de ce viaduc due à la baisse frauduleuse des coûts.

– Vous devriez faire attention, vous commencez à parler avec la façon apprêtée et ridicule des journalistes. Ou des politiciens. Pour revenir à votre accusation, je donne à beaucoup de gens, mais je ne les surveille pas ensuite. Je suis d'ailleurs toujours disposé à donner pour vos « amis ». J'ai de grands projets pour ce terrain. Et il y aura du travail pour eux.

– Je connais vos projets. Plantations de soja. Il y en a déjà trop dans le pays. Le soja est en grande partie responsable de la déforestation. Ici, nous privilégions une agriculture raisonnée en coopérative.

– Encore une idée communiste.

Le *Capitão* l'avait dit avec le même sourire courtois. Les caméras se rapprochèrent, anticipant le débat.

– Je ne suis pas communiste, *senhor* Soares. Le communisme est dépassé. Comme la dictature.

– C'est bien dommage. Je parle pour la dictature bien entendu. Elle nous a quand même sauvés d'une effroyable hécatombe, comme en Chine.

– Vous avez une vision trop noire des révolutions populaires.

– Ce n'était pas une révolution ici, c'était une gangrène. Si nous ne l'avions pas vaincue, le Brésil aurait sombré. Savez-vous qu'en appliquant le ratio victime/habitant d'un pays comme le Cambodge, le régime communiste que les terroristes voulaient installer dans mon pays nous aurait coûté vingt-deux millions de morts ?

Le Libanais fronça les sourcils, puis sourit.

– Votre hypothèse est audacieuse, mais exagérée. Ce qui est avéré, en revanche, ce sont les dix mille personnes forcées de s'exiler et les vingt mille torturées pendant votre gouvernement dictatorial.

– Ce qui est bien peu pour avoir la paix sociale.

Le Libanais lui désigna les maisons autour d'eux.

– Regardez tout ceci. Vous trouvez que cela respire la guerre ?

– Cela respire surtout la poussière. Le Brésil a besoin d'ordre, de propreté et de droiture morale.

– Vous baignez trop dans la nostalgie, la dictature ne reviendra plus jamais au Brésil. Le peuple l'a bien compris.

Au tour du *Capitão* de sourire.

– Le peuple adore les hommes forts. Un idiot avec une grosse paire de couilles sera toujours préféré à un intellectuel coiffé comme une fille.

Le Libanais lui renvoya son sourire en caressant sa queue-de-cheval. Le *Capitão* reprit :

– Sans leader, les faibles sont perdus. D'ailleurs, que se passera-t-il lorsque vous ne serez plus là ?

– Je ne suis pas indispensable. Et puis, qui dit que je partirai ? Je suis heureux ici. Je pourrais rester de longues années.

Les deux hommes se souriaient toujours, deux vieux amis. Le Libanais reçut un message sur son téléphone et s'excusa, une famille venait les rejoindre et il voulait les accueillir, il espérait revoir le *senhor* Soares, il était toujours le bienvenu « chez eux ». Il s'éloigna, entouré de ses cerbères.

Le *Capitão* revint vers sa voiture, suivi de Vargas. Au temps de la dictature, justement, il aurait fait jeter toutes ces loques d'un hélicoptère comme le leur avaient appris les Argentins. Un par un et sans les endormir cette fois, pour qu'ils assistent à la chute de leurs « camarades ». Et il aurait fini par le Libanais.

Il embrassa sa croix en or en demandant à Dieu de lui trouver un moyen de récupérer ce qu'il considérait être ses terres, et surtout d'écraser comme un cafard ce sale communiste.

Gabi

Elle ouvrit les yeux dans le noir – *c'était l'hôtel de Belo Horizonte ? Le foyer de Haute-Savoie ?* – et sentit la douceur de son duvet. Elle était à Paris. Dans sa chambre. Elle se souleva sur un coude. Ses jambes étaient nues, la peau hérissée par le froid, et elle était en culotte, vêtue d'un tee-shirt qu'elle ne mettait plus depuis des années – *je me suis changée ? Quand ?*

Une odeur de beurre chaud et de viande rouge grillée.

Le tintement des casseroles dans la cuisine.

Celso !

Son cœur explosa.

Elle ouvrit la porte de la chambre. Boscovitch s'agitait devant les plaques de cuisson, en bras de chemise, la cravate glissée entre deux boutons. C'était lui qui l'avait déshabillée ? Elle enfila sa robe de chambre et le rejoignit. Il se tourna, inquiet.

– Ça va mieux ? Tu m'as foutu une de ces angoisses ! Tu ne donnais plus de news alors je suis venu. Et j'ai bien fait j'ai l'impression.

Il désigna une boîte vide de Zolpiden sur l'évier.

– C'est ces saloperies qui t'ont détraquée. Ou alors un virus que t'as chopé au Brésil. J'ai été t'acheter de l'ultra-levure et de la vitamine C. Et de quoi manger, de la viande et des fibres, tu en as besoin. Ça va te booster, tu vas voir.

Elle s'assit et se frotta les yeux, encore toute molle. Boscovitch se tapa le front, il avait oublié d'acheter du vin. Il découvrit une bouteille entamée de Châteauneuf-du-Pape dans le réfrigérateur et sourit, le repas était sauvé. Il remplit deux verres, goûta le sien et cracha dans l'évier. Le vin avait tourné. Depuis quand le gardait-elle ? Il voulut vider la bouteille, mais elle se leva d'un bond et la lui prit des mains. C'était Celso qui l'avait acheté, c'était le dernier vin qu'il ait bu. Il la dévisagea pendant qu'elle replaçait la bouteille dans le réfrigérateur. Il retourna les deux steaks dans la poêle en secouant la tête.

– Ça devient n'importe quoi Gab ! Faut te reprendre en main.

– Ne t'y mets pas toi aussi, s'il te plaît.

– Je sais de quoi je parle. Quand j'ai dû déposer le bilan de ma première société, j'ai déprimé pendant des mois. Si je n'avais pas…

– Mais ça n'a rien à voir, je ne suis pas au chômage, Celso est mort, putain !

– OK, mais tu le connaissais depuis quoi ? Six mois ?

– Un an et trois mois ! Et j'ai mis toute ma vie à le trouver. C'était lui, et pas un autre. Il faisait partie de tous mes projets.

– Oui, mais…

– Tu m'emmerdes.

Elle se leva, passa dans le séjour et s'installa dans le fauteuil, bras serrés autour de ses jambes repliées. Il éteignit le feu sous la poêle, la rejoignit et s'assit face à elle.

– Il y en aura d'autres, Gab. Tu es super jolie, tu pourrais...

– Stop. Arrête.

Mais il ne voulut pas abandonner et se rapprocha.

– Tu as toute la vie devant toi, tu vas te relever. Tu sais ce qu'on dit, quand on est au fond du trou, on n'a plus le choix, on ne peut que remonter.

– C'est des conneries, quand tu es au fond du trou, t'as toutes les chances d'y rester.

Il soupira, chercha d'autres arguments imparables, il n'en avait pas sous la main. Il vit la bande de gaze qui se défaisait autour de son poignet.

– C'est quoi ce pansement cradingue ? Fais-moi voir ça.

Il prit sa main dans la sienne, mais elle se dégagea.

– Laisse tomber. Je n'ai besoin ni d'un infirmier, ni d'un nouveau mec si c'est à ça que tu penses.

Cette fois, il se vexa.

– OK, si tu le prends de cette façon.

Il attrapa sa veste sur le dossier de la chaise et partit.

L'appartement puait la viande. Elle verrouilla sa porte, elle ne voulait plus voir personne, elle allait reprendre deux Zolpiden et dormir. Et si elle les prenait tous d'un seul coup ? Ce serait si simple de le rejoindre. Mais elle ne croyait plus en Dieu depuis longtemps, elle savait qu'elle ne le rejoindrait pas. Comme lui, elle se dissoudrait, comme si elle n'avait jamais existé.

Où sont mes médocs ? C'est Bosco qui les a planqués ? De quoi il se mêle putain ?

Elle fouilla la poubelle, les placards, la penderie de la chambre, y compris le côté droit réservé aux affaires de Celso, qu'elle n'avait pas touchées depuis son retour. En passant la main sous les pulls, elle trouva un portable. Un vieux modèle de Samsung à clavier, sans écran tactile et à carte prépayée, comme ceux qu'on trouvait dans les boutiques de Belleville. Il était à Celso ? La batterie était encore à moitié chargée, mais il était verrouillé par un code. Elle essaya 0207, le jour et le mois de naissance de Celso. Échec. Elle tenta sa date à elle, 0609. Nouvel échec. C'était maintenant son dernier essai. Elle se souvint qu'il avait du mal à retenir les chiffres, même le code de l'immeuble. Alors quoi ? 0000 ? Elle hésita et composa le 1234. Le téléphone bourdonna et l'écran s'alluma. Elle sourit, contente d'elle-même, puis explora le journal d'appels. Aucun coup de fil passé ni reçu. Ce n'était qu'un téléphone de secours. Mais au moment de l'éteindre, elle vit qu'il y avait deux SMS.

Le premier avait été envoyé à Yannis, son financier :

« TU NE PEUX PLUS REFUSER. FAUT QUE TU M'AIDES ! »

Le deuxième avait été reçu une semaine avant leur départ pour le Brésil. Il était écrit en portugais :

« ULTIMO AVISO. SE VC VOLTAR AQUI PARA BH,
VAI MORRER SEU FILHO DA PUTA ! »
(Dernier avertissement, si tu reviens à Belo Horizonte,
tu es un homme mort, fils de pute !)

Elle composa le long numéro correspondant au message. Une voix en portugais indiqua qu'il n'était plus attribué. Elle contempla le Samsung, gagnée par une haine brûlante. On lui avait menti, le meurtre de Celso n'avait pas été un simple fait-divers, il n'était pas mort par hasard, quelqu'un l'avait menacé, lui avait interdit de revenir au Brésil *et l'avait tué* !

Capitão

Ce fut une époque bénie, l'ordre régnait, les rues étaient sous contrôle et il en était l'un des seigneurs. Personne n'aurait eu le courage, l'audace ou le malheur de le laisser attendre si longtemps. Il serait passé avant tout le monde, on l'aurait choyé, rassuré et raccompagné avec déférence. Cette époque était, hélas, morte et enterrée. Malgré la crainte qu'il pouvait encore inspirer, le *Capitão* n'était ici qu'un anodin que l'on pouvait abandonner dans un coin comme une vieille chemise passée de mode.

L'endroit en soi n'était pas désagréable : des fauteuils moelleux, une jeune fille ni trop jolie ni trop moche pour servir du café et de l'eau fraîche, des magazines sur le yachting, des enceintes diffusant de la bossa-nova soporifique et une télévision branchée sur une chaîne d'informations au son coupé pour ne perturber personne.

Son regard fut attiré par un énième reportage sur l'effondrement du viaduc. Le *prefeito* de la ville, Josnei Ribeiro, avait été entendu par le juge chargé de l'affaire, mais avait été relâché. En revanche, un de ses adjoints municipaux avait été inculpé et emprisonné pour corruption active et subornation de témoins. Le *Capitão* savait qu'avec le système aveux/dénonciations/amnistie, toute la mairie risquait d'être balayée. La plupart des impliqués faisaient partie des appuis politiques qu'il avait engraissés pendant des années. Il allait se retrouver isolé. Et en cas de problème, lâché.

Il but son verre d'eau lentement. Il ne devait pas se laisser envahir par la colère. Les migraines allaient s'accentuer et c'est lui qui, en fin de compte, en paierait le prix fort. La porte s'ouvrit et *a doutora* Custódia apparut, raccompagnant une patiente âgée qu'elle pilota vers sa secrétaire. La vieille dame trop maquillée la remercia et sortit sa Mastercard Platinium. *A doutora* Custódia se dirigea vers lui.

– Bonjour Guilherme. C'est à nous.

Ses diplômes obtenus dans divers hôpitaux et universités nord-américains étaient encadrés bien en évidence sur les murs comme des trophées de chasse. Sur son bureau en acier brossé étaient alignés ordinateur Sony, porte-plume Visconti en argent, boîte de mouchoirs dans un coffre chromé et stéthoscope pour ne pas oublier où l'on était. Pour beaucoup d'hommes, *a doutora* était une *coroa gostosa*, une quadragénaire bandante à souhait, cheveux blond doré, paupières rehaussées par la chirurgie et corps modelé par le fitness. Pour le *Capitão* qui reboutonnait sa chemise, faisant disparaître le drapeau brésilien tatoué au niveau du cœur, elle ressemblait à une actrice porno des années 80.

Cela faisait trois minutes que, visage neutre et buste incliné en avant, elle fixait l'écran de son ordinateur sans rien dire. Le *Capitão* se forçait à des exercices de respiration ventrale pour ne pas se lever, l'attraper par les cheveux et la secouer comme une serviette sale. Elle se redressa enfin, prit le stylo-plume, le rangea dans la poche de poitrine de sa blouse et leva le visage vers lui, avec un sourire compatissant.

– Vos dernières analyses ne sont hélas pas aussi bonnes que j'aimerais qu'elles soient.

Il réprima une grimace : comme le Libanais, elle aussi se vautrait dans une manière alambiquée de s'exprimer. Mais il ne pouvait pas l'insulter, *a doutora* Custódia était la meilleure oncologiste de Belo Horizonte. Le montant de ses honoraires était là pour le confirmer.

– Combien de temps me reste-t-il ?

La question trop directe la déstabilisa. Elle retira ses lunettes, souffla dessus pour enlever une poussière invisible et les remit avec précaution, comme si elle venait d'être opérée du nez.

– Compte tenu du retard que nous avons malheureusement pris dans le protocole thérapeutique et vu l'échec de nos précédentes tentatives d'adjonction d'antimitotiques, il m'est impos…

– Un an ? Moins ?

– Mon cher Guilherme, je ne peux me prononcer avec autant de précision. Je souhaiterais, en premier lieu, pratiquer une exploration moléculaire qui nous donnerait au moins l'avantage de…

– Combien. De. Temps ?

Elle sentit le danger, comme un orage strié d'éclairs qui gronde au loin mais qui peut fondre sur vous au gré d'un changement de vent.

– Avec une prise en charge hospitalière, nous pourrions compter sur un an et demi, voire deux.

– Et sans hospitalisation ?

– Moins d'un an. Et six mois avant que les douleurs ne deviennent incapacitantes.

Il s'adossa à la chaise pour accuser le coup. Nerveuse, elle ressortit son stylo-plume de sa poche, le posa bien parallèle au clavier de son ordinateur, avec une furieuse envie de nettoyer ses lunettes, et poussa un infime soupir lorsqu'il finit par se lever. Mais au lieu de se diriger vers la porte comme elle s'y attendait, il contourna le bureau pour s'arrêter à dix centimètres de son visage et lui parler à voix basse :

– Je compte sur toi pour ne divulguer cette information à personne.

– Bien entendu, je suis tenue au secret professionnel et…

– Quand je dis personne, cela inclut tes infirmières, tes secrétaires, tes domestiques, ton mari et ton amant, Maître Noberto Scandurras.

Elle comprit la menace. Elle hocha la tête et, les jambes trop flageolantes, ne le raccompagna pas jusqu'à la sortie.

Sous l'obélisque de la Praça Sete, un illuminé en soutane, barbe grise jusqu'au torse, implorait le ciel de ses deux bras pour être sauvé de l'apocalypse prochaine.

Dans le Toyota Hilux, Vargas surveillait le *Capitão* dans son rétroviseur. Ce dernier n'avait toujours pas dit un mot. À la hauteur du Parque Municipal, il se décolla soudain de la banquette.

– Arrête-toi.

Vargas se gara et mit les feux de détresse. Le *Capitão* sortit du Toyota, traversa la promenade dallée et franchit les grilles du jardin municipal. Après quelques pas il s'arrêta, ferma les yeux et inspira à fond. Le temps se gélifia, le silence l'enroba et le souleva le long des palmiers impériaux, le faisant osciller au gré du vent descendu des montagnes. Un carcará planait à ses côtés, ses immenses ailes noires de rapace déployées.

Le klaxon d'un taxi déchira le silence. Le *Capitão* ouvrit les yeux. Il était immobile sur le sentier de graviers et les joggeurs devaient faire un écart pour le contourner.

Il lui restait six mois. Il pouvait renoncer, oublier Mirela, l'unification de ses terres et le Libanais, pour glisser sans lutter dans une douce léthargie médicamenteuse.

Mais lui qui avait été un homme de combat, pouvait-il véritablement finir comme un *covarde*, un pleutre ? Dieu le lui pardonnerait-Il ? Non, c'était décidé, il mourrait la tête haute.

Mais il ne mourrait pas seul.

Gabi

Les carreaux de faïence jaune, bleu, vert et blanc qui auraient dû former le drapeau brésilien sur le dessus du comptoir étaient posés contre le mur, entre des sacs de plâtre et des pots de peinture industrielle. L'un d'eux avait coulé et une tache blanche avait imbibé le sol. Au milieu des vestiges du Cachaça Chic, Yannis détaillait avec énergie son projet Barber Shop Zen à un Tokyoïte aux sourcils épilés. Ici, les fauteuils massants et les séchoirs à ultrason, là un autel japonais pour la touche mystique, ici le...

– Pourquoi vous ne m'avez rien dit bordel ?

Yannis sursauta en voyant surgir Gabi qui brandissait le Samsung.

– « *Tu ne peux plus refuser. Faut que tu m'aides !* » Ça veut dire quoi ?

Il commença à expliquer au Tokyoïte qu'il en avait pour une minute, mais Gabi écarta le Japonais comme un vulgaire rideau. Yannis l'entraîna au fond du local et lui avoua à voix basse que Celso lui avait fait promettre le secret. Dix jours avant leur départ pour Belo Horizonte, un Brésilien était venu ici, ils avaient discuté, Yannis ne savait pas de quoi si ce n'est que Celso était entré dans une rage noire, et c'est là qu'il avait décidé d'aller voir leur producteur de cachaça avec lequel il se contentait jusque-là d'échanger des mails.

– C'était qui ce Brésilien ?

Yannis haussa les épaules.

– Il ne me l'a pas présenté.

– Et c'était quoi cette aide ?

– De l'argent. Il en voulait beaucoup. Pour le voyage disait-il, mais je me doutais que ce n'était pas seulement pour ça. J'ai d'abord refusé, Celso ne possédait aucun bien matériel, aucune garantie. Mais il a insisté et j'ai fini par accepter. Il m'a signé une reconnaissance de dette. J'aurais pu me retourner contre vous, je ne l'ai pas fait.

– Et je dois vous remercier ?

Gabi avait envie de cogner Yannis, de cogner aussi le Tokyoïte qui la regardait comme si elle était une crotte de pigeon sur sa veste Kenzo. Yannis retrouva son aplomb.

– Je vous l'ai dit, Celso était une planche pourrie. Je ne sais pas dans quoi il était mêlé et je ne veux pas le savoir. Vous pouvez reprendre ses affaires si vous voulez, j'allais les jeter.

Il désigna un carton posé près de la porte des toilettes.

Elle l'ouvrit dès son arrivée chez elle. À l'intérieur, des DVD de musique brésilienne, des *lembranças do Senhor do Bonfim*, ces rubans multicolores porte-bonheur que Celso projetait d'offrir aux clients du bar, un chargeur de téléphone – *celui du Samsung ?* – et un étui en cuir de la taille d'une carte bleue. Il contenait une photo, celle d'une femme, la peau café au lait, des yeux clairs et des cheveux de top model. Elle prenait la pose au centre d'une place arborée que Gabi reconnut comme la Praça da Liberdade de Belo Horizonte. Une jalousie terrible l'envahit. C'était pour appeler en secret cette nana qu'il avait acheté ce téléphone ? Mais d'autres questions se bousculèrent, effaçant la jalousie pour laisser la place à de la colère pure. Qui était ce Brésilien venu le voir ? Que lui avait-il appris de si rageant pour que Celso décide de partir au Brésil ? Si c'était juste pour rejoindre cette femme, il ne l'aurait pas amenée avec lui. Alors qui l'avait menacé au téléphone ? Celui qui l'avait tué ? Pourquoi était-il mort, putain ?

Elle jeta ses somnifères à la poubelle, téléphona au Centre pour s'excuser auprès de Boscovitch de l'avoir rembarré, et lui demanda de nouveaux congés. Mais il rechigna, entre les examens et l'arrêt maladie de Fontanelle, il avait besoin d'elle pour... Elle l'interrompit, il fallait qu'elle reparte au Brésil. Surexcitée, elle lui raconta l'inconnu venu au bar et la menace de mort sur le SMS, bref que Celso avait été assassiné délibérément. Boscovitch n'était pas convaincu, et même si elle avait raison, elle commettait une erreur en partant.

– Si ton mec s'est fait tuer, ça veut dire qu'il était impliqué dans une grosse embrouille et en aucun cas tu retournes là-bas pour fouiller. Regarde sur Google, cent soixante personnes sont tuées par jour au Brésil. Une toutes les neuf minutes !

Mais Gabi n'avait pas peur. Et elle ne pourrait jamais se remettre de la mort de Celso si elle ne savait pas ce qu'il s'était passé. Il insista, elle raccrocha et chercha un billet sur Internet. À seulement cinq jours de Noël, il ne restait plus que des places en business-class hors de prix. Elle en acheta une, tant pis pour ses finances. Le lendemain, elle était à Roissy. Elle allait découvrir qui avait tué Celso. *Et elle allait le venger.*

II

COLÈRE

« May Your ennemies Run Away From You »
(tatoué sur l'omoplate gauche d'Angelina Jolie)

Júlio Cesar

Tous des salauds.

Jota-Cê vomissait ces riches dans leurs 4 × 4 de la taille de minibus. Aucun d'eux n'allait lui tendre la main, tous rêvaient de le voir en prison, ou mieux, mort. *Bandido bom é bandido morto*, comme ils le disaient en serrant le poing.

Bien sûr, il voulait être riche comme eux, pour emmener Isabel au volant d'un 4 x 4 Jeep Renegade, dîner au Vecchio Sogno et dormir à l'Ouro Minas Palace Hotel. Mais s'il était riche, lui, il donnerait aux mendiants, il laisserait les gamins laver son pare-brise aux feux rouges et il aiderait ceux qui sont comme lui, étranglés par les dettes.

La visière de sa casquette baissée sur les yeux, il se faufila comme un serpent de rivière dans le parking du *supermercado* Carrefour de la rue António de Albuquerque. Le gardien dans sa guérite ne le remarqua pas, occupé qu'il était à manœuvrer la barrière en souriant aux riches qui ne le regardaient jamais. Jota-Cê se glissa entre les voitures, observa de tous côtés, et finit par repérer une femme qui plaçait ses sacs de courses sur le siège arrière d'un Mitsubishi Triton de six mètres de long. Il vérifia autour de lui. Personne. À l'instant où elle rangeait son dernier sac, il bondit et la poussa dans le dos. Elle n'était pas très jeune et pas très agile. Sa tête cogna contre l'angle de la portière, elle se tourna, stupéfaite mais incapable de réagir, docile comme une vache qu'on mène à l'abattoir. Il lui arracha son sac et partit en courant.

Salauds de riches, et carte bleue de merde, ils payaient tous en carte bleue ! Dans le sac, il n'avait trouvé que 55 reais en petite monnaie, un téléphone chinois qui coûtait 400 reais neuf, mais il n'en tirerait pas plus de 150, un tube de rouge à lèvres qui ne plairait pas à Isabel, un spray antimoustiques et une boîte entamée de tic-tac à l'orange. Il lui fallait une autre cible.

Voilà, celle-là, une *grão fina*, une femme de la haute qui sortait d'un salon de coiffure. Elle tenait son sac Chanel à la saignée du coude gauche et, fière de sa nouvelle coiffure, faisait des selfies tous les dix mètres, son Samsung Galaxy brandi au-dessus d'elle. À chaque cliché, elle arborait ce sourire qu'elles avaient toutes, montrant bien les dents, sourire qui disparaissait instantanément quand la photo était prise, redonnant à son visage son air hautain.

Il longea le mur dans l'ombre et s'approcha d'elle en guettant son prochain selfie. Elle s'arrêta devant la vitrine d'un magasin de jus de fruits, tint son téléphone en hauteur et arbora de nouveau son sourire denté. Mais elle dut le voir dans le reflet de la vitre, car au moment où il saisissait son sac, elle serra son bras contre elle, empêchant la lanière de coulisser. Et elle se mit à hurler. Les passants s'arrêtèrent et le vendeur de jus de fruits sortit de son magasin. Il aurait pu la bousculer, lui arracher au moins son téléphone, mais elle criait de plus belle :

– *Assalto! Pegue o ladrão!* Au voleur, attrapez-le !

L'expérience de la rue lui avait appris qu'une seule solution était envisageable quand ça commençait à mal tourner : fuir. Ce qu'il fit. Mais il s'aperçut qu'il était coursé par deux hommes, le vendeur de jus de fruits et un autre, descendu de sa voiture. Pour qui se prenaient-ils *porra*, des flics ? Ils accélérèrent et se séparèrent pour le prendre en tenaille.

Ils n'étaient plus qu'à deux mètres de lui. Ils allaient le rattraper. Et ils n'appelleraient pas la police. Ils allaient le frapper, de la pointe de leurs chaussures, sur le visage, la nuque, le ventre, les couilles. Jusqu'à ce qu'il ne bouge plus, noyé dans son propre sang.

Il se jeta sans regarder dans l'avenue à quatre voies, entre les voitures et les motos. Klaxons, insultes. Il sentit le souffle d'air d'un bus. Les deux hommes n'eurent pas son courage, ou sa folie, et ils abandonnèrent la poursuite en le maudissant, lui jurant que Dieu allait le punir.

Il courut encore sur des kilomètres, le cœur cognant comme un marteau, jusqu'à la bâtisse aux murs à moitié écroulés qu'il s'était trouvé une semaine auparavant, au fond de la *favela da Serra*. Il ouvrit le gros cadenas qu'il avait fixé sur la porte, referma derrière lui et s'assit à même le carrelage fendillé. Ses pulsations cardiaques vibraient jusque dans sa gorge. Et comme chaque fois qu'il était effrayé, les images se jetèrent sur lui comme des mouches sur une plaie à vif…

… Le sang mêlé aux traces de gomme brûlée / Les oranges éparpillées / Les billes rouges et bleues des Huevitos écrasés / Et puis, elle, désarticulée…

Il jouait devant la maison quand il avait entendu le coup de frein, le choc et le bref cri de sa mère. Elle revenait du magasin du vieil Antonio. Il leur faisait crédit de temps en temps, quand il n'avait pas trop bu. Ces jours-là, elle achetait des oranges, du lait et des bonbons, ces Huevitos qu'il aimait tant.

Il s'était faufilé entre les badauds agglutinés et avait vu son corps disloqué, son regard fixe, et la robe remontée sur ses jambes qu'il aurait voulu baisser pour que personne ne voie sa culotte.

Le chauffeur du camion qui transportait des bonbonnes de gaz tremblait et pleurait : il ne l'avait pas vue, il le jurait sur la Bible, elle avait traversé sans prévenir, il n'allait pas vite, meu Deus do céu, *il n'y était pour rien.*

Jota-Cê ne pleurait pas, lui. Il avait eu douze ans la veille. Il était un homme maintenant, lui avait dit sa mère…

Il se maîtrisa en entendant les miaulements suraigus du chat maigre qu'il nourrissait depuis son installation dans ce taudis. Il sortit de son sac à dos les deux *espetinhos* de bœuf volés à un marchand ambulant et les disposa sur un enjoliveur. Le chat se précipita en ronronnant, la queue dressée. Attendri, Jota-Cê le prit en photo avec son portable. Puis il étala sur un carton le pauvre butin de sa journée. Cela ne suffirait pas à calmer le Samouraï. Isabel allait rester prisonnière par sa faute.

Il fallait qu'il trouve un autre moyen pour réunir l'argent de sa dette, voler de cette façon était trop dangereux, et surtout pas suffisamment rapide.

Il savait au fond de lui qui pouvait l'aider.

Mais il n'aimait pas l'idée même de le revoir.

Pourtant, il savait qu'il n'avait plus d'autre solution.

Investigadora Rafaela

Sa paupière gauche se souleva et se bloqua à mi-chemin comme un rideau de fer rouillé. La lumière en profita pour pénétrer son cerveau avec la violence d'une aiguille à tricoter. Il ne fallait pas qu'elle bouge, le tsunami acide replié dans ses entrailles attendait le moindre signal pour déferler. Le mal de tête l'envahissait déjà, tambours anciens sur un rythme régulier et caverneux.

Où était-elle ? Au premier plan, elle discerna le pli d'un drap beige. Plus loin, un miroir mural. Un autre au plafond. Aucune fenêtre. Le lit sur lequel elle était couchée, nue, était rond, elle en sentait la courbure sous ses pieds. Elle savait où elle avait atterri. Dans une des chambres du Love Motel. Son estomac vrilla comme s'il voulait s'essorer lui-même. Combien avait-elle bu ? Et qu'avait-elle bu ? Du gasoil ?

Un frottement étouffé et le tintement métallique d'une boucle de ceinture à l'autre bout de la chambre.

Elle souleva la tête d'un centimètre pour voir.

La fille devait avoir vingt ans tout au plus. Ses longs cheveux noirs cachaient son visage penché. Vêtue d'une courte robe de soirée scintillante – *tissu synthétique, boutiques chinoises du centre* – elle était accroupie devant les vêtements de Rafaela éparpillés sur le sol – *jambes fluettes, mais jolies fesses* – et elle fouillait les poches du pantalon kaki – *ongles peints, effet rainbow*. Elle sortit une enveloppe qu'elle examina avant de la jeter sur le côté et de trouver le portefeuille. Elle se figea en découvrant l'écusson doré de la *Polícia Civil*, mais elle ouvrit le rabat en cuir et récupéra tous les billets.

Rafaela reposa sa tête sur le drap, immobile. Et quand la fille se tourna vers elle, elle fit semblant de dormir.

La jeune fille partit sur la pointe des pieds et Rafaela se rendormit. Puis se réveilla à nouveau. La *batucada* infernale résonnait de sa nuque jusqu'à l'arrière de ses globes oculaires. Si elle restait immobile, elle ne mourrait peut-être pas tout de suite. Mais la nausée l'obligea à se lever pour courir aux toilettes.

Douchée, enroulée dans une serviette trop courte pour elle, elle ramassa l'enveloppe et la glissa dans son blouson en jean. Elle ignora Thiaguinho assis sur le dessus du réfrigérateur, en ouvrit la porte et hésita. Comment calmer sa trachée enflammée par les vomissements ? Coca Light ? Bière ?

Thiaguinho ricanait. Elle s'était encore fait dépouiller. Comme chaque fois. Et elle n'avait pas bougé. Comme chaque fois ! Il tripota sa blessure au ventre. Croyait-elle vraiment qu'épargner des petites *piranhas* allait lui valoir sa rédemption ?

Rafaela fouilla les poches de son pantalon. Heureusement, la fille ne lui avait pas volé ses cigarettes. Elle en alluma une malgré l'interdiction affichée sur la porte d'entrée et s'assit sur le bord du lit pour éviter de mettre à l'épreuve son système digestif meurtri. Thiaguinho descendit d'un bond du réfrigérateur.

– Et la gamine qui a disparu ? Tu ne la cherches plus ? Tu te dis « à quoi bon », c'est ça ?

Il agita la main pour éloigner la fumée, se contempla dans les miroirs disposés sur les murs et le plafond pour que les couples puissent s'admirer à l'œuvre, et bomba le ventre pour faire ressortir les boursouflures de sa blessure.

– Remarque, les adolescentes des favelas qui disparaissent, tout le monde s'en fout. Les passants écrasés sous un viaduc construit à l'économie, tout le monde s'en fout. Les gamins des rues qui dorment sur des cartons, tout le monde s'en contrefout. Tu as raison de faire pareil.

Un téléphone sonna. C'était le sien. Elle mit un moment à le trouver, il gisait sous le drap froissé. Elle examina le nom affiché sur l'écran. Gabi Monteiro. C'était qui déjà ? Ah oui, la gringa dont le fiancé avait été tué. Elle laissa la messagerie s'occuper d'elle. Elle était en récupération pour encore deux jours et la tronçonneuse à l'œuvre sous son crâne ne lui donnait pas envie de se lancer dans une conversation. Il fallait qu'elle prenne du Tylenol, du paracétamol, n'importe quoi en *ol* pourvu que ça la soulage. Elle ouvrit de nouveau la porte du réfrigérateur.

Alors ? Coca Light ou bière ?

Bière.

Gabi

Il pleuvait cette fois. Il pleuvait avec une telle force que l'eau débordait en cascades furieuses du toit de l'aéroport Tancredo Neves. Il faisait froid aussi. Moins de quinze degrés. Et bien entendu, elle n'avait emporté ni pull ni parapluie.

Elle avait passé tout le vol à trépigner sur son siège, fixant l'icône de l'avion sur l'écran de navigation fixé au dos du siège devant elle, comme si elle pouvait faire accélérer l'Airbus par la force de la pensée. Puis elle avait piaffé dans la queue en sortant, avec l'envie que quelqu'un lui fasse une remarque ou tente de lui passer devant pour pouvoir déverser sa hargne. Le policier de l'immigration l'avait observée avec un air méfiant en feuilletant son passeport. Deux voyages si rapprochés ? Du tourisme, vraiment ? Elle avait refusé de s'expliquer. Il la prenait pour qui ? Pablo Escobar ?

Le trajet en taxi jusqu'à Belo Horizonte fut étrange. Elle ne reconnaissait plus rien, la pluie noyait le paysage et des nuages sales gommaient le sommet des collines. À l'hôtel, elle fut déçue de ne pas voir Jean-Alix, le portier haïtien, et elle se braqua contre la réceptionniste au chignon laqué qui, malgré son insistance, ne put lui redonner *sa* chambre au seizième étage, répétant qu'elle était déjà prise, mais que celle qu'elle lui proposait était exactement la même.

C'était faux, ce n'était pas la même. Les meubles étaient identiques, mais tout était inversé, lit à droite, salle de bains à gauche. Et si elle avait la même vue des immeubles et du flanc de la montagne, le fait d'être cinq étages plus bas donnait un sentiment de décalage avec son souvenir, décalage accentué par la fatigue, le ciel noir et le froid. Et l'absence de Celso.

Elle rappela une nouvelle fois la flic, Rafaela Tajès, à son commissariat cette fois, mais elle n'y était pas. Gabi laissa un message à l'accueil. Qu'elle la rappelle, c'était urgent.

Un taxi la déposa dans le quartier de Cidade Jardim, devant l'entrée de garage où Celso s'était fait assassiner. Mal protégée de l'orage sous un parapluie acheté 5 reais dans la rue et qui se retournait au moindre souffle de vent, elle interrogea des gardiens d'immeubles, des passants qui avaient l'air d'habitués, et même un vagabond vêtu seulement d'un bermuda. Il ne la comprit pas, ouvrit sa bouche édentée dans une tentative de sourire séducteur et lui demanda quelques centavos qu'elle lui donna.

Personne ne savait rien. Très peu semblaient même au courant qu'il y avait eu un crime à cet endroit. Le cœur glacé, elle contempla la pente de ciment gris où Celso s'était vidé de son sang et était mort, seul, alors qu'elle dormait à moins de cinq kilomètres de là.

Sa deuxième étape fut le bar où ils avaient passé leur dernière soirée ensemble, la dernière fois où elle lui avait parlé, l'avait touché, la dernière fois où elle l'avait vu vivant. Les barmans étaient occupés à dresser les tables et ils ne se souvenaient ni d'elle ni de Celso. Ils examinèrent la photo de la belle métisse, mais elle ne leur disait rien, il y avait tant de passages, surtout pendant les fêtes.

De retour devant l'hôtel, elle ne voulut pas regagner sa chambre et s'y retrouver seule. Elle courut sous une pluie rectiligne et lourde pour rejoindre Takê, le restaurant self-service de sushis de l'autre côté de l'avenue. Elle observa pendant de longues secondes l'infinie variété de makis sous les présentoirs vitrés, il en existait de toutes les sortes et de toutes les couleurs, à la crème, au fromage, à l'avocat, aux crevettes panées. Elle n'en choisit aucun, se contentant d'un *chopp* Brahma, cette bière pression qu'aimait tant Celso. La salle se remplit de garçons radieux et de filles splendides, toutes plus jeunes et bien entendu plus grandes qu'elle, avec des tatouages, des piercings, des chapeaux, des jupes courtes, des MacBook et des tablettes. Elle se sentit vieille, moche et hors du coup.

Elle tournait en rond dans la chambre comme une détenue dans sa cellule hurlant à l'erreur judiciaire. Elle n'arrivait pas à se coucher. Ni à se déshabiller, à prendre une douche, ni même à se laver les dents. La fenêtre était cinglée par la pluie et les lumières de la ville coulaient sur les carreaux comme de l'or dilué – *Ce sont des bureaux dans les immeubles d'en face ? Ou alors des familles heureuses rassemblées devant leur télé ?* Elle alluma celle de la chambre. The Voice. Elle ressentit le même décalage qu'elle avait eu en entrant dans la chambre. Même si le dispositif

– jingles, décor et lumières – était la parfaite copie de celui de la version française, tout paraissait différent. Les quatre juges trônaient sur les mêmes fauteuils pivotants, mais elle n'avait aucune idée de qui ils pouvaient être. Et les candidats, aussi jeunes et émus que ceux qui défilaient dans l'émission de TF1, s'époumonaient sur des tubes totalement inconnus : *« Eu não quero casar, eu não quero casar, eu vou pro bar (moi, je ne veux pas me marier, pas me marier, je préfère sortir dans les bars). »*

Elle avait toujours trouvé les mariages ridicules. Pourtant elle n'avait pu s'empêcher de s'imaginer en robe de mariée. Avec une longue traîne, un brushing sophistiqué et des talons interminables pour paraître enfin grande. Elle éteignit la télévision et prit un manga dans sa valise. *Bonne nuit Punpun* d'Inio Asano, son préféré. L'histoire d'un gamin qui n'est jamais à sa place. Elle s'allongea pour lire. Cinq minutes plus tard, le manga coula au pied du lit.

… Les broussailles épineuses interdisent le passage. Elles sont assises. La terre est chaude. Appuyée contre elle, Naïma tire sur un joint mal roulé, puis lui chuchote à l'oreille :

– Ton chéri, je ne l'ai toujours pas vu. Il doit se cacher. Parfois, les nouveaux arrivés ne veulent pas qu'on les voie, comme si ça allait changer quelque chose, comme si en refusant d'être là ils allaient être renvoyés chez vous. Je vais quand même essayer de te le trouver, même si je ne sais pas si j'en ai vraiment envie…

Naïma passe sous les chevaux noirs très maigres en effleurant leur ventre. Gabi sait que c'est dangereux, elle pourrait ramasser un coup de sabot.

– Pourquoi je devrais le chercher d'abord ? Tu ne penses jamais à moi.

Gabi voudrait lui répondre, mais elle a du mal à ouvrir la bouche, le dentiste lui a fait mal, elle a un goût de plastique sur la langue, des débris de cartilage, de plâtre et de sang coagulé. Naïma donne un coup de pied dans une motte de terre sèche qui crépite comme du pop-corn.

– C'est à cause de toi si j'erre dans la nuit. C'est ta faute si je suis là. C'est ta faute si je n'ai pas une belle vie.

Un jour blanc éclairait la chambre aux rideaux ouverts. Il était cinq heures du matin. Elle se blottit sous les oreillers pour se rendormir. Sans succès.

Le taxi était bloqué dans l'avenida do Contorno, celle qui faisait le tour de la ville. Les embouteillages étaient dus à la pluie, lui avait expliqué le chauffeur qui prévoyait encore dix jours de précipitations. Cela faisait deux ans qu'il n'avait pas plu ainsi.

– C'est le réchauffement du climat non ?

Elle répondit que oui, et tenta de se repérer sur le plan pris à la réception de l'hôtel. Belo Horizonte avait été la première ville d'Amérique du Sud à avoir été entièrement planifiée à sa construction, d'où le quadrillage impeccable de ses rues, déclama le chauffeur avec fierté. Gabi le savait déjà, Celso le lui avait raconté en arrivant.

Une heure plus tard, ils atteignirent le siège de la *delegacia dos homicídios*. Le policier de service à l'accueil lui dit que l'*investigadora* Rafaela était sortie pour déjeuner, mais elle pourrait la trouver au *bourguaire'in'taouni*.

Elle mit un moment à trouver le Burger in Town, un *foodtruck* pour hipster, incongru dans ce quartier traditionnel. Un barbu tatoué, casquette de skate DC Shoes Empire et chemisette fermée jusqu'au col, nettoyait les chaises en plastique mouillées par la dernière averse. L'*investigadora* Rafaela était attablée sur la terrasse improvisée devant un burger-mozza, une Corona-citron et des frites enveloppées dans un fac-similé du *New York Times*. Elle allait attaquer la première bouchée quand Gabi s'arrêta devant elle. La flic la dévisagea en plissant les yeux avec l'air de celle qui déteste être dérangée pendant son repas. Gabi ne se laissa pas impressionner.

– Pourquoi vous ne répondez pas à mes messages ?

– Quels messages ?

– Tous ceux que j'ai laissés au standard du commissariat et sur votre boîte vocale.

La flic contempla son smartphone comme si elle était étonnée de le trouver là près de son assiette, mit ses lunettes de soleil malgré le ciel noir et avala deux comprimés avec une lampée de bière.

– Vous n'étiez pas rentrée en France ?

– Si vous aviez écouté vos messages, vous sauriez que je suis revenue pour faire rouvrir l'enquête. La version du vol qui a mal tourné ne tient pas. Il faut tout reprendre à zéro.

La flic baissa ses lunettes sur son nez pour la fixer avec un air féroce.

– Vous êtes en train de dire que nous n'avons pas bien fait notre travail ? Ou alors vous pensez mériter mieux en tant qu'Européenne ?

Gabi s'assit face à elle, sortit la photo de la métisse, le Samsung trouvé dans les affaires de Celso et lui montra le SMS de menace. La flic le lut, posa le téléphone et examina la photo. Puis elle but une gorgée de bière, s'essuya la bouche dans un carré de papier et prit son temps pour étudier de nouveau la photographie. Gabi s'impatienta :

– Alors ?

– Alors quoi ? N'importe qui a pu envoyer ce message. Et comment voulez-vous que j'identifie cette fille ? Rien ne dit déjà qu'elle est brésilienne. Si votre copain gardait sa photo cachée, c'est parce qu'il était sans doute comme tout le monde, obsédé par la chair fraîche.

Gabi se pencha.

– Vous essayez de me vexer pour vous débarrasser de moi et en profiter pour ne rien faire ?

– Mais faire quoi ? J'ai lu les rapports de mes collègues, tout est clair : agression, vol, meurtre. Et le coupable n'a pas pu écrire ce message, il était illettré, comme la plupart de ces gamins qui se retrouvent soit en prison soit au cimetière avant leurs vingt ans.

– Il l'a peut-être tué sur commande, contre de l'argent.

– On n'est pas à Mexico City ici.

– Vous avez pourtant 1 800 morts par an dans votre ville.

– C'est loin d'être le chiffre exact. Quoi qu'il en soit, 80 % de ces homicides sont directement ou indirectement liés au trafic de drogue. Et les victimes sont en majorité des jeunes, noirs ou métis. Il était noir et il se droguait, votre ami ?

– Non. Mais il a reçu un ultimatum : s'il revenait à Belo Horizonte, il allait être tué. Et c'est ce qui est arrivé. Vous ne trouvez pas ça un poil suspect ?

La flic ne lui répondit pas tout de suite. Elle mangea une poignée de frites, essuya ses mains en les frottant l'une sur l'autre et soupira.

– Je vais me renseigner. Si je trouve quelque chose, je vous appelle. Vous êtes au même hôtel ?

Gabi acquiesça, la scruta encore plusieurs secondes puis se leva.

– Ne me faites plus le coup de ne pas me prendre au téléphone.

– Bien, *minha senhora.*

La flic s'inclina comme une esclave soumise. Gabi fut tentée de lui répondre, mais préféra calmer le jeu et partir. Arrivée dans la rue, elle se tourna. La flic gobait deux nouveaux comprimés avec le reste de sa bière et en commandait une autre d'un signe de l'index. Pouvait-elle faire confiance à une alcoolique ?

Elle sortit son iPhone. Elle y avait stocké les articles des journaux locaux relatant la mort de Celso. Sur l'un d'eux, on y parlait du meurtrier comme originaire du quartier de Sumaré.

Gabi

À l'agence Localiza, elle loua une Ford Ka. 140 reais par jour. Cela reviendrait plus cher que les taxis, mais elle n'aurait plus à subir d'autres discours enthousiastes sur les charmes de cette ville certainement agréable mais qui était responsable de son malheur. Elle brancha le smartphone Samsung livré en option qui servait de GPS, et mit plus d'une heure et demie pour gagner le quartier de Sumaré, au nord-est de cette ville si étendue.

C'était une favela, une vraie comme dans les documentaires, avec maisons en matériaux de récupération, rues en terre battue et jungle de câbles électriques dans le ciel.

Elle suffoqua en sortant de la voiture. Un orage rôdait autour des montagnes, l'air était épais, gluant, et l'humidité exsudait de l'asphalte comme des bras décharnés de zombie. Les mécaniciens d'un garage, trois femmes sur le trottoir et un groupe d'enfants sur leurs vélos l'examinèrent avec insistance et hostilité. Que venait faire cette gringa ici ? Un safari-photo chez les pauvres ?

Elle se dirigea sans réfléchir vers un homme âgé assis sur une chaise en plastique à l'entrée de ce qui semblait être la rue principale. Il serrait un verre de cachaça dans ses doigts noueux, recroquevillé sur lui-même, mais son regard n'avait pas quitté Gabi depuis qu'elle était descendue de sa voiture. Elle le salua, se présenta, et lui raconta tout, absolument tout : que son père, un Portugais, l'avait abandonnée à la naissance, que sa mère était trop jeune et trop inconsciente pour l'élever, qu'elle avait grandi dans des foyers, qu'elle s'était beaucoup battue, qu'elle n'avait eu que des histoires pathétiques et sans espoir, mais qu'un jour elle avait rencontré Celso, un Brésilien, qu'elle avait connu avec lui un bonheur auquel elle ne pensait plus avoir droit, mais que Celso avait été tué par un habitant de ce quartier qui avait été tué à son tour, et qu'elle voulait rencontrer sa famille parce qu'elle ne serait jamais en paix si elle ne comprenait pas ce qu'il s'était passé.

Le vieil homme l'observa en lissant son genou arthritique de la main.

– Comment il s'appelait le garçon qui a tué *o amor da sua vida* ?

– Jaïr Silva.

Le vieil homme vida son verre, passa sa langue sur ses lèvres ridées, lui tendit le bras pour qu'elle l'aide à se lever, puis s'agrippant à elle, la fit entrer dans la favela.

La maison était en briques rouges assemblées avec un ciment irrégulier. Elle était toute simple : une étroite véranda à l'avant avec un hamac en toile écrue, une pièce qui servait de salle de séjour et de chambre, une autre chambre dans le fond, restée dans l'état où l'avait laissée Jaïr la nuit où il avait trouvé la mort, et à l'arrière, une cour de deux mètres carrés où vivait une poule sèche et agitée par la recherche de la nourriture qui aurait pu tomber au pied de la cuisinière à gaz.

Vanuzia Silva posa une Thermos de café, une bouteille de deux litres de Coca, des *bolinhos de bacalhau*, des *pães de queijo* et un gâteau à la farine de maïs sur la table recouverte d'une nappe brodée. Gabi et le vieil homme, prénommé Almeida, étaient allés la chercher dans le bâtiment austère d'un temple évangélique qu'elle balayait, et elle avait tenu à leur offrir un goûter princier malgré l'évidente pauvreté de ses ressources. Almeida sortit s'installer sur la véranda avec un verre de café et une part de gâteau. Des voisins curieux voulurent s'approcher, mais son œil glacial les obligea à faire demi-tour.

Vanuzia se souvenait de Gabi. Elles s'étaient croisées à l'institut médico-légal le lendemain de cette nuit tragique où Dieu avait rappelé son petit auprès de Lui. Des sanglots étranglés dans la voix, elle désigna sur le mur, sous le portrait d'un Jésus bizarrement roux, trois photos sous verre : son Jaïr bébé, le jour de son baptême, son Jaïr adolescent, le visage criblé d'acné, et son Jaïr adulte, devant le temple, près d'un pasteur à l'air terrible. Ses larmes essuyées, elle fut catégorique. Son Jaïrzinho n'était pas un *malandro*, un bandit. C'était un très gentil garçon que la vie n'avait pas épargné. Cette histoire de vol était une hérésie. Comme cette histoire de complice avec lequel il se serait battu au Morro do papagaio. Son fils n'allait jamais là-bas, et il n'avait aucun ami, il était toujours seul, depuis le jour de sa naissance. Il pesait soixante kilos, il était infirme à cause de son accident – un camion lui avait roulé sur la jambe, il avait passé trois ans avec des fers qui lui sortaient du tibia comme des grilles de portail –, il n'aurait pas pu s'en prendre à un homme plus grand que lui. Et il n'était jamais armé. Tout ça, c'était à cause de la police. La police tuait chaque jour des habitants des favelas, puis plaçait des armes sur eux pour en faire des coupables. Ce n'était pas elle qui le disait, tout le monde le disait, c'était même sur Internet !

Profitant des embouteillages à l'approche du centre-ville, Gabi vérifia sur son iPhone les accusations de Vanuzia : des articles évoquaient en effet des histoires d'habitants de favelas de Rio ou de São Paulo, tués et retrouvés avec des armes à feu. Certains journalistes insinuaient qu'ils avaient été piégés par des policiers voulant maquiller leurs bavures ou couvrir leurs trafics, ou agissant par idéologie, ou simplement pour faire du chiffre. Un membre de la *Polícia Militar* avait ainsi été filmé à son insu tuant un homme lors d'une poursuite et plaçant sur lui ce que l'on devinait être un pistolet, même si la vidéo n'était pas concluante – et c'était d'ailleurs ce qu'avait décidé le juge instruisant l'affaire en le faisant libérer.

Gabi fixait l'écran de son smartphone. Y aurait-il eu derrière la mort de Celso une histoire de complot de policiers se servant d'un jeune infirme ? Pourquoi pas ? Les marginaux faisaient des coupables tout désignés partout dans le monde. Voyous des favelas ici et racailles-nées ailleurs.

La circulation se bloqua sur l'avenue trempée par la pluie. Un groupe d'adolescents, jupes droites pour les filles, pantalons pour les garçons et polo bleu avec écusson pour tous, sortit en courant d'un collège privé. Sans doute pas des racailles-nées, eux…

Elle a quinze ans, c'est un nouveau lycée, à Grenoble. On lui a dit que le changement d'air lui fera du bien. La professeure principale se méfie d'elle comme si elle était un cocktail Molotov, les autres profs l'ignorent, sauf ceux qu'elle a vus mater ses seins qui ont poussé trop vite. Il y en a tout de même un de sympa, Pantanella, le prof de français. Il a vu qu'elle lisait des mangas et lui dit qu'il s'intéresse à la culture nippone, il adore Jirō Taniguchi, sauf qu'elle déteste cet auteur et ne jure que par Katsuhiro Ōtomo et ses monstres mutants. Elle doit se faire de nouveaux amis, même si les filles de sa classe ne sont pas ce qu'elle préfère, toutes plus grandes, toutes mieux habillées, mais elle se force, on ne survit pas sans alliés. Hélas, quand un vol est commis dans les vestiaires de la piscine, les soupçons se portent immédiatement sur elle, la fille venue des foyers. Elle est convoquée chez le proviseur. Elle n'a volé que trente francs, un parfum entamé et une chaîne même pas en or, mais personne ne l'avait vue et on l'a accusée sans preuve. Racaille-née…

Un coup de klaxon la fit revenir sur terre. L'avenue était dégagée. Elle reprogramma son GPS pour se rendre dans le quartier d'Ipiranga. Là où habitait Klebber, l'oncle entrepreneur de Celso, dont le téléphone semblait être constamment éteint.

Le gardien qui œuvrait au bas de l'immeuble refusa de lui ouvrir, il n'en avait pas le droit sans l'accord d'un propriétaire ou d'un locataire, il ne connaissait pas de Klebber de Oliveira, personne ne répondait au douzième étage, et sans l'accord d'un propriétaire…

– Vous l'avez déjà dit, je ne suis pas sourde !

Elle avait crié et le gardien vexé verrouilla la fenêtre en verre fumé de sa guérite en hauteur, résolu à ne plus lui adresser la parole. Elle cherchait déjà une pierre pour défoncer la vitre et elle dut se faire violence pour se calmer et reprendre d'une voix humble :

– *Por favor.* Mon mari est mort. Klebber habite ici. C'est son oncle. Je dois le voir.

Encore soupçonneux, le gardien entrebâilla la vitre d'un centimètre, la dévisagea, puis consulta un registre avant de passer trois appels téléphoniques. Quand il raccrocha, son verdict fut sans appel. Il n'y avait jamais eu de Klebber de Oliveira dans l'immeuble, l'appartement du douzième appartenait au *senhor* Eduardo de Souza, résidant à Brasília, qui avait mis son deux-pièces sur Bedycasa, un site de location entre particuliers. L'occupant que Gabi avait vu n'était resté qu'une semaine, le gardien n'avait pas ses coordonnées, le propriétaire non plus, la réservation avait été effectuée par Internet, paiement par carte bleue et renseignements confidentiels.

Gabi se sentit galvanisée. Des menaces de mort, un infirme de la favela peut-être tué par la police et un oncle sorti de nulle part qui avait fait croire qu'il habitait ici, tout cela prouvait que l'enquête avait été volontairement bâclée et qu'elle ne devait faire confiance à personne.

Capitão

Le *vovô*, le grand-père, était redoutable. Malgré ses yeux jaunes, sa peau de vieux cuir et son air distant, comme s'il se désintéressait de la partie, il faisait glisser ses pions avec l'habileté d'un grand maître. Le *Capitão* ne laissait rien transparaître, mais il rageait intérieurement, peu habitué à perdre trois parties de dames à la suite. Il attaqua la quatrième et vit du coin de l'œil la Fiat de la *Polícia Civil* garée à dix mètres de là qui s'agitait. Son occupant devait s'impatienter dans l'intérieur surchauffé. Tant mieux.

Dans la nuit, la praça Sete de Setembro avait été submergée par les fortes pluies, et ce matin elle était écrasée par une chaleur compacte difficilement supportable. Malgré tout, le *Capitão* adorait venir sur cette esplanade, avec son *Ciné-Theatro* à la façade art déco, son immeuble en verre d'Oscar Niemeyer et son *pirulito*, la sucette, surnom donné à l'obélisque commémorant l'indépendance du pays. Bien entendu, il détestait tout le reste, ce qu'il décrivait comme un ramassis de hippies à l'odeur rance qui vendaient des bijoux tressés, de *vagabundos* aux yeux fureteurs, de trafiquants de shit, de crack ou de fausses attestations médicales, et de jeunes putains avec leurs valises à roulettes débarquant de leur village pour aller vendre leurs corps malingres près de la gare routière. Ce qu'il préférait, c'était la rangée de joueurs assis sur de minuscules tabourets et penchés sur leurs damiers usés, prêts à défier n'importe qui, jeunes ou vieux, débutants ou experts.

La véritable raison de sa présence, c'était son contact de la *Polícia Civil* qui attendait depuis plus d'une heure dans sa voiture. Mais le *Capitão* aimait faire patienter ses rendez-vous, surtout dans la fournaise. Une longue attente était la meilleure arme pour « attendrir la viande », comme il le disait du temps où il dirigeait les interrogatoires au sein du *Primeiro Batalhão de Infantaria Blindada*.

Il gagna sa quatrième partie – sans quoi il n'aurait jamais pu partir – et se leva. Abrité du soleil sous l'auvent du McDonald's, Vargas jeta le bâtonnet de sa glace et vint le rejoindre. Plus loin, la porte de la Fiat s'ouvrit et l'*investigadora* Leidiane Cavalcante en jaillit pour se diriger vers le *Capitão*. Mais il lui tourna le dos, gravit les marches de l'agence de la Banco do Brasil, passa le sas de sécurité en saluant les gardes et s'arrêta devant un distributeur de billets. Leidiane soupira. Elle dut parlementer avec les vigiles qui avaient repéré l'arme sous son blouson et leur montrer sa carte de police pour pouvoir entrer sans faire hurler les portiques. Elle se plaça devant le distributeur voisin du *Capitão* et lui parla sans le regarder :

– Mirela m'a contactée. Au sujet de la mort de Celso.

Il se crispa une seconde, mais continua de pianoter sur le clavier de la machine.

– Tu lui as dit quoi ?

– Elle ne croit pas qu'il a été tué par un *malandro*. Je lui ai juré que c'était pourtant la vérité. Je ne lui ai pas dit bien sûr que quoi qu'il arrive, ce *filho da puta* avait signé son arrêt de mort en revenant au Brésil malgré votre interdiction.

– Parfait. Mais je ne veux plus entendre parler de Celso. Si je t'ai convoquée, c'est au sujet du Libanais. Tu as du nouveau j'espère ?

Leidiane se mit à transpirer malgré l'air conditionné de l'agence bancaire.

– J'ai fouillé son passé et j'ai interrogé tout le monde, mais ce type est une énigme. Pas une contravention, pas de rumeur de corruption, rien côté sexuel.

– C'est pour cela que j'ai besoin de toi pour le détruire.

– Ça va être compliqué, *Capitão*. Il est tout le temps entouré, par ses fidèles ou par des journalistes qui l'adorent.

Il sentit la colère le gagner, une rage animale qu'il devait juguler. Il retira les 50 reais du distributeur, récupéra la facturette et glissa le tout dans son portefeuille avec un léger tremblement au bout des doigts avant de se tourner vers Leidiane.

– Si tu m'aides, tu pourras acheter tous les 4 × 4 que tu veux…

Un temps.

– Par contre, si tu refuses…

Il laissa le nuage de menaces chargé de tempêtes et de désolation recouvrir Leidiane, puis il partit en saluant poliment les vigiles.

Il ne voulut pas rentrer tout de suite, la colère était repliée en lui, prête à bondir, et il savait ce qui suivrait s'il la laissait éclater. Il tuerait quelqu'un ou serait victime d'une migraine et de nausées capables de le terrasser. Son médecin l'avait prévenu, les prochaines semaines allaient être éprouvantes. Il marcha jusqu'à l'avenida Olegário Maciel et entra dans Serenata – O Shopping do Músico. Il acheta un *cavaquinho*, une petite guitare à quatre cordes, un Rozini modèle Fogaça en cèdre et jacaranda. Elle allait l'adorer.

Elle l'adora.

Il lui montra comment coincer les cordes pour obtenir les trois notes, E, D et A, ces trois notes qui dans le solfège traditionnel formaient son prénom, Mi, Ré, La. Il lui avait aussi acheté un DVD d'initiation à la pratique du *cavaquinho*. Elle voulut essayer sans attendre, installa le disque dans le lecteur et commença à suivre avec application le premier cours sur la télévision. Il l'observa pendant de longues secondes. Comment faisait-elle pour être si parfaite ? Il aurait pu lui pardonner, mais ce serait le début de la fin, et c'est elle qui le dominerait.

– Pourquoi as-tu appelé Leidiane sans me le dire ?

La question la surprit comme une gifle. Elle arrêta de pincer les cordes sans cesser de regarder le professeur de musique sur la vidéo. Le *Capitão* prit la télécommande, mit sur pause et lui saisit avec douceur le menton entre deux doigts pour faire pivoter son visage vers lui. Elle répondit enfin :

– Je voulais avoir de ses nouvelles. Ça fait longtemps qu'elle n'est pas venue.

– Je vais te reposer la question, c'est ta dernière chance de ne pas me mentir. Pourquoi as-tu voulu te renseigner sur la mort de Celso dans mon dos ? Tu ne m'as pas cru ?

Elle soutint son regard, le corps bien droit.

– Je ne lui ai rien demandé. C'est elle qui m'en a parlé. Je te le jure.

Il ferma les yeux et la douleur fusa, lui grillant le cerveau comme un lance-flamme. Il réprima l'envie de vomir, serra les mâchoires et les poings, puis ouvrit les yeux malgré la souffrance et s'efforça de lui parler avec tendresse :

– Un jour, une jeune femme, elle avait à peu près ton âge, m'a menti pendant toute une semaine. Elle jurait qu'elle n'était pas communiste, qu'elle ne voulait pas renverser l'État et qu'elle ne connaissait aucun terroriste. Elle pensait qu'il suffisait de me fixer de ses jolis yeux et de répéter sa version pour que je la croie. Je l'ai fait attacher sur une table et j'ai introduit cinq cafards vivants attachés par une ficelle dans son vagin. C'était de grosses *baratas* noires, de la taille de briquets. Elle a fini par me dire la vérité et par dénoncer tous ses camarades, y compris des innocents d'ailleurs, pour que je retire les cafards qui se débattaient à l'intérieur d'elle. Mais j'avais trop attendu et j'étais fatigué. Alors j'ai aspergé son visage avec un bidon d'acide. Elle hurlait encore quand je l'ai fait enterrer.

Mirela tenta d'avaler sa salive, mais sa gorge était aussi sèche qu'une râpe et elle eut du mal à articuler :

– C'est vrai, j'ai menti, mais quand j'ai juré, j'ai croisé mes doigts, alors ça ne compte pas.

Son explication était la plus idiote qu'il ait jamais entendue. Pourtant il était satisfait, il savait qu'elle allait arrêter de lui raconter n'importe quoi. C'était ce qu'il voulait. Transparence et obéissance aveugle.

Il l'embrassa, lui prit doucement le *cavaquinho* des mains et le fracassa contre le mur, en cognant plusieurs fois jusqu'à ce qu'il ne restât plus que des copeaux de bois et des cordes inutiles. Les règles étaient simples, un mensonge, une punition. Sans règles, la vie n'était que chaos.

Gabi

La lune orange occupe toute la fenêtre. Ses cratères forment un visage troublé, sombre de mauvaises nouvelles. L'appartement sent l'herbe. Une couverture indienne recouvre le matelas posé sur le sol sur lequel ils sont allongés tous les quatre. Naïma lui tient la main. De part et d'autre, il y a les garçons. Celui de Naïma a une chemise de bûcheron et les cheveux blond paille. Le sien a un tee-shirt Korn et un jean trop long au bas d'accordéon effiloché. Les deux garçons les embrassent, leurs langues s'infiltrent et s'agitent comme des anguilles, leurs mains se glissent sous leurs pulls, pétrissent les seins et tentent de défaire les attaches des soutiens-gorge. Le sien abandonne, il n'y arrive pas, alors il essaie entre ses cuisses serrées. Elle ne veut pas. Elle veut. Elle a envie de crier tant elle en a envie. La fenêtre s'ouvre et bat contre le mur. La lune grossit, menaçante. Le garçon pétrit son pubis à travers le jean. Elle a chaud, son ventre est bouillant, elle coule. Les frottements de leurs corps sur la couverture se mêlent à ceux des chauves-souris. Leurs têtes de rats affolés, leurs yeux globuleux, leurs serres d'araignées, Naïma court sur le toit du chalet, la nuit l'absorbe, les cris effrayants des chauves-souris, le hurlement de Naïma, l'odeur de brûlé, les cadavres de l'IML que l'on calcine, celui de Celso dans les flammes...

Elle se réveilla en sursaut. La chambre sentait le brûlé. Paniquée, elle jaillit de son lit, mais comprit en voyant la fenêtre entrouverte que la fumée venait du chantier voisin où des ouvriers mettaient le feu à de vieilles bâches en plastique.

Malgré les places vides dans l'immense salle du petit-déjeuner, un couple avec un enfant de trois ans vint s'installer à côté d'elle. Des Français. L'homme faisait des allers-retours incessants entre le buffet et leur table qu'il couvrait de viennoiseries, de fruits, de fromages et de galettes de tapioca comme si la fin du monde était proche. La femme s'occupait de leur petit garçon en lui présentant des cuillérées de yaourt avec une régularité de métronome, et il ouvrait sagement la bouche, hypnotisé par la télé qui diffusait une animation satellite de la météo. Aujourd'hui, il y aurait du soleil sur tout le Brésil. Partout, sauf sur Belo Horizonte.

L'homme s'assit enfin en déposant une assiette débordante de tranches d'ananas et s'aperçut que Gabi les contemplait. Il s'étonna, puis lui sourit.

– *Hi! How do you do Miss?*

Elle fut tentée d'engager la conversation avec cette famille modèle, de dire qu'elle était française elle aussi et de leur raconter ses malheurs, mais elle ne bredouilla que quelques mots, en anglais, et partit sans finir son café. Elle sortit la voiture du parking attenant à l'hôtel, mais pila, faisant caler le moteur. De l'autre côté de l'avenue, Celso la salua de la main avant de s'éloigner tranquillement vers l'arrêt de bus. Elle voulut traverser pour le rejoindre. Inutile. Il n'était plus là. Elle régla le GPS et mit le contact.

Après une heure de route, elle faillit rater l'entrée de la fazenda de Nilton Macambira, les essuie-glaces n'allant pas assez vite pour lutter contre la pluie trop violente. La Ford Ka n'avait rien d'un 4 × 4, et elle crut à plusieurs reprises qu'elle allait s'embourber sur les trois kilomètres de piste détrempée. Elle parvint à se garer sur un emplacement empierré, klaxonna à plusieurs reprises sans voir personne, sortit de la voiture et courut le long des alambics en cuivre jusque sous la terrasse de la *cachaçaria*, poursuivie par les aboiements furieux d'un border collie enchaîné à un manguier. Un employé apparut, la tête chiffonnée comme s'il sortait d'une longue sieste. C'était celui qui lui avait fait visiter le domaine quand elle était venue avec Celso. Il ne parut pas la reconnaître. Torse nu, il se grattait les bras dévorés par les moustiques. Gabi expliqua qu'elle venait voir Nilton, elle avait laissé deux messages pour le prévenir de son arrivée. L'employé la dévisagea en battant des paupières, puis partit sans avoir dit un mot vers un hangar en briques dans lequel il disparut. Avait-il compris ? Allait-il revenir ? Qu'était-elle censée faire ? Elle attendit. Pas un mouvement, pas un bruit en dehors de la pluie qui s'écrasait sur la tôle des toits comme sur des tambours. Elle courut jusqu'à sa voiture, se pencha par la portière et klaxonna, cette fois de façon ininterrompue. Une porte finit par s'ouvrir sur le côté du bâtiment. Le sympathique vieux producteur rencontré avec Celso ne ressemblait en rien à celui qu'elle retrouvait aujourd'hui. Regard fuyant, il disait être au courant de la mort de Celso, mais ne savait rien de plus. Il ne connaissait pas la *mulata* de la photo, il ne voyait pas qui aurait voulu du mal à Celso, mais il ne le connaissait que de façon professionnelle.

– Je me souviens que vous vous disputiez tous les deux. À propos de quoi ?

– Des prix, c'est tout. Je suis désolé, tu es venue pour rien. Maintenant, il faut que tu m'excuses, j'ai beaucoup de travail.

Il s'éloigna très vite sous la pluie et s'enferma dans une remise. Gabi était certaine qu'il savait quelque chose, mais il paraissait trop effrayé pour parler. C'était plus qu'évident, Celso n'avait pas été la victime malchanceuse d'un voleur. Quelqu'un avait prémédité son assassinat.

La pluie s'arrêta quand elle entra dans Belo Horizonte et aussitôt un soleil hargneux éclaboussa les rues. Elle reçut un texto d'un numéro inconnu mais avec le préfixe de la ville :

« *Appelle-moi dans cinq minutes* »

C'était signé Akapé. Ce nom lui disait quelque chose. Où l'avait-elle vu ou entendu ? Elle ne se souvenait plus. Le tutoiement ne voulait rien dire, tout le monde se tutoyait au Brésil. Elle n'attendit pas cinq minutes, elle se gara et appela.

Akapé était l'acronyme d'Allan Kardec Pacheco. Et c'était son vrai nom, bien qu'il n'ait rien à voir avec le spiritisme. Il n'était pas rare dans ce pays d'entendre des noms comme *Baracobama Carvalho* ou *Lédigaga Guimarães*. Allan Kardec Pacheco, dit Akapé donc, était un journaliste-bloggeur dont elle avait lu certains posts en cherchant des articles sur la mort de Celso, c'est pour cela qu'elle se souvenait de son nom. Il avait appris qu'elle était revenue depuis peu à Béaga – comment ? Il refusa de le lui dire – et il savait qu'elle se renseignait partout. Il fallait absolument qu'ils se voient tous les deux, seuls, il lui enverrait les coordonnées du rendez-vous dans une heure. Et qu'elle ne parle de lui à personne.

Elle resta assise dans la voiture arrêtée au soleil. Qui était ce type bizarre ? Et si elle appelait la flic pour lui demander conseil ? Mais elle savait déjà ce que cette dernière allait lui répondre. N'y allez pas. Surtout pas seule.

Elle décida de ne pas appeler. Elle n'avait jamais supporté qu'on lui dise de se méfier. Et elle ne craignait personne. Elle regarda le ciel blanc…

… Le ciel de sa chambre au foyer à Grenoble est tapissé de rouge et de vert, les couleurs du drapeau du Portugal. Elle vient d'avoir dix-sept ans et elle ne dit plus qu'elle est française. Elle apprend le portugais, elle écoute du fado et colle des photos d'Amália Rodrigues et de Luis Figo sur ses classeurs. Et elle veut tout savoir sur son père. Mais sa mère a du mal à se souvenir. Sa mère oublie beaucoup de choses ces derniers temps. Il s'appelait Danilo, ou Dario. Né à Lisbonne. Ou Porto ? En revanche, sa mère est sûre d'une chose, il était très

beau. La taille fine, pas très grand mais les cuisses musclées, et les yeux noirs, brillants. Et il dansait, une merveille ! Gabi veut partir le chercher. Elle en parle autour d'elle. Tout le monde lui dit de renoncer, que c'est une folie. Elle n'écoute pas. Elle a convaincu Emily et Cécile de l'accompagner. Elles se tirent un vendredi soir, prennent le train en resquillant sur la moitié du trajet et arrivent le samedi à Lisbonne. Elle va le retrouver, elle le sent. Ses copines veulent faire la fête dans les bars du Bairro Alto, elle ne dit pas non, elle en profitera pour chercher, son père doit danser dans un de ces cabarets où l'on entend du fado. Dans la nuit, dans la foule, elle croit voir Naïma. Ce n'est pas elle, bien sûr. Elle se débrouille bien en portugais, on lui dit qu'elle est douée. Elle rencontre un Hollandais qui fait le double de sa taille. Il leur achète des packs de bières dans une station-service Galp. Il dit qu'il connaît tous les bars de la ville, il va l'aider à trouver son père, mais il veut d'abord passer à son hôtel avec elle. Elle refuse, il insiste, lui attrape le poignet, il s'énerve, la traite d'allumeuse. Elle lui éclate la bouteille de Super Bock sur la tête. Elle prend Cécile et Emily par la main et elles partent en courant. Retour en train le dimanche. La directrice a prévenu la gendarmerie. Gabi s'en fiche, dans un an elle sera majeure et plus personne ne lui dira ce qu'elle doit faire ou ne pas faire.

Gabi

17 heures.

La nuit était déjà tombée, il ne pleuvait plus. Akapé venait d'appeler pour lui donner rendez-vous devant le kiosque à musique de la praça da Liberdade à 18 h 30 précises. Qu'elle ne s'inquiète pas, il savait à quoi elle ressemblait.

Il était encore trop tôt. Elle allait et venait dans sa chambre d'hôtel comme un aspirateur-robot déréglé, en serrant dans la poche de son jean le couteau de randonnée Iron Man à lame pliable qu'elle avait glissé dans sa valise avant de partir de Paris. Ce n'était qu'un rendez-vous avec un journaliste sur une place publique où des policiers patrouillaient, mais une femme seule, la nuit, était une proie dans toutes les régions du globe. Elle vérifia l'heure une nouvelle fois :

17 h 02.

Elle en eut assez d'attendre et partit.

18 h 30.

Les fesses lui faisaient mal à force de rester assise, jambes croisées, face au kiosque ouvragé du centre de la place. Des joggeurs joggaient, des familles se promenaient, des adolescents butinaient, un père Noël finissait d'enfiler son costume – *Noël c'est après-demain!* – et des équipes de la *Polícia Militar* circulaient comme elle l'avait imaginé. Elle attendait.

Pas d'Akapé en vue.

19 h 15.

Elle crut le reconnaître dans plusieurs hommes qui la dévisageaient. Aucun ne s'approcha, à part des vendeurs d'eau minérale, de *sorvete*, de bonbons et de cigarettes et un cireur de chaussures qui lorgna ses Converse avec une moue désabusée. Akapé avait dit 18 h 30 précises. Où était-il ?

20 heures.

Elle allait renoncer quand il l'appela sur son téléphone. Il n'était pas en retard, il était venu et avait fait le tour de la place en voiture pour être sûr qu'elle était seule. Il était rassuré de voir qu'elle obéissait, et lui donnait maintenant rendez-vous au Mirante do Mangabeiras. Elle raccrocha en râlant, il jouait à quoi ? Pokémon Go ?

20 h 30.

O Mirante do Mangabeiras était un parc de manguiers surplombant la ville, avec une buvette et une attraction touristique, une tyrolienne de 800 mètres qui dévalait le flanc d'une colline boisée. Gabi attendait sur le belvédère caillouteux face à l'entrée d'où sortaient les derniers visiteurs sous le regard assoupi d'un garde en uniforme. Elle avait zippé son sweat-shirt – elle n'avait pas emporté d'habits plus chauds – et serrait le couteau dans sa poche. Le mystérieux Akapé allait-il venir ou la faire poireauter toute la nuit ?

20 h 45.

Un pot d'échappement asthmatique troubla le silence de la nuit et une vieille Chevrolet Monza se gara dans un nuage d'essence à vingt mètres d'elle. Deux appels de phares. Gabi préféra rester où elle était. La portière s'ouvrit en grinçant et un homme longiligne en sortit. Prudent, il examina les alentours avec minutie, à croire que les arbres du parc abritaient un essaim de snipers. Âgé d'une quarantaine d'années, il devait peser à peine soixante-cinq kilos, mesurer près de deux mètres et il marchait courbé, comme s'il en avait assez de se cogner partout. Cheveux coiffés au peigne mouillé, chemise à poches kaki, pantalon crème bien repassé et baskets bariolées à fermeture Velcro, il arriva devant elle en exhalant une drôle d'odeur terreuse et se plia en deux pour la dévisager.

– Gabi ? Je suis Allan Kardec. On marche, il y a trop de lumières ici, il ne faut pas qu'on nous voie ensemble.

Gabi regarda autour d'eux. Il n'y avait personne. Mais il s'éloignait déjà à grandes enjambées sur le chemin longeant l'enceinte du parc désormais fermé. Après avoir soigneusement inspecté les environs, il choisit un endroit stratégique d'où il pourrait surveiller les éventuels passants. Il se pencha de nouveau vers elle et voulut vérifier ses papiers d'identité. En soupirant, elle lui tendit son passeport qu'il vérifia à la lueur d'une lampe-stylo. Il demanda aussi à voir son portable. Elle soupira encore plus fort, il ne s'en formalisa pas, le récupéra et secoua la tête.

– Je n'aime pas ça.

– Quoi donc ?

– Les iPhone. On ne peut pas retirer la batterie.

Il le lui rendit, tout en semblant observer soit les manguiers, soit la ville au loin.

– Il s'appelait vraiment Celso de Oliveira, ton copain qu'ils ont tué ?

– Oui. Et c'est qui ces « ils » qui l'ont tué ?

Il toussa dans son poing, fouilla ses poches à la recherche d'un mouchoir ou de cigarettes qu'il ne trouva pas, se frotta la bouche, et répondit en se penchant encore plus et en parlant dans sa main :

– J'ai voulu me renseigner sur lui, mais je n'ai rien trouvé. Quelqu'un avec un passé aussi immaculé, c'est louche. Très louche. Je ne connais personne qui n'ait rien à se reprocher. Les *Mídia Ninja*, tu connais ?

Elle le dévisagea, déboussolée. Les *midianinjas* ? C'était quoi, un groupe de musique ? Il lui expliqua très vite, sans aucune pause :

– Les grands groupes de média brésiliens, presse, radio, télé, sont détenus soit par des empires financiers, soit par des églises évangéliques. L'information est de ce fait, tu l'imagines bien, muselée ou orientée pour endormir le peuple. Grâce à cela, ils peuvent gouverner à leur guise, et s'enrichir dans l'ombre. Ils ont eu la peau de Dilma Rousseff qui leur résistait pour installer ce fantoche de Temer à sa place. Bon, c'est vrai, Dilma était une vendue au capital, elle avait validé les projets de barrages du Belo

Monte, mais son *impeachment* n'a été qu'un rideau de fumée pour protéger les vrais corrompus qui dorment à l'abri de leurs milliards. Et pour cela, rien de mieux que de terroriser la population avec des informations stressantes qui ne montrent que de sales voleurs tués par une police vigilante, comme si la violence n'était le fruit que d'individus isolés aux ADN déficients et non pas d'une situation sociale, économique et culturelle désastreuse. Tu ne verras jamais dans ces médias une quelconque analyse politique, mais seulement de l'émotion, de la peur, des larmes, des sermons, et surtout du sang en gros plan. Nous, les *Mídia Ninja*, sommes un collectif de journalistes libres et indépendants, mais, hélas, fragiles financièrement. Nous œuvrons sur Internet, mais c'est dangereux, très dangereux de s'opposer aux puissances en place dans mon pays. La fin de la dictature n'a été qu'un mensonge, on vit encore sous la coupe d'oppresseurs. Et le danger d'un retour d'un régime totalitaire, militaire ou religieux plane toujours, réclamé par tous ceux qui craignent de perdre leurs privilèges et qui sont d'accord pour museler ceux qui veulent dire la vérité. Tu as dû entendre parler d'Evany José Metzker. Non ? C'était un journaliste-bloggeur, comme moi. Il enquêtait sur un réseau de prostitution à Padre Paraíso dans le nord-est du Minas Gerais, un réseau qui impliquait certainement des hommes politiques, de tous bords attention, il ne faut pas croire qu'il y ait des différences. Evany dérangeait trop, alors il a été enlevé et torturé, ils lui ont arraché un œil, coupé la langue, l'ont décapité et ont jeté son corps dans le *mato*. Tu crois que la police a enquêté sur ce meurtre sauvage ? Bien sûr que non ! Au contraire, elle a sous-entendu qu'il était à la tête d'un réseau pédophile. Cette même police est venue deux fois chez moi, la première soi-disant pour vérifier que je n'avais pas d'armes illégales, et la deuxième fois, ils ont attendu que je sois absent pour fracturer ma porte, voler mes archives, et bien sûr, mon ordinateur et toutes mes clés USB. Mais ils ne m'auront jamais. Jamais !

Il se tut et se frotta la bouche avec la nervosité d'un ancien alcoolique. Gabi eut du mal à reprendre sa respiration, avec l'impression que c'était elle qui avait débité cet interminable discours affolé. Il fouilla une fois de plus ses poches, en vain, se pencha et parla de nouveau dans la paume de sa main :

– Parle-moi de ton Celso.

Elle hésita une seconde puis lui raconta leur venue au Brésil, le meurtre, la mort du voleur, le SMS de menaces, l'oncle fantôme, les maigres résultats de l'enquête rapide menée par l'*investigadora* Tajès, et lui montra la photographie de la *mulata* qu'il examina longuement avant de la prendre en photo avec son propre portable.

– Tu as raison, ça m'a tout l'air d'une manipulation de la police. On a retrouvé son portefeuille, sa montre, et pas son portable, comme par hasard ! Et ce jeune des favelas tué à son tour par un mystérieux complice jamais retrouvé, c'est typique de leurs méthodes. Ton Celso détenait sans doute une information importante. Je vais creuser et je te recontacterai. Tu ne parles à personne de notre rencontre. Surtout pas aux flics, ni même au personnel de ton hôtel, sans doute des mouchards. Et méfie-toi, tu es déjà certainement surveillée. Mets des pièges dans ta chambre pour savoir quand ils fouillent.

Il partit très vite sur ses jambes de héron et le tintamarre de sa Chevrolet brinquebalante résonna longtemps dans la vallée. Gabi n'arrivait pas à déterminer s'il était un journaliste réellement menacé ou un paranoïaque délirant. Mais c'était le premier qui l'avait prise au sérieux. Et rien que pour cela, elle se sentit un peu mieux.

Gabi

Papa-modèle apparut dans la salle du petit-déjeuner, fringant, rasé de près, fleurant un after-shave citronné. Il était seul et vint s'asseoir à la même place – on prenait vite des habitudes, même en vacances. En passant près d'elle, les bras chargés d'assiettes, il jeta un œil sur le smartphone sur lequel elle pianotait et s'arrêta, étonné et ravi.

– Mais vous êtes française en fait ?

Elle acquiesça avec un sourire et se replongea dans Google. Elle avait vérifié, les *Mídia Ninja* existaient, ils avaient bien un site Internet. Et l'histoire du journaliste torturé et décapité aussi était vraie : cela s'était passé l'année précédente, en mai 2015, et la police n'avait jamais trouvé les coupables. Comme par hasard. Elle se rendit compte qu'elle utilisait les mêmes mots qu'Allan Kardec. « *Comme par hasard.* »

– Vous avez vu les infos ? 4 degrés à Paris ce matin ! On est quand même mieux ici, non ?

Souriant, papa-modèle avait délaissé sa table pour s'installer face à elle et attaquait sa galette de tapioca au fromage avec voracité.

– Mmmm, c'est super bon. Le Brésil est un pays super, non ? À part la langue, trop compliquée pour moi. J'ai essayé, mais j'en suis resté à « *tudo bem / tudo bom* », et encore je n'ai toujours pas compris la différence. Vous avez déjà remarqué un truc ?

Il s'essuya la bouche et sortit un petit livre de sa poche.

– À la fin de tous les guides de conversation, il y a systématiquement une série de phrases super alarmistes. Écoutez ça : « *Au secours, laissez-moi tranquille, je suis perdu, je dois contacter le consulat, on m'a volé mes papiers, on m'a agressé, appelez la police, où est le commissariat le plus proche ?* »

Elle ne l'écoutait plus et regardait le JT de la Globo sur la télévision. Crimes dans les rues de São Paulo, crimes à Brasília, crimes à Rio. Des morts gisant en pleine rue, des *malandros* menottés aux regards de chiens perdus, et du sang en très gros plan. Informations stressantes répétées à l'infini pour terroriser et endormir la population, comme l'avait dit le journaliste.

– … j'ai de la fièvre, j'ai la diarrhée.

– Pardon ?

Elle se tourna vers lui et il écarquilla les yeux, gêné.

– Pas moi. C'est le guide de conversation. Ils imaginent toujours le pire.

– Le pire arrive pourtant.

Le regard de Gabi le transperça et il perdit ses moyens. Il se leva.

– Je… vais me chercher une autre galette de tapioca.

Elle installa des pièges dans sa chambre. Des systèmes appris dans les foyers, cheveux posés sur le dessus de sa valise, fond de teint sur les poignées des tiroirs, livre posé à l'envers et photos prises au portable de l'intérieur de sa penderie. Puis elle attendit des nouvelles d'Allan Kardec, de l'*investigadora* Rafaela Tajès ou de Nilton Macambira, le vieux producteur de cachaça qui aurait été pris de remords. Et peut-être aussi du ciel qui s'entrouvrirait pour tout lui expliquer.

Elle parcourut le répertoire de son iPhone. Celso y était enregistré sous le nom de « MonChéri ». Devait-elle effacer ce numéro ? Elle allait tomber dessus chaque fois qu'elle ferait défiler la liste de ses correspondants, entre « Mairie du XXe » et « Morena Coiffure ». L'effacer, cela voulait-il dire l'oublier, le nier, le renier ? À partir de combien de temps était-il d'usage de supprimer les numéros de ses disparus ? Celso était mort depuis trois semaines. C'était hier et c'était une éternité. Elle commençait à avoir du mal à se souvenir de son visage qui perdait de sa netteté, comme s'il reculait ou rapetissait. C'était effrayant. Celso allait-il disparaître pour toujours ? Dans un vieux film – *lequel déjà ? Un film de guerre ? Américain ?* –, un soldat suggérait à un de ses potes d'imaginer les absents en mouvement plutôt qu'en photographie, car il était plus facile de se les remémorer ainsi.

Elle ferma les yeux. Puis elle vit.

Celso se lavant les dents, torse nu devant la fenêtre, rue d'Avron.

Celso jouant au foot dans la cour avec le fils de la gardienne.

Celso tâtant les fruits du marché de Charonne pour en vérifier la fraîcheur.

Celso se glissant près d'elle dans le lit et lui caressant l'intérieur de la cuisse, là où sa peau est la plus douce...

Elle ouvrit les yeux et fit défiler les selfies sur son smartphone. Et elle écouta en boucle son dernier message :

« C'est moi. J'achète du pain ou non ? Rappelle-moi. »

« C'est moi. J'achète du pain ou non ? Rappelle-moi. »

Le journaliste n'appela pas. Elle tenta de le joindre, mais son téléphone était débranché. Pas de nouvelles de la flic non plus. Et le ciel restait obstinément muet.

Elle s'aperçut dans le reflet de la vitre de la chambre. Avec ses cernes, elle pouvait maintenant postuler pour un rôle dans *American Horror Story*. Elle allait finir par s'habiller en noir, comme une veuve sicilienne, et écouter en boucle les chansons tristes d'Adèle. Elle se donna un coup de brosse dans les cheveux et changea de tee-shirt. Il fallait qu'elle sorte, qu'elle prenne l'air avant de devenir folle à tourner en rond comme un hamster. Dans le hall de l'hôtel, deux agents en uniforme de la *Polícia Civil* l'attendaient. Visages sévères, ils lui demandèrent de les suivre jusqu'à la *delegacia*, sans lui donner la raison, en précisant juste qu'elle avait intérêt à accepter.

Les réceptionnistes, les clients, les bagagistes s'étaient immobilisés et les observaient comme au spectacle. D'ici peu l'un d'eux allait dégainer son téléphone portable pour immortaliser l'événement.

Elle avait envie de fuir, elle ne savait pas pourquoi. Juste envie de renverser ces deux flics et de courir dans la rue.

La fenêtre était fermée, la climatisation éteinte et une chaleur asphyxiante régnait dans la pièce. Le *delegado* Ciro Rocha était assis bien droit derrière son bureau, sur lequel étaient parfaitement alignés ordinateur LG, recueil de sermons aux coins émoussés et statuette en plâtre d'une Vierge austère.

À sa droite, debout et appuyé contre le mur, l'*investigador* Jenival, bras croisés posés sur le dessus de son ventre. À sa gauche, debout aussi mais les mâchoires palpitantes, Rafaela Tajès.

Le *delegado* lissa sa cravate du plat de la main et fit pivoter l'écran de son PC vers Gabi en expliquant que l'article d'Akapé était sorti dans la nuit. Il avait été repris depuis par trois sites régionaux et un national. Il était remonté ainsi comme un saumon adulte vers la *prefeitura*, le *palácio do governador* et la direction régionale de la *Polícia Civil*, d'où il était redescendu, avec des soubresauts violents, jusqu'à lui. Le *delegado* précisa qu'il avait réussi à arrondir les angles avec le maire, grâce à son filleul qui travaillait dans son cabinet, mais que l'article pouvait encore causer des dégâts. Akapé y relatait sa rencontre avec Gabi Monteiro, une Française victime d'un complot politique, ourdi avec la complicité des forces de l'ordre dirigées par la *delegada* Tajès.

Désignant la phrase de son index, il précisa :

– Elle n'est qu'*investigadora*, pas *delegada*. Bien que cela ne soit pas là le plus grave pour notre service. Lisez la suite, je vous prie.

Akapé rapportait dans son article les critiques virulentes de Gabi sur le travail de la police, qu'elle accusait de négligence, de corruption et de manipulations, la preuve étant l'enquête volontairement bâclée sur l'assassinat suspect de son fiancé Celso de Oliveira qui devait posséder des informations susceptibles de nuire au pouvoir en place.

Gabi se tourna pour se justifier vers Rafaela qui bouillonnait comme un geyser :

– J'ai parlé d'une enquête rapide, pas bâclée.

Rafaela ne répondit pas, mais respira lentement par le nez. Gabi répéta que le journaliste avait déformé ses propos, elle cherchait des réponses à la mort de son compagnon, et n'avait accusé personne. Le *delegado* Rocha sourit, onctueux.

– Je comprends.

Il désigna l'*investigadora* Tajès.

– Je tiens néanmoins à excuser le comportement parfois brusque des membres de mon équipe…

L'*investigadora* refoula une bile noire et acide. Le *delegado* lissa de nouveau sa cravate et continua :

– … mais nous vivons une époque violente. La sombre situation économique de notre pays n'arrange rien, votre ami en a d'ailleurs été la victime, comme beaucoup, hélas. Toutefois, je puis vous assurer que nous vous transmettrons l'intégralité des renseignements sur la suite du dossier. Si suite il devait y avoir, bien entendu. Mais je crains que sa mort n'ait résulté que d'un vol d'une atroce banalité, comme il en existe dans toutes les contrées du monde.

Elle prit un taxi, décontenancée. Cet Allan Kardec était un mythomane de première et toute son histoire de complot politique n'était qu'un délire. Celso s'était fait tuer par hasard, pour son argent. C'était horrible. Et c'était tout.

En descendant du taxi devant l'hôtel, elle entendit à peine le bruit de la moto. Tout se déroula très vite. Le passager à l'arrière agrippa la bandoulière de son sac et le lui arracha pendant que le conducteur accélérait. Ni elle, ni le chauffeur de taxi, ni même Jean-Alix, le bagagiste haïtien, ne purent intervenir. Le gérant de l'hôtel, alerté, voulut appeler les secours, mais Gabi en avait assez de la police.

Dans l'ascenseur, elle s'appuya contre la paroi. Elle était dévastée. Pas à cause du vol, ni de s'être battue contre des moulins à vent, mais parce que dans son sac se trouvait son portable avec les photos et la voix de Celso. Elle n'allait plus pouvoir le voir, ni l'entendre. Elle arriva devant sa chambre. Un message était glissé sous sa porte.

« TON SAC C'EST LE PREMIER AVERTISSEMENT. RETOURNE DANS TON PAYS DE MERDE. OU TU VAS CREVER TOI AUSSI ! »

Capitão

Il gagna aisément la première partie, la deuxième en deux courtes minutes, et il ferma l'application du jeu de dames sur son PC quand il comprit qu'il allait remporter la troisième avec encore plus de facilité. Son adversaire, un Suisse, ne possédait pas le niveau qu'il prétendait avoir. Encore un minable qui se prenait pour un seigneur.

La pièce était fraîche, confortable, baignée par les lueurs bleutées des quatre moniteurs Sony. Personne parmi ses hommes, à part bien sûr Vargas – qui avait installé le système vidéo –, ne savait que Mirela était surveillée par trois caméras dissimulées dans les plafonds de sa chambre. Grâce à une quatrième, placée dans le couloir, il espionnait aussi Crisóstomo, le nouveau garde du corps. Assis sur une chaise en bois, celui-ci s'injectait un produit incolore dans le biceps, sans doute des anabolisants, et il se piquait sans inquiétude, ce qui signifiait que lui non plus n'imaginait pas qu'il était observé.

Le *Capitão* but une gorgée de café et monta le son. Dans la chambre, Mirela rangeait avec application sa collection de parfums sur l'énorme coiffeuse en *ipé* brun olive.

Elle n'était pas seule. Arpentant la pièce avec son enthousiasme habituel, le *locutor* jacassait :

– … eh oui c'est moi, je suis le premier à avoir utilisé un micro sans fil, je l'avais fait venir de Las Vegas. De Las Vegas ! Imagine la scène : j'arrivais en hélico au centre de l'arène du rodéo, je sautais au milieu des chevaux sauvages et j'attaquais mon speech d'introduction, un triomphe ma belle, un triomphe !

Il continuait, mimant ses prouesses d'antan, un micro imaginaire à la main, son stetson blanc perdu depuis longtemps dans l'autre, allant et venant dans le souvenir de la lumière dorée des projecteurs.

Le *Capitão* était ennuyé. Il devait punir le *locutor* qui n'avait pas à se trouver dans la chambre de Mirela sans son autorisation. Ses hommes pouvaient y pénétrer pour apporter à la jeune femme ce qu'elle désirait, mais ils n'avaient pas à lui faire la conversation pendant des heures sans qu'il le sache. Le *Capitão* savait que dans son cas, ce n'était pas une manœuvre de séduction. Tout d'abord parce que le malheureux était devenu impuissant à la suite de l'agression au couteau subie en prison, et parce que, fidèle parmi les fidèles, il n'aurait jamais osé flirter avec la fiancée du patron. Mais il ne pouvait tolérer la désobéissance. Il lui fallait frapper vite et fort pour éviter la contagion et le laisser-aller.

Quand il entra dans la chambre, le *locutor* s'éclipsa très vite, la tête basse comme un esclave des temps anciens. Mirela ne bougea pas, sans savoir à quoi s'attendre, mais elle se détendit quand il s'installa dans son fauteuil préféré et lui tendit la main pour qu'elle vienne s'asseoir sur ses genoux. Les yeux du *Capitão* étaient doux, ses gestes lents et sa voix rassurante. Il était désolé d'avoir brisé son *cavaquinho*, il avait des soucis avec la *cervejaria* en ce moment, mais il n'aurait pas dû s'en prendre à elle, c'était injuste, c'était la dernière fois qu'il s'emportait, il le lui promettait. Il lui embrassa les paupières, lui caressa les joues, le cou, les seins, le ventre et continua de la rassurer en glissant sa main sous sa jupe. Il parvint jusqu'à la culotte et ses doigts s'insinuèrent dessous.

Quand il rejoignit la *cervejaria*, le *locutor* l'attendait en compagnie de Vargas qui contrôlait le chargement des fûts de bières sur un camion à plateau. Avec prudence, il tenta de se justifier, mais le *Capitão* lui fit signe de se taire et de le suivre. Vargas vérifia vite les bordereaux et libéra le chauffeur-livreur pour rejoindre son patron.

Ce dernier avait sorti ses chiens du chenil. Oreilles dressées, Princesa et Tyson tournaient autour du *locutor* qui fixait le sol et parlait tout bas, comme s'il se murmurait à lui-même, en oscillant dans l'odeur enivrante des sacs de houblon.

– Je savais bien que les ordres étaient de…

– Calme-toi *meu filho*. Je sais que tu ne pensais pas à mal.

Sa voix était si feutrée que ses chiens cessèrent de s'agiter.

– Vois-tu, Mirela est une enfant. Elle non plus ne pense pas à mal. Mais, comme une enfant, elle peut jouer avec n'importe lequel d'entre vous, inventer des histoires, vous faire croire qu'elle est en danger et vous persuader qu'elle a besoin d'être sauvée. Tu comprends, *meu filho* ?

Le *locutor* hocha la tête avec vigueur. Princesa se tourna vers son maître, déçue par son ton débonnaire. Tyson se coucha, les pattes de devant bien rangées l'une sur l'autre comme un chien de concours, à l'écoute.

– Elle est très forte pour séduire et pour profiter des âmes crédules. Elle l'a prouvé par le passé et…

– Ne vous bilez pas, elle ne peut pas m'avoir, moi !

Vargas grimaça. Le *locutor* avait commis une erreur en interrompant le *Capitão*. Jusque-là, tout se passait bien et il était peut-être même sur le point d'échapper à sa punition, mais quand le *Capitão* posa le pouce et l'index sur ses paupières, Vargas comprit que c'était fichu.

– Tu te crois plus intelligent que tout le monde, *locutor* ?

La voix avait changé de registre, une tonalité plus basse, comme un tonnerre lointain. Tyson se redressa et Princesa en sourit presque.

– Tu crois que tu peux dominer Mirela ? Tu veux me dominer moi aussi ? Non seulement tu me désobéis, mais tu me nargues ?

– Mais pas du tout *Capitão*, vous ne comprenez pas, je disais…

– Je ne comprends pas ? Tu m'insultes maintenant ?

– Mais non, je voulais juste dire qu…

– *CALA A BOCA* ! TAIS-TOI !

Il s'empara du tuyau servant à nettoyer le sol et l'arracha de son robinet en laiton.

– Quand je parle, tu te tais ! Tu m'obéis et tu te tais !

Le *locutor* tenta de s'abriter derrière ses bras, mais il ne put échapper aux premiers coups de fouet donnés avec le tuyau de plastique gainé.

– Je t'ai recueilli, je t'ai tout donné, et tu me craches à la figure ?

Les chiens voulaient intervenir, mais il n'en avait pas donné l'ordre et ils beuglaient comme des possédés. Le *Capitão* continuait de frapper, de frapper et de crier :

– Sans moi tu serais toujours en prison ! Tes voisins de cellule t'auraient arraché toutes les dents pour que tu puisses les sucer !

Le *locutor* se recroquevilla sur lui-même. Le tuyau lui cingla le dos, le visage, les bras, les jambes, la nuque et le visage encore. Mais c'est le *Capitão* qui s'effondra soudain.

Gabi

Malgré les caméras de surveillance, il avait été impossible d'identifier celui ou celle qui avait réussi à entrer dans l'hôtel dissimulé sous un sweat à capuche, à prendre l'ascenseur censé ne fonctionner qu'avec les cartes magnétiques des clients, puis à traverser tout le couloir du seizième étage pour déposer son message et repartir sans être vu. La recherche des deux voleurs à moto n'avait rien donné non plus. L'*investigadora* Rafaela était troublée, le gérant de l'hôtel confus, les clients curieux, et Jean-Alix, le bagagiste, malade de peur que cela ne lui retombe dessus. Tout le monde discourait en même temps et l'*investigadora* entraîna Gabi au fond du bar de l'hôtel pour être au calme. Elle commanda une bière, en but la moitié et examina de nouveau le message qu'elle avait glissé dans une enveloppe en plastique transparent. Devait-elle vraiment le prendre au sérieux ? N'était-ce pas plutôt la réaction d'un habitant de Béaga vexé que Gabi ait craché sur son pays et sa police ?

Gabi s'emporta :

– Je n'ai craché sur personne ! Et je vous signale que ce n'est pas moi la coupable dans cette affaire.

Gabi avait envie de frapper cette flic qui devait peser le triple de son poids. Pourquoi ne la croyait-elle pas ? Parce qu'elle était incompétente ? Corrompue ? Trop paresseuse pour enquêter ?

– Vous croyez vraiment que je délire ? J'aurais payé un gamin pour voler mon sac, je me serais écrit un billet de menaces et j'aurais inventé un oncle bidon pour faire mon intéressante ?

– De quel oncle vous parlez ?

Gabi lui raconta l'appartement anonymement loué censé être celui de l'oncle de Celso. Intriguée, l'*investigadora* examina de nouveau la lettre puis la rangea dans sa poche. Elle allait demander la réouverture de l'enquête, même si elle redoutait un refus de son chef qui détestait les complications, d'autant qu'aucune preuve tangible ne prouvait que le papier glissé sous sa porte était lié à la mort de son ami. Mais elle promit d'insister.

– Cela dit, à votre place, je sauterais dans un taxi direction l'aéroport et je rentrerais en France.

– Mais bien sûr. Comme ça vous pourrez faire semblant d'enquêter en passant tranquillement vos journées dans les bars.

– Je vais mettre vos insultes sur le compte du choc.

– Ne jouez pas les offusquées, je sais que ça vous arrangerait de me voir quitter le pays.

– Ce qui m'arrangerait serait de n'avoir pas à ramasser votre cadavre dans une ruelle si par hasard votre ami était impliqué dans je ne sais quel trafic.

– Celso ne trafiquait pas !

– Qu'est-ce que vous en savez ?

– Il ne me cachait rien.

– À part qu'il avait un téléphone secret, peut-être une maîtresse, un oncle, bidon ou pas, dans son faux appartement, et un caveau de famille dans cette ville qu'il n'était pas censé connaître. Vous ne m'avez jamais dit ce qu'il faisait à quatre heures du matin, sans vous, à plusieurs kilomètres de votre hôtel.

Gabi souffla bien fort, mais ne trouva rien à répondre. La flic vida sa bière, se leva en s'aidant de la table et du dossier de la chaise, lui donna sa carte avec son numéro personnel, hocha la tête en signe de salut et partit. Gabi ne bougea pas. Peu à peu, la salle se remplit autour d'elle, un ballet bourdonnant de serveurs et de clients revenant de promenade.

– Qu'est-ce que vous avez prévu pour ce soir ?

Elle se tourna. C'était papa-modèle accompagné de maman-mutique et d'enfant-sage. Il attendait sa réponse avec un grand sourire, mais elle ne sut quoi dire, rendue perplexe par sa question. De quoi se mêlait-il ?

– On nous a parlé d'un restaurant super typique. On va l'essayer, ça nous fera patienter avant la messe. Ça aussi ça promet d'être typique. Et vous ?

– Moi quoi ? Et quelle messe ?

– Mais... celle de minuit !

– C'est ce soir Noël ?

Elle en tomba des nues. Il sourit de plus belle, c'était vrai qu'avec cette chaleur – il avait enfin arrêté de pleuvoir – c'était difficile d'y croire. Gabi s'assombrit, le Noël dernier, Celso et elle avaient dansé toute la nuit sur une péniche et fait l'amour au petit matin sur le quai désert.

Papa-modèle interrogea sa femme du regard avant de continuer :

– Vous n'allez quand même pas réveillonner toute seule ? Venez avec nous.

Elle refusa, bien entendu, mais seulement dans sa tête. Car elle se leva et partit avec eux. Tout valait mieux que de rester cloîtrée dans sa chambre à attendre que le meurtrier de Celso vienne la voir et lui explique tout en détail.

O Café Cultural était installé au rez-de-chaussée d'un des plus vieux immeubles de Béaga, même si Hervé – c'était le prénom de papa-modèle – précisa que lorsqu'on disait vieux ici cela ne voulait dire qu'au maximum cent vingt ans, toute la ville ayant été construite en 1897. C'était un café-restaurant de quinze places, tenu par deux frères tatoués très polis aux yeux verts. Sur les murs, des photos de Bob Marley côtoyaient celles de Chico Buarque et sur une ardoise était écrite une citation de Vinícius de Moraes que Gabi dut traduire : « *La souffrance n'est qu'un intervalle entre deux bonheurs.* » Hervé trouva ça super juste. Il trouvait tout « super » d'ailleurs, la déco, la clientèle de quartier et le plat traditionnel qu'il avait commandé – bœuf braisé, riz, *feijões*, chou-fleur et carottes. Sa femme souriait sans rien dire, s'occupant de son gamin qui examinait Gabi comme si elle débarquait d'une lointaine galaxie et allait faire un tour de magie.

Elle commanda de la bière, vida à elle seule la première bouteille de soixante centilitres et en réclama une deuxième. Elle but très vite et ressentit aussitôt les effets de l'alcool. Elle se pencha vers eux comme si elle commençait à y voir moins bien.

– Vous vous êtes rencontrés comment ? Vous avez toujours su que vous étiez faits l'un pour l'autre ? Vous avez des secrets ou vous vous racontez tout ?

Un instant surpris, Hervé commença à répondre. Ils s'étaient rencontrés tout bêtement à un dîner, chez des amis d'amis. Ils avaient accroché tout de suite. Six mois plus tard, ils étaient mariés…

Gabi observait sa jolie femme. Elles devaient avoir le même âge, mais cette dernière avait coché toutes les cases : Mariée ? OK. Enfant ? OK. Heureuse ? OK. Gabi, elle, n'avait rien coché du tout. Dans une semaine, ce serait l'année prochaine et l'année prochaine, elle aurait déjà trente-six ans. Un âge minable. Tout était déjà plié pour la plupart de ceux de sa génération, mais pour certains, comme elle, tout était encore trop ouvert, bloqué dans un carrefour truffé de directions imprécises. Adolescente, elle pensait qu'à cet âge vénérable, elle aurait un appartement à elle, un vrai métier, un plan de carrière, deux enfants, et un mari. Vivant, le mari.

Elle commanda des cachaças pour fêter l'étendue de son désastre et s'aperçut qu'Hervé parlait toujours et qu'elle n'avait rien écouté. Elle but cul sec son verre qui incendia sa gorge, tout en essayant de suivre.

– …à Gennevilliers, un F4. On a une école tout près, c'est super bien desservi, et on a tout, commerces, salle de sport, médiathèque.

Elle vida la cachaça qu'il n'avait pas touchée, puis celle de sa femme. La flic avait raison, elle devait rentrer en

France. Elle ne saurait sans doute jamais ce qui était arrivé à Celso. Soit il avait été tué par un voleur comme tout le monde le pensait, soit il avait été supprimé parce qu'il trempait dans un sale trafic, et donc il lui avait menti sur sa venue au Brésil. Dans les deux cas, il valait mieux qu'elle fasse son deuil, qu'elle tourne la page et qu'elle aille de l'avant, comme on disait quand on ne craignait pas les phrases toutes faites.

Elle but les dernières gouttes de cachaça, claqua le verre sur la table et se tourna vers un des deux jolis serveurs pour en commander d'autres. Elle se rendit compte qu'Hervé ne parlait plus et que lui, sa femme et leur gamin la dévisageaient. Elle tenta un sourire.

– Je suis désolée, je n'ai pas tout écouté. Vous vous êtes rencontrés où alors ?

Pour la première fois, c'est la femme qui répondit :

– Vous allez bien ? Vous êtes toute blanche.

– C'est juste la bière. Et la chaleur. Et la mort de ce salaud. Mais ça va super. *O sofrimento é o intervalo entre duas felicidades.*

Elle rigola, se leva et chercha dans ses poches pour payer. La femme refusa.

– On vous invite. Et on va vous appeler un taxi.

– Non, un peu d'air me fera du bien. Merci pour le repas. Et la compagnie. C'était vraiment adorable. Joyeux Noël.

Elle leur sourit et sortit du restaurant en essayant de ne pas tituber. Elle s'appuya au tronc d'un arbre maigre et sinueux. Elle avait surestimé son état, la femme d'Hervé avait raison, il lui fallait un taxi. Elle en chercha un du regard, puis se souvint qu'elle n'avait plus son portefeuille. Tant pis, l'hôtel ne devait pas être si loin.

Cinq minutes plus tard, elle réalisa qu'elle s'était perdue dans ces rues qui se ressemblaient.

Dans ces rues soudain obscures et désertes.

Capitão

Ils l'observent. Les jeunes aux membres brisés, et les vieux aux peaux noircies. Tous faméliques, putréfiés. Elle est là elle aussi, l'indomptable, si fière à son arrivée. Elle et ses orbites vides dans son visage brûlé. Soudain, ils l'agrippent de toutes leurs mains exsangues. Il veut reculer, mais ils le tirent vers les profondeurs. Il sait qu'il n'aura jamais la force de résister et il s'enfonce, tombe, fond, se noie… Mais un flash brillant cisaille la nuit. Son corps, son cœur, son âme éclatent en milliers de fragments. Quand il ouvre les yeux, ils ne sont plus là, renvoyés dans leur enfer.

Vargas observait le *Capitão* assis à même le sol, le dos contre le mur du hangar. Il était blafard, du vomi tachait le devant de sa chemise, mais il était en vie. Il lui avait fait une injection d'adrénaline pour le réanimer, mais si ça n'allait pas mieux dans cinq minutes, il appellerait l'hôpital, tant pis si le *Capitão* s'en prenait à lui plus tard, il ne pouvait le laisser si faible et si fragile. Il jeta un œil sur le *locutor* qui gémissait, couché dans une flaque d'urine. Lui, c'était moins grave, une ou deux articulations froissées et quelques dents en moins. Il s'en remettrait. Et de toutes les façons, ce qui était arrivé était sa faute. Mirela, on ne s'en approchait pas, point final.

Vargas n'eut pas à le faire hospitaliser, le patron fut rétabli une heure plus tard. C'est lui-même qui aida le *locutor* à regagner sa chambre, soigna son visage tuméfié et le mit au lit avec un somnifère et un verre de lait chaud.

Après une longue douche, le *Capitão* fit sa promenade dans le *mato* avec ses chiens et s'installa contre le tronc d'un hibiscus géant. La terre était humide et sentait merveilleusement bon. Princesa et Tyson se couchèrent contre lui. La vie était douce quand il le voulait. Mais il eut la mauvaise idée de consulter son smartphone et de surfer sur les sites d'information. Il convoqua Leidiane en essayant de garder son calme pour ne pas être à nouveau la proie de la douleur.

Elle râla tout le long de la route : la faire venir comme ça, sans explications, le soir de Noël ! Elle n'était pas à sa disposition, *porra* !

Elle gara son Ford Explorer à l'entrée de la *cervejaria*, éteignit ses phares et eut un accès de jalousie en voyant l'élégant Porsche Cayenne blanc. V8 bi-turbo, 570 chevaux, boîte Tiptronic à 8 rapports, 4 secondes pour passer de 0 à 100 kilomètres/heure…

– Qu'est-ce que tu attends ?

C'était Vargas, qui la tira de sa rêverie.

– Il est près de la rivière, dépêche-toi.

Le *Capitão* était toujours assis contre l'hibiscus, ses deux chiens étendus le long de ses jambes comme des attelles. Ils grognèrent en entendant la flic approcher. Il les apaisa d'un chuchotement et leva vers elle l'écran de son smartphone sans prendre la peine de la saluer.

– Qui est cette gringa ?

Leidiane s'arrêta à deux mètres et observa d'un œil méfiant les deux molosses dont les yeux brillaient comme un incendie de forêt.

– C'est personne. Elle se tapait Celso, et elle a pleurniché quand il est mort. C'est ce con de journaliste, Akapé, qui en a profité pour se faire un peu de pub.

– Un peu ? Même l'*Estado do Minas* a sorti un article sur elle.

– Ça va se tasser, mon chef a au moins ce talent d'étouffer le moindre remous qui pourrait gêner sa carrière.

– Tu es sûre ?

– Vous pouvez être tranquille. On n'en entendra plus parler.

– Ah oui ? Tu m'avais pourtant affirmé que l'histoire de Celso était réglée et je t'ai crue. Tu en es où sur le Libanais ?

Leidiane réprima un frisson en surveillant les deux chiens qui, eux non plus, ne la quittaient pas des yeux.

Elle détestait ces satanés clébards depuis ses treize ans. Elle habitait alors le quartier de Ceú Azul avec ses parents pas encore séparés. Leur voisin se prenait pour le roi du monde alors qu'il ne conduisait qu'une *fusca*, une vulgaire Coccinelle Volkswagen. Un jour, lors d'une partie de foot avec ses trois cousins, ils avaient envoyé le ballon dans son jardin. Comme elle était la plus courageuse de la bande, c'est elle qui partit le récupérer en sautant le muret en briques séparant les deux maisons. Mais elle ne savait pas que le voisin possédait un chien, un Fila-brasileiro hypocrite qui n'aboyait jamais. À peine avait-elle mis un pied sur le gazon que le monstre de quatre-vingts kilos avait bondi. Elle avait réussi à s'enfuir, mais s'était fait arracher un bout de fesse. Elle en gardait la cicatrice, une marque dentelée comme un cratère de lune qui faisait rire les mecs la première fois qu'elle se déshabillait. Elle s'était vengée en empoisonnant le Fila avec des boulettes de bœuf farcies de *mata rato*, de mort-aux-rats. Le chien avait mis quatre heures à mourir, avec son maître qui pleurait en le berçant dans ses bras. Si les deux clébards essayaient quoi que ce soit, elle sortirait son flingue et les buterait. Et elle buterait le *Capitão* – elle commençait à en avoir jusque-là d'être traitée comme une femme de ménage.

– Je t'ai posé une question.

Leidiane s'extirpa de ses souvenirs douloureux et répondit :

– J'ai mis deux collègues sur le coup. Sans dire que c'était pour vous, ne vous inquiétez pas. On va monter une *blitz*, un barrage policier, pour vérifier les ports d'armes et on va…

– Tirer dans le tas ? Le Libanais ne se déplace jamais seul, il a toujours deux ou trois de ses disciples qui le filment avec leurs portables. Tu n'as pas entendu parler de Periscope ? Tu passerais en direct sur Internet, idiote !

Leidiane regarda ailleurs en retenant sa respiration. Elle détestait les clébards, elle détestait qu'on lui parle comme ça, et surtout, elle se détestait de ne pas réagir. Le *Capitão* s'en aperçut et sourit. Il adorait sentir la soumission étreindre le cœur de ses subordonnés.

– Ton histoire de journaliste m'a donné une idée. Tu as vu le film sur Christian Poveda ?

– Qui ?

– C'est vrai que tu as une tête à ne regarder que les *novelas* toi.

Il secoua la tête avec mépris et Leidiane sentit de nouveau la morsure de l'humiliation. Il lui raconta avoir vu un documentaire sur Discovery Channel à propos d'un journaliste français qui enquêtait au Salvador sur les liens entre les gangs de Maras et le pouvoir politique. Comme il commençait à gêner le gouvernement, la police avait fait courir le bruit qu'il était leur informateur. Les Maras avaient réagi sans tarder, comme ils le faisaient toujours avec les balances, en lui mettant quatre balles dans la tête.

Il se tut. Leidiane attendait la suite, mais à l'évidence il n'y en avait pas. Le *Capitão* soupira, se frotta les yeux et expliqua :

– Tu vas faire passer le Libanais pour un gros dealer. S'il ne se fait pas tout de suite descendre par les autres trafiquants de la région, tu organiseras une descente dans son village de squatteurs. Et comme le Libanais résistera, tu lui colleras quatre balles dans la tête. Et même si c'est filmé, tu seras une star. *Bandido bom é bandido morto*, comme le peuple aime bien le dire.

Leidiane hocha la tête, même si elle n'était pas encore convaincue. Il reprit :

– Trouve quelqu'un pour infiltrer son mouvement. Quelqu'un prêt à tout. Et s'il n'est pas prêt à tout, tu t'arranges pour qu'il le soit.

Leidiane acquiesça, réfléchissant déjà au candidat idéal. Au fond, cette histoire de star lui plaisait. Une star conduisant un Porsche Cayenne blanc. Le *Capitão* la vit sourire.

– Content que mon plan te plaise. Mais tu as intérêt à bien l'exécuter, je n'accepterai plus que tu mollisses. Je veux la peau de ce misérable avant la fin de l'année.

– C'est dans une semaine !

– Je sais, mais j'ai assez attendu. Maintenant tu dégages, c'est l'heure du repas de mes bébés et je vais avoir du mal à les tenir.

Les deux monstres grognaient en effet et Leidiane partit en reculant. Le *Capitão* ferma les yeux. La migraine revenait à la charge, versant du plomb en fusion dans son crâne. Son bras et sa jambe gauche étaient encore engourdis. Il avait de plus en plus de mal à se remettre de ses crises. Il fallait pourtant qu'il tienne jusqu'au mariage. Et jusqu'à la mort du Libanais et l'évacuation des pouilleux de ses terres.

Gabi

Elle avait tenté de se repérer, mais mis à part certaines qui montaient ou descendaient en pente raide, toutes les rues se ressemblaient. Elle n'avait croisé personne pour la renseigner. C'était le soir de Noël, les gens devaient être avec leurs familles, ou à l'église. Elle ne vit pas d'églises. Elle avait froid, elle avait envie de vomir et elle avançait en zigzag, se perdant plus encore…

– T'as jamais eu le sens de l'orientation ma grosse.

Naïma sautille sur les pavés comme si elle jouait à la marelle. Elle s'arrête, frotte la tache qui a triplé sur sa joue, puis se tourne, soudain effrayée.

– Tu as senti Gab ? Il y a quelqu'un avec nous. Quelqu'un qui nous suit !

– C'est Celso ?

– Je ne sais pas, je ne l'ai jamais vu ton chéri. Je l'ai cherché, mais je n'arrive toujours pas à le coincer. Il se cache comme s'il était en faute. Mais on s'en fout de lui, le plus important c'est qu'on parte d'ici, ça craint trop.

– Mais si c'est Celso, il…

– J'en ai marre que tu ne me parles que de lui !

Naïma avait disparu. La rue était parsemée de puits d'ombre séparés par des pans de murs couverts de tags, du bitume troué par les racines des arbres et des devantures de magasins fermés, à louer ou à vendre. Mais l'une d'elles se mit à briller violemment, dessinant la silhouette de Gabi sur le rideau de fer.

Un liquide glacé coula dans son ventre.

Elle se tourna.

Une voiture était arrêtée au milieu de la chaussée. Ses phares l'aveuglaient et Gabi savait qu'il ne fallait pas rester là. Mais elle n'arrivait plus à bouger, engourdie par la tension et l'alcool.

Le moteur de la voiture grondait comme un félin sur le point d'attaquer. Une portière s'ouvrit dans un cri de ferraille. La portière côté passager s'ouvrit elle aussi…

Investigadora Rafaela

Plus des trois quarts des bureaux de la *delegacia* étaient vides et le silence se réverbérait dans les couloirs comme dans une chapelle abandonnée. Pour Rafaela c'était une chance, elle adorait être seule, elle pouvait manger et fumer sans entendre de remarques fatigantes, et boire des canettes de Skol sans se les faire piquer par les collègues.

Quand elle avait proposé à Alessandro de prendre son tour à la permanence, lui permettant de rejoindre sa famille pour le réveillon de Noël, il n'en était pas revenu. Il n'imaginait pas qu'elle craignait simplement de se retrouver seule chez elle, ou pire, d'aller se saouler dans un bar glauque et finir dévalisée et honteuse le jour de la naissance de *Nosso Senhor*.

Elle se pencha en arrière sur son siège pour vérifier que le couloir était toujours désert, puis elle appela les parents d'Isabel, l'adolescente disparue. Ils n'avaient toujours pas de nouvelles de leur fille et étaient plus désespérés que jamais en ce soir de fête. Elle leur conseilla d'organiser une marche avec les habitants de la favela, en relayant l'info sur les réseaux sociaux par une page Facebook et un hashtag Twitter. La marche ne donnerait probablement pas de résultats immédiats, mais pourrait attirer des journalistes et relancer les recherches, si Dieu le voulait bien. Avant de raccrocher, elle insista pour qu'ils ne disent à personne que l'idée venait d'elle.

Elle attaqua le pot d'un litre de glace au chocolat Kibon, en se remettant sur le dossier Celso de Oliveira. Cela non plus, elle n'en avait pas le droit. Comme elle l'avait pressenti, le *delegado* Rocha avait refusé de rouvrir l'enquête sur « des conjectures dues aux angoisses compréhensibles mais exagérées d'une jeune veuve, gringa de surcroît ». Elle avait insisté, il lui avait interdit de s'en mêler et elle avait promis de lui obéir.

Les trois premiers stylos volèrent à travers la pièce et rebondirent contre un mur. Le quatrième marchait, mais il était vert et elle détestait écrire dans une couleur autre que noire. Elle se força à se calmer en raclant le fond du pot de glace. Ce n'était évidemment pas la mauvaise qualité des fournitures qui l'exaspérait, mais ce qu'elle avait trouvé en moins d'une heure. Chaque avancée dans ses recherches prouvait à quel point la gringa avait raison quand elle sous-entendait qu'ils avaient bâclé l'enquête sur son ami assassiné.

Le compte bancaire de la victime avait été activé deux fois depuis sa mort. Deux retraits, le maximum autorisé chaque fois, dans des distributeurs qui n'étaient pas dotés de vidéosurveillance. Qui s'était servi de sa carte ? Le complice-meurtrier du jeune *malandro* ? Comment connaissait-il le code ? Celso avait-il été torturé avant sa mort ? Cela n'apparaissait pas sur le rapport d'autopsie.

Et en considérant les précautions prises pour les retraits aux distributeurs, cela ne cadrait pas vraiment avec un gamin illettré des favelas.

Le numéro de téléphone de celui qui se disait l'oncle de Celso provenait d'une carte prépayée, mais le site de location Bedycasa, par l'intermédiaire duquel il avait loué l'appartement du quartier d'Ipiranga, avait accepté de donner son nom. Klebber Goulard. Il était fiché depuis ses seize ans pour une variété de délits. D'après sa photo, il ressemblait à la description faite par la gringa.

Ce Klebber avait deux frères, Flávio et… Celso. Tous les trois étaient nés de Oliveira, mais avaient été abandonnés par leurs parents avant d'être adoptés par la famille Goulard, de Belo Horizonte.

Celso avait menti à sa gringa, il n'était pas de São Paulo mais d'ici, de Béaga, et il n'était pas fils unique. Sur quoi d'autre avait-il menti ? Et ses deux frères, Klebber et Flávio, étaient-ils liés à sa mort ? Savaient-ils quelque chose ? Pourquoi l'aîné s'était-il fait passer pour un oncle ? S'agissait-il d'une histoire de vendetta familiale ?

Elle appela l'Holiday Inn, mais Gabi n'y était pas. Après tout, c'était le réveillon de Noël. Était-elle allée le fêter dans un restaurant ? N'était-elle pas censée être *de luto*, en deuil ?

Gabi

Gabi discernait mal les deux silhouettes à contre-jour dans l'éclat des phares, mais quand elle comprit qu'ils portaient des cagoules, son cœur exécuta un salto arrière. Sa main s'enfonça dans sa poche. Mais son couteau ne s'y trouvait pas, il était resté à l'hôtel. Elle se mit à courir. Ils s'élancèrent à sa poursuite.

Il lui fallait trouver une avenue fréquentée, un bar, une boutique ouverte ou l'entrée d'un immeuble avec des vigiles. Elle prit à droite, au jugé.

Mauvais choix. Les murs donnaient sur d'autres magasins fermés et des maisons sans lumières. Elle continua de courir, mais la tête lui tournait et le souffle commençait à lui manquer. Pourquoi n'était-elle jamais allée s'entraîner avec Celso ? Elle prit à gauche.

Mauvais choix de nouveau. Des volets fermés sur toutes les façades et un trottoir aux pavés irréguliers, humides et glissants. Le sang battait dans ses tempes et son ventre était tordu de spasmes. L'alcool n'était pas le meilleur des carburants.

Des rires au loin, comme des grelots. Un groupe. Elle devait les rejoindre. Où étaient-ils ? Pourquoi s'étaient-ils tus ? Comment allait-elle les repérer ? – *Allez-y, chantez, criez, faites sauter les bouchons de champagne, c'est Noël, merde !*

Elle prit à droite.

Encore une rue en pente. Encore une rue sans vie.

Leurs respirations saccadées étaient si proches, presque sur sa nuque. Eux aussi s'essoufflaient, mais ils ne la lâchaient pas. Un de ses deux poursuivants portait des chaussures à semelle rigide qui claquaient comme des coups de maillet.

Elle ne pouvait s'empêcher d'imaginer ce qu'ils lui feraient s'ils l'attrapaient. Ils allaient la jeter à terre, déchirer ses vêtements et la frapper. Et la violer. Elle craignit pour son visage, pour son ventre, et pour les séquelles, les cicatrices, les cauchemars.

Elle s'était souvent battue, dans les foyers, à l'école, mais elle savait qu'elle ne ferait pas le poids, là. Elle pourrait toujours essayer de se défendre, mais ils auraient vite le dessus. Elle allait mourir. Comme Celso. Seule dans la nuit.

Non. Elle n'allait pas mourir.

Tout là-haut, la rue donnait sur une avenue bien éclairée où venait de passer un bus. Il y aurait du monde. Elle était sauvée.

Une main s'abattit sur son épaule. Elle perdit l'équilibre et percuta le tronc d'un arbre noir. Elle hurla. Mais le premier coup de pied dans le ventre lui coupa la respiration.

III

MARCHANDAGE

« Never A Failure, Always A Lesson »
(tatoué sous la clavicule de Rihanna)

Júlio Cesar

Il détestait rendre visite à sa tante Joelma. Elle tenait une fabrique de *pastéis de angú*, des chaussons à la farine de maïs, à Itabirito, un village à soixante kilomètres au sud de Béaga. Le voyage en bus jusque là-bas durait deux heures et demie, il s'arrêtait dans le moindre hameau et il était toujours bondé, une vraie torture. Une fois arrivé, sa tante Joelma le forçait à manger un *pastel* après l'autre, à la viande, aux épinards, au fromage, et elle insistait pour qu'il reste vivre avec elle afin de le soustraire aux tentations de la ville. Mais Jota-Cê adorait les tentations de la ville.

Ce n'était pas la seule raison d'éviter sa *tia*. Elle ressemblait beaucoup trop à sa mère décédée. Le même visage ovale, la même coupe de cheveux, la même façon de rire en mettant sa main devant la bouche pour cacher ses mauvaises dents et la même habitude de le serrer contre elle en l'appelant *Julininho*.

Il avait pourtant pris la route d'Itabirito, mais pas en bus, avec la moto de son ami Elias, celui qui travaillait dans une boucherie du *mercado central* depuis sa sortie de prison. Elias avait essayé de refuser, il n'avait pas envie d'être encore le complice d'une de ses magouilles, son grand frère évangélique le tuerait cette fois, mais Jota-Cê lui avait juré qu'il n'avait besoin de sa moto que pour aller voir sa famille. Ce qui était presque vrai, même si ce n'était pas sa tante qu'il était venu voir, mais celui avec lequel elle couchait de temps en temps, un riche avocat qui jouait au pauvre.

Ce con de Tobias s'était pris d'affection pour lui, il voulait qu'il l'appelle *tio*, et surtout, comme le *pastor* de sa favela, il voulait l'éduquer, le façonner et le guider sur le chemin du salut. Jota-Cê en tremblait de rage, il n'était pas un *vagabundo*, il avait des projets, il avait de l'ambition et il allait réussir, à sa façon, pas en suivant ces bergers à la mine sinistre.

Hélas, il avait fait tout ce trajet pour rien, ce bâtard n'était pas chez sa tante, mais dans son soi-disant village construit par des sans-terres en pleine campagne.

Il eut du mal à s'extraire des bras de sa *tia* et dut accepter un sac de *pastéis* qu'il jeta dès qu'il sortit d'Itabirito pour attaquer la longue route vers São Izidoro.

Après deux heures de voyage sous un soleil aveuglant, il aperçut les premières banderoles qui annonçaient l'occupation illégale, et les premières barrières gardées par cinq hommes. Ils le firent patienter à l'entrée comme un vulgaire livreur, et l'un d'eux voulut même le fouiller. Pour qui le prenaient-il *porra* ? Ils allaient voir comment son oncle allait les punir quand il saurait de quelle façon ils l'avaient traité !

Mais Tobias ne punit personne. Entouré de deux gardes du corps au regard de vautours, il prit Jota-Cê dans les bras, lui claqua le dos avec effusion et l'entraîna dans un dédale de chemins de terre. Tout fier, il lui désigna le tout nouveau dispensaire – *mais Jota-Cê n'y vit qu'une cabane en bois et en tôle* – et le nouveau terrain de foot – *un rectangle pelé où des adolescents aux corps de lézards se disputaient un vieux ballon.*

Tout en caressant ses cheveux aussi longs que ceux d'un Indien, il n'arrêtait pas de déblatérer avec l'enthousiasme d'un camelot de marché, sans laisser le temps à Jota-Cê d'en placer une. Tout y passait : la récolte de maïs *orgânico*, les taux d'écoute de l'émission de radio émise depuis le camp, le nombre de plus en plus élevé de lycéens de la communauté ayant réussi le *vestibular*, les…

– J'ai un problème *tio*.

Tobias s'arrêta pour le contempler avec son regard plissé de sage chinois, même si Jota-Cê trouvait qu'il avait plutôt l'air d'un pharmacien à qui on dit qu'on a la bite qui brûle. Il lui demanda de quoi il s'agissait et Jota-Cê se tourna vers les hommes qui ne les quittaient pas. Tobias le prit par le bras et l'emmena vers sa maison.

Jota-Cê ne comprenait pas pourquoi son oncle, qui dirigeait quand même tout le monde ici, avait choisi de vivre dans cette baraque d'une dizaine de mètres carrés, sans confort, même pas l'air conditionné, avec juste un vieil ordinateur, une télévision minuscule qui ne devait capter que la Globo, et des piles de livres poussiéreux.

– Je t'écoute Julininho.

Jota-Cê se crispa, Tobias n'allait pas se mettre lui aussi à l'appeler comme ça ? Mais il se força à sourire et raconta, d'une façon qu'il voulait claire et enthousiaste, qu'il avait une opportunité, la chance de sa vie, un appartement dans le centre de Béaga, très abîmé, mais il avait planifié une série de travaux à réaliser lui-même pour le rendre habitable, et même hyper classe, il n'aurait aucune difficulté à le louer, à la semaine, au mois ou à l'année, depuis la coupe du monde la ville recevait de plus en plus de touristes, il pouvait même le revendre en faisant une marge de folie, c'était une occasion en or, la banque allait lui octroyer un prêt, il avait juste besoin d'un apport initial pour amorcer la pompe, disons 30 000 reais, qu'il rembourserait en même pas six mois.

– Je ne te donnerai pas d'argent, Jota-Cê.

Ce *filho da puta* avait même esquissé un sourire, et il eut envie de le lui effacer à coups de poing.

Tobias prit son air de directeur d'école pour expliquer qu'il n'avait pas cru une seconde à son histoire, qu'il se doutait qu'il était encore plongé dans une de ses embrouilles, et que lui donner de l'argent, c'était l'encourager sur ce chemin qui allait un jour le conduire en prison. Par contre, s'il avait besoin d'un travail, il pouvait lui en procurer un, ici, dans la communauté, un travail qui ne serait bien sûr pas payé des millions, mais un travail utile, gratifiant et pour une cause juste.

Un de ses miséreux frappa à la porte, une histoire de camion d'eau potable arrivé, avec un problème de facturation. Tobias demanda à Jota-Cê de l'attendre et sortit.

Jota-Cê avait mal aux dents de les avoir serrées si fort. Ce chien galeux n'allait pas l'aider. Comment allait-il payer le Samouraï avant ce soir ? Il avait envie de foutre le feu à cette turne de mendiant. Il avisa l'ordinateur portable posé sur une table en plastique. Le capot était couvert de vieux stickers à la con : « *OGM Não Obrigado* », « *Fora Temer!* », « *São Izidoro Vencedor!* »

La nuit était tombée sur la ville. Comme la municipalité avait décrété que les décorations de Noël seraient réduites à cause de la crise, la crèche qui scintillait au carrefour était minuscule. Jota-Cê trouvait ça pitoyable.

Il transpirait, assis sur la moto d'Elias, garée entre la rua dos Caetès et la rua Rio de Janeiro. Son téléphone bourdonna. Cinq messages. Le premier venait de *Martelo*, Marteau, un des hommes du Samouraï, qui devait lui rappeler leur rendez-vous. Les quatre autres d'Isabel. Il essaya de la joindre, mais elle ne répondit pas et il ne laissa pas de messages. Il allait ranger le téléphone dans la poche de son bermuda quand il sonna. C'était elle. Elle avait dû s'isoler dans les toilettes pour le rappeler. Elle ne pouvait pas parler longtemps, elle voulait savoir s'il avait vu son oncle, si c'était arrangé, s'il allait venir la chercher aujourd'hui ?

– Je te l'ai dit baby, c'est l'histoire d'un jour ou deux.

– Encore ? Mais c'est trop long ! Ils me font de plus en plus peur et… attends… Il y a quelqu'un qui vient, je te rap…

La communication fut coupée. Il essaya d'appeler à son tour. Boîte vocale. Il fallait qu'il sorte Isabel de là au plus vite. Il plaça la moto sur béquilles, verrouilla le cadenas, prit une grande inspiration pour s'armer de courage et se dirigea vers le restaurant de sushis.

La décoration était vaguement asiatique, dragons en plastique, idéogrammes encadrés et photos délavées de temples shintoïstes. Deux vigiles surveillaient l'entrée, ce qui faisait beaucoup pour un restaurant de quartier. Un serveur moustachu mal déguisé en japonais – pantalon noir, haut de kimono imprimé et bandana autour du front – remplissait les flacons de sauce soja en regardant dans le vide. *O Samuraï* était assis au fond, dans le réduit qui lui servait de bureau et de poste de surveillance. Il avait les épaules tombantes, la peau d'un brun terne et n'avait rien d'un Japonais. Ni d'un guerrier samouraï – à part peut-être la cicatrice sous son œil gauche qui lui dessinait un troisième sourcil inversé. Comme à son habitude, il comptait la recette du jour, empilant des pièces de 5, 10 et 50 centavos avec minutie, comme s'il s'agissait de lingots d'or.

Le premier vigile, *Martelo*, attrapa Jota-Cê par la nuque dès qu'il mit un pied dans le restaurant encore vide. Il tenta de se débattre – *ça va, lâche-moi, je peux marcher!* – mais le vigile le conduisit par le cou à son patron comme s'il s'agissait d'un mouton destiné à la tonte. Le Samouraï ne lui jeta pas un regard, continuant d'empiler ses pièces, et *Martelo* prit la parole :

– Tu as ce que tu nous dois ?

– Oui. Vous pouvez libérer Isabel. En plus, il faut qu'elle aille à l'hôpital, elle a un rendez-vous pour des examens de sang.

– Envoie l'argent.

Jota-Cê hésita, puis fit glisser les bandoulières de son sac à dos et sortit une poignée de billets froissés. Le

Samouraï s'en empara d'un geste rapide, les compta avec une vitesse surprenante puis leva le visage vers Jota-Cê en fronçant tous ses sourcils, cicatrice comprise. Ce dernier déglutit.

– Je sais, il n'y a pas tout ce que je vous dois. Mais j'ai autre chose...

Il sortit du sac une montre Casio au bracelet métal, une chaine avec un crucifix doré, un portable Samsung, des lunettes de soleil Oakley... *Martelo* s'impatienta :

– C'est quoi ça ? T'as vidé une poubelle avant de venir ?

– Attends, tu vas voir, j'ai mieux !

Il sortit l'ordinateur portable volé à Tobias. Suspicieux, le vigile le tourna dans tous les sens, ouvrit le capot et le reposa sur la table.

– Ça aussi c'est une merde. Il doit avoir au moins trois ans. Impossible d'installer des mises à jour.

Il lui serra de nouveau le cou de sa grosse pogne.

– Tu nous as pris pour des gringos ou quoi ? Si tu ne paies pas aujourd'hui, on va en faire des sushis de ta copine !

Mais Jota-Cê avait remarqué le regard intéressé du Samouraï qui fit glisser l'ordinateur vers lui. Il examina un à un les stickers sur le capot puis leva un œil intrigué vers Jota-Cê et parla pour la première fois, d'une voix aiguë :

– Où tu as eu ça ?

– C'était à mon oncle. Il a plein de matos chez lui. Il y a quelque chose qui vous intéresse ? Une imprimante ?

– C'est qui ton oncle ?

– Il s'appelle Tobias. Tobias Haddad.

Le Samouraï parut vraiment surpris et se redressa.

– Le Libanais, c'est ton oncle ?

Jota-Cê ne put s'empêcher de sourire. Il avait ferré le Samouraï, il ne savait pas comment ni pourquoi, mais il sentait que ses ennuis touchaient à leur fin.

Gabi

Seuls leurs yeux phosphorescents percent la nuit. Les froissements répugnants de leurs ailes lui donnent la chair de poule, mais elle ne peut quitter le conduit de cheminée contre lequel elle est assise. Sinon elles vont se jeter sur elle, s'arrimer à ses cheveux, la mordre et la vider de tout son sang. Naïma inspecte la tache de sa joue dans un miroir de poche, puis elle s'éloigne sur les tuiles et pénètre dans la nuit, en chantant d'un filet de voix : « Telling my whole life with his words / Killing me softly with his song… » *Gabi voudrait pouvoir la suivre, mais elle doit surveiller les chauves-souris qui sont prêtes à se décrocher de leurs cachettes pour fondre sur elle.*

Naïma a disparu dans le noir. C'est d'abord un long silence poignant. Puis un cri. Mais Gabi est vissée au sol, incapable de faire un geste.

Naïma continue de hurler. Et sa voix diminue pendant sa chute.

Maintenant le ciel est blanc, un blanc éblouissant et douloureux comme un cristal acéré. Les filles du foyer, toutes en noir, se tiennent serrées autour d'elle. On la soutient, par les bras, les épaules, la taille. On lui frotte le dos, on lui murmure des encouragements. Mais elle se dégage et s'échappe. Elle sort du cimetière. Elle court. Ses jambes sont déchirées par les ronces. Elle court. Ses yeux sont embrasés par la sueur et les larmes. Elle court. Elle finit par s'arrêter, dégoulinante de sang, et à genoux, vomit son chagrin et hurle sa colère. Elle va être seule désormais. Sans alliés. Sans amie. Seule…

Un tintement aigu la réveilla. Ses paupières étaient impossibles à ouvrir, scellées par de la super glue, mais elle percevait la lumière comme au travers d'un écran de soie jaunie. D'autres sons lui parvinrent, comme si on montait le volume peu à peu. Une toux rocailleuse, le vrombissement d'un climatiseur fatigué, une roue de chariot mal centrée qui sautille sur du carrelage.

Elle était couchée sous un drap trop rêche, une douleur générale venue de très loin alourdissait son corps et l'ancrait dans le matelas. On parlait tout près. Un homme qui tentait de chuchoter sans y parvenir et une femme qui le rembarrait avec une voix acide :

– *Para! Sou évangêlica!*

L'homme insistait avec un ton qui se voulait charmeur et la femme lui répondait de plus en plus sèchement. Gabi tenta de fermer ses oreilles comme elle fermait ses yeux. Elle avait envie de gratter ses genoux, mais n'en avait pas la force et ses pensées s'éparpillaient comme des papillons de nuit piégés dans le soleil – *pourquoi ai-je un goût de cuivre dans la bouche ? Pourquoi parlent-ils si fort ? Je saigne ? Il faut que je fasse pipi, éteignez cette lumière, je dois dormir, dormir, dormir.* Elle s'endormit.

Il n'y avait pas de fenêtre, juste un lit étroit, une armoire en fer, un bloc de monitoring éteint et un paravent plié contre un des murs couleur crème. Une infirmière au dos voûté, aux chevilles épaisses et au visage buté installait une poche de glucose sur la potence de la perfusion. Le flic aux joues abîmées, l'*investigador* – l'*investigador comment déjà ? impossible de se rappeler son nom* –, se tenait contre la table à roulettes sur laquelle était posé le plateau du petit-déjeuner. Il piochait des bouts de biscottes qu'il mâchait tout en parlant. Il parlait depuis un moment, mais elle ne saisissait que des bribes, comme des papiers gras soufflés par le vent.

– ...*malandro* ... normal ... gringa ... bout de fromage pour les rats ... d'une Ford ... et rien d'autre.

Il se tut. Elle ferma les yeux, les rouvrit, se tourna vers l'infirmière.

– Je suis blessée ? C'est grave ?

– Non. Des hématomes. Et une côte fêlée sur un millimètre. Mais sans hémorragie interne.

Le flic appuya sa hanche contre le montant du lit en frottant les coins de sa bouche pour en faire tomber les miettes de biscotte.

– Tu as eu de la chance ma belle. Ils en voulaient à ton argent, mais heureusement, ils ont été surpris par des passants.

Elle ne comprenait pas. Un vol ? Ils l'avaient frappée pour lui voler son sac ? Elle n'avait pas de sac. Son sac avait été volé par les deux hommes à moto. C'étaient les mêmes ? Pourquoi tout s'emmêlait ? Pourquoi la lumière de la chambre lui faisait-elle si mal ? Le flic – *Reginald ?*

Romuald? – continuait de parler, il fallait qu'elle se concentre.

– ...et donc on a fait cette descente dans la favela voisine avec l'appui de la *Polícia Militar*. Et là, boum, ça s'est enflammé. Un collègue a failli se prendre une balle. On a dû faire venir les hélicos. Tu aurais vu ça, un vrai feu d'artifice. Mais ça veut dire qu'on a tapé dans le mille, non ? Non ?

Il attendait sa réponse comme une vendeuse réjouie qui veut savoir si on a la carte fidélité du magasin. Que fallait-il qu'elle réponde ? Quelle était la question au juste ?

– Vous avez arrêté ceux qui m'ont agressée ?

– Non. Mais bon...

– Mais bon quoi ?

– On m'a dit que tu avais pas mal d'alcool dans le sang. Et comme je te disais, se balader seule la nuit, ce n'est pas très sérieux.

– Parce que c'est ma faute si j'ai été attaquée ?

– Ben... on pourrait dire que tu l'as un peu cherché, non ?

– Allez vous faire foutre.

– Hé ho, du calme, tu n'as pas à me parler comme ça.

– Sortez de ma chambre.

– Tu te prends pour qui pour me donner des ordres ?

L'infirmière se planta devant lui.

– Elle t'a dit de sortir.

Il la toisa, se tourna vers Gabi, vexé d'être rabroué par deux femmes, puis il quitta la chambre en voulant claquer la porte, mais fixée sur des charnières de protection, elle se fermait trop lentement, gâchant l'effet voulu.

Gabi sourit à l'infirmière.

– Merci.

L'infirmière garda son visage renfrogné.

– Remercie le Seigneur. C'est grâce à Lui si tu es encore en vie.

Elle sortit à son tour.

Gabi transpira, jura, mais réussit à enfiler ses vêtements sans l'aide de l'infirmière qu'elle avait sonnée pendant une demi-heure sans résultat. Elle arracha le pansement et la boule de coton rougie d'une pointe de sang à la saignée du coude, puis la main posée sur sa côte douloureuse, elle traversa la chambre en se tenant aux meubles. Dans le couloir, elle vit l'*investigadora* Rafaela Tajès s'extraire de l'ascenseur qu'elle emplissait totalement. Rejoignant Gabi, elle expliqua qu'elle venait seulement d'être mise au courant de son agression et qu'elle n'était pas d'accord avec la version officielle de la police, c'est-à-dire celle de son collègue Jenival – *voilà, c'est ça, c'est Jenival, le nom de cet abruti !*

D'après l'*investigadora*, si des voleurs avaient agressé Gabi dans cette rue déserte, ils lui auraient pris sa montre, son collier et même ses baskets, qui coûtaient ici l'équivalent d'une semaine de travail. Ou alors, ils l'auraient jetée dans leur voiture pour aller la violer dans un coin tranquille. Personne ne suit quelqu'un d'un quartier à l'autre pour le frapper sans raison.

– Votre collègue Jenival m'a dit qu'ils ont essayé de les retrouver dans une favela et que ça a dégénéré.

– Pas étonnant. Faut vraiment être con ou très naïf pour ratisser une favela la nuit de Noël et espérer que tout se passe bien. Tu étais en train de partir ?

– Oui. J'ai demandé un taxi.

– On va l'annuler. Je t'emmène manger.

– Je n'ai pas faim.

– Moi si. Et j'ai beaucoup de choses à te raconter. Sur ton ami Celso et sur tous ses mensonges.

Gabi

– Tu plaisantes ? Tu ne connais pas les self-services au kilo ? Vous n'avez pas ça en France ?

Gabi haussa les épaules en guise de réponse. Elles entrèrent dans la salle violemment climatisée d'un restaurant aussi vaste qu'un hall d'aéroport. Le système était simple, lui expliqua Rafaela en la guidant :

– Tu prends une assiette et tu te sers. Tu vois, il y a de tout, salades, légumes crus, légumes cuits, viandes et poissons en sauce, sushis, pizzas, pâtes, riz et *feijões* bien sûr. Là-bas, tu as une rôtisserie pour le bœuf, le porc, le poisson, et le fromage braisé que je te conseille, avec du miel c'est un délice. De l'autre côté, tu as les desserts, gâteaux et glaces. Quand t'as fini de remplir ton assiette, tu la fais peser, tu prends ton ticket, des couverts et tu te cherches une place disponible. On paie en sortant. Tu peux y aller sans crainte, tout est bon ici.

Rafaela se chargea des deux assiettes. La sienne une fois remplie pesait six cent cinquante grammes, celle de Gabi à peine deux cents. Dès qu'elle fut assise, Rafaela happa le bras d'une serveuse et commanda une bouteille de bière Antarctica pour elle et une eau minérale Indaiá pour Gabi, et se jeta sur son plat.

Impatiente et gênée par la douleur due à sa côte fêlée, Gabi attendait les révélations promises, mais Rafaela lui fit signe de patienter encore quelques secondes. Penchée sur son assiette, elle en engloutit les trois quarts, but la moitié de la bière gardée au frais dans un étui thermique, poussa un soupir d'aise, s'essuya la bouche et commença à parler en finissant son repas avec moins d'avidité :

– Celso n'était pas fils unique comme il te l'a raconté. Il avait deux frères. L'aîné, c'est Klebber, celui qui s'était fait passer pour son oncle et que tu as vu dans l'appartement loué sur le site Bedycasa. Le plus jeune s'appelle Flávio. Tous les trois sont nés ici, à Béaga. Ils ont été abandonnés par leurs parents quand l'aîné avait cinq ans et le plus jeune deux. Ils ont ensuite été recueillis par la famille Goulard, Emilio et Lucilène Goulard, qui se sont installés depuis à Manaus et avec qui ils ne sont plus en contact depuis des années. Klebber a un casier, vol de voitures, trafic de *maconha*, coups et blessures, plusieurs séjours en prison mais hélas aucun domicile connu. Flávio a l'air *clean*, du moins officiellement. Il se dit exploitant agricole, il produirait du fromage de chèvre, on ira le vérifier demain. Ce n'est pas bon ?

Elle désignait du bout de sa fourchette l'assiette encore intacte de Gabi qui la fixait d'un air abasourdi.

– Je ne comprends pas. Pourquoi Celso m'a dit qu'il avait grandi seul à São Paulo ?

– Va savoir. Il avait honte d'avoir été adopté. Ou alors il aimait raconter des histoires. Ou simplement mentir. Les gens sont bizarres, je le vois tous les jours.

Gabi avait le front et les yeux plissés comme une étudiante devant une équation trop compliquée.

– Qu'est-ce que ça dit de moi ?

– Quoi donc ?

– Ce n'est pas la première fois que je me trompe sur les types que je me choisis. Ça veut dire quoi ? Que je suis la dernière des nulles ou alors que je ne mérite que des salauds ?

Rafaela haussa les épaules.

– Demande à quelqu'un d'autre, je ne suis pas experte en histoires d'amour.

Elle vida sa bière, se leva et ramassa les deux fiches pour aller payer.

– Viens, je te ramène à ton hôtel.

Gabi ne bougea pas. Ses dents, ses lèvres, ses poings étaient si serrés qu'elle en tremblait. Elle vit que Rafaela l'observait, elle devait croire qu'elle allait se mettre à pleurer.

– Je ne peux pas rentrer en France sans connaître toute la vérité. C'est impossible. Mais j'ai été agressée, pas sans raison, c'est toi qui l'as dit, et donc je ne peux plus rester dans cet hôtel qu'ils connaissent puisqu'ils sont venus m'y menacer.

– Encore une fois, le plus sage pour toi serait de quitter le pays. Mais je comprends, moi aussi j'aimerais savoir. On va te chercher un autre hôtel, ce n'est pas ce qui manque.

– Je ne vois pas comment ils pourraient m'accepter, je n'ai plus de passeport, il était dans le sac qu'on m'a volé.

– Je leur expliquerai. Et on va appeler le consulat pour qu'ils t'établissent un duplicata. *Se Deus quiser*, si Dieu le veut, ils seront encore ouverts.

– Et je vais le payer comment cet hôtel ? Je n'ai plus de carte bleue, elle aussi était dans mon sac. Il doit me rester dans les 300 reais en liquide dans ma chambre, mais je ne vais pas aller très loin avec.

Elle sentit que Rafaela la regardait comme si elle était une SDF qui refuse d'intégrer un centre d'hébergement. Puis la policière se tourna et sembla observer la chaise vide près d'elle, à croire que quelqu'un lui parlait. Elle refusa d'un signe de tête. Gabi se demanda si elle n'était pas saoule. Avec une seule bière ?

Rafaela finit par soupirer et se dirigea vers la caisse.

– On récupère tes affaires à l'hôtel, on passe au consulat et après on va chez moi.

Gabi fut tentée de refuser en voyant cette femme au dos de camionneur et aux cheveux coupés au sécateur qui venait de l'inviter chez elle. Mais avait-elle le choix ?

Gabi

Elle ne s'attendait pas à un appartement si bien aménagé. Situé au cinquième étage d'un immeuble sans charme mais gardé comme une banque, il se composait d'une cuisine, de deux chambres minuscules mais chacune dotée d'une salle de bains, de deux portes d'entrées – *pourquoi deux ?* –, dont une donnait directement sur l'ascenseur, d'un salon et d'un balcon-véranda protégé par un filet en cordes tressées. Rafaela lui expliqua que c'était l'ancien propriétaire qui l'avait installé, pour ses enfants, ou pour ses animaux, elle ne se souvenait plus. Elle n'avait pas eu la patience de l'enlever. Tous les meubles venaient aussi du collègue qui avait démissionné pour partir vivre à Bahia. Les seuls éléments vraiment à elle se résumaient en un redoutable crucifix en bois rouge cloué au-dessus de la télévision et d'un drapeau du Brésil qui servait de plaid sur le canapé. Dieu et Patrie. Gabi ne fit pas de commentaires. Elle n'en fit pas non plus en sentant l'odeur de tabac froid dans la cuisine. Elle chercha seulement à savoir qui était l'adolescente sur l'avis de recherche collé avec des aimants publicitaires sur le réfrigérateur. Rafaela haussa les épaules en sortant deux bières.

– Une poussière d'étoile, peut-être perdue à jamais.

Gabi n'insista pas. Elle refusa la bière et demanda où poser ses affaires.

La chambre était celle de l'enfant du précédent locataire. Le papier peint bleu ciel était couvert de dessins d'un gamin à la tête et aux yeux immenses, et surplombait un lit court à une place, une commode et une table de nuit en rotin verni. Heureusement, il n'y avait ni statues religieuses, ni drapeau. Rafaela mit en marche l'air conditionné.

– Je suis désolée, c'est petit.

– C'est à ma taille.

Elle la remercia encore une fois, et Rafaela haussa les épaules en vidant sa bière. Appuyée contre le chambranle, elle désigna la pile de mangas que Gabi posait sur la table de nuit.

– Je comprends maintenant pourquoi ta valise pesait si lourd. Tu lis des BD à ton âge ?

– C'est des mangas. Pas spécialement écrits pour des enfants.

Rafaela se rapprocha, soudain intéressée.

– Il y a du sexe ?

Elle en prit un, le feuilleta et fut vite déçue. Gabi sourit.

– Ceux avec du sexe, c'est pour les jeunes. Les mangas adultes parlent de la vie, de l'ennui, de la mort.

– J'ai ça au boulot, ça me suffit. Installe-toi, je vais préparer le dîner.

– Déjà ?

– J'ai toujours faim.

Et soif, faillit ajouter Gabi. Elle l'entendit farfouiller dans sa cuisine, ouvrir et fermer le réfrigérateur, souffler comme un fer à vapeur, faire tomber une casserole, jurer, ouvrir et fermer le réfrigérateur et déboucher une canette de bière. En tenant sa côte douloureuse, Gabi commença à sortir ses vêtements pour les ranger dans les tiroirs de la commode, mais elle s'arrêta. Elle n'allait pas s'installer comme si elle était en vacances chez une copine. Elle était venue se mettre à l'abri pour continuer son enquête.

– Et tu es sûre de vouloir continuer ?

Rafaela était avachie sur sa chaise, ses jambes écartées comme un adolescent dans le métro, et observait Gabi en buvant au goulot une Antarctica Long Neck. Bouche pleine, Gabi ne répondit pas tout de suite. Alors qu'elle pensait n'avoir aucun appétit, elle s'empiffrait. Rafaela avait préparé des *pães de queijo* et des *empanadas* fourrées aux épinards et au bœuf haché. C'était merveilleusement gras. Elle prit une autre bouchée et répondit enfin :

– Je te l'ai dit, je veux aller jusqu'au bout.

– C'est dangereux, tu le sais ?

– Je n'ai pas si peur que ça.

– Je ne te parle pas seulement du danger physique. Quand on cherche, on trouve toujours quelque chose. Tu es prête à découvrir la vérité sur ton Celso, une vérité qui te fera peut-être mal ?

– Si c'est un salaud fini, j'en serai débarrassée. S'il est vraiment victime, je pourrai comprendre. Et je serai en paix.

– La vérité n'a rien à voir avec la paix. Elle peut même devenir une damnation.

– Oh là, trop religieux pour moi. Je ne crois ni au père Noël ni en un dieu quelconque. À la limite en un ami imaginaire les jours de déprime, mais c'est tout.

Rafaela la dévisagea, estomaquée.

– Comment ça ? Tu ne crois pas en Dieu ?

– Ben non. Si ton Dieu existait, Il ne ferait mourir personne.

– On est déjà plus de sept milliards, tu ne crois pas qu'Il ait raison de purger au fur et à mesure ?

– Les guerres, les famines, les maladies, les crimes, tu appelles ça une purge ?

– J'appelle ça un choix divin. Personne n'est à l'abri. Santé.

Elle trinqua du cul de sa bouteille sur le verre de jus de *maracujá*. Puis elle vida sa bière, se leva, ouvrit la fenêtre et alluma une cigarette en contemplant le bout de ciel nocturne coincé entre les immeubles. Gabi se leva elle aussi, pour débarrasser. Déjà un vieux couple.

En sortant de la douche, elle enfila un tee-shirt. Celui de Celso. Mais elle ne reconnaissait plus son odeur. L'oubli commençait-il par les images, les sons ou les parfums ? Elle se tourna pour éteindre la climatisation et sursauta. Rafaela était immobile dans l'entrebâillement de la porte. Elle la surveillait ? La matait ? La policière brandit une bouteille remplie d'un liquide doré. La meilleure cachaça du monde, annonça-t-elle d'une voix empâtée, une cachaça artisanale de sa ville, Montes Claros au nord de l'État, vieillie cinq ans en fût d'amburana. Voulait-elle la goûter ?

Gabi déclina la proposition, tirant sur son tee-shirt pour cacher son sexe et le haut de ses cuisses. Rafaela s'était changée, bas de jogging trop serré et débardeur trop large. À l'intérieur de son épaule, un tatouage bizarre, un *T* – *une croix d'une religion particulière ?* – et une série de chiffres – *un verset de la Bible ?*

Elle ne bougeait pas, bouteille à la main, yeux mi-clos. Qu'est-ce qu'elle voulait ? Coucher avec elle ? Le deuil la rendait-elle excitante ?

Mais Rafaela se décolla du mur d'une poussée, considéra sa bouteille comme si elle était étonnée de la trouver au bout de son bras, fit demi-tour et disparut dans sa chambre au bout du couloir. Une minute plus tard, Gabi l'entendait ronfler avec la vigueur d'un moteur diesel.

Elle prit deux antalgiques, tourna comme un moulin à prière dans l'étroit lit d'enfant, se battit avec le duvet trop chaud, mit en marche la climatisation, éteignit la climatisation et tenta d'apprécier les dessins sur le papier peint. Rafaela lui avait appris qu'il s'agissait d'un héros très connu chez les gamins, appelé *Cebolinha*, petit oignon. Elle aurait préféré des moutons, elle aurait pu au moins les compter.

Trois heures du matin. La cuisine sentait encore la friture et la cigarette. Debout contre le réfrigérateur, une main sur son flanc, elle buvait le reste de jus de fruits en examinant le visage de l'adolescente sur l'avis de disparition. Isabel dos Santos. Elle était jolie avec sa mèche blonde, mais ses yeux étaient tristes, comme si elle devinait déjà que son futur ne serait pas flamboyant.

Elle traversa le salon baigné par les lueurs de la ville et salua d'un signe de tête le gros crucifix au-dessus de la télévision. « Joyeux anniversaire au fait », lui murmura-t-elle.

Noël était passé, le sauveur de l'humanité avait fêté ses deux mille ans et quelques, mais n'avait pas encore changé grand-chose. C'était peut-être trop tôt. Ou trop tard.

Elle revint dans sa chambre et s'assit sur le lit. En vérité, elle était prête à se parjurer et à croire en Dieu, à Son fils, Ses anges et Sa vierge immaculée, pour revoir ne serait-ce qu'une seule fois Celso, le tenir dans ses bras, lui faire l'amour et le sentir trembler en elle. Si Celso lui avait menti, c'est qu'il devait avoir ses raisons, il avait certainement voulu l'épargner. Celso l'aimait. Dieu pouvait comprendre et accéder à sa demande, non ?

Hélas Dieu était sourd, comme Il l'avait été quand elle s'était retrouvée dans ce dortoir hostile où sa seconde vie avait débuté, dans la solitude, la méfiance et l'angoisse.

Eux deux

La lune hésite à se montrer, réfugiée derrière les nuages qui couvrent le sommet des immeubles comme un linceul.

L'appartement est silencieux, seulement troublé par les ronflements syncopés de Rafaela et le souffle régulier de Gabi qui dort enfin, recroquevillée comme un coquillage sous son duvet.

Assise sur le sol carrelé, Naïma garde la porte de Gabi. Et elle surveille d'un œil suspicieux le jeune vagabond assis au bout du couloir devant la chambre de la grosse dame.

Adossé à la porte de Rafaela, Thiaguinho surveille lui aussi cette fille aux cheveux frisés qui n'a pas à être là, tout comme la crevette gringa qui dort dans la belle chambre qu'il aurait aimé avoir un jour.

Naïma cache sa tache de naissance en caressant sa joue avec sa main.

Thiaguinho cache ses pieds sales en repliant ses jambes sous lui.

Ils attendent le matin ainsi, aux aguets, prêts à se dévorer l'un l'autre.

Gabi

Installé sur une des chaises en plastique de la lanchonete do João, Celso goûte le jus d'orange pressée, fait claquer sa langue avec une grimace, déchire le sachet de sucre avec les dents, le vide dans le verre, remue avec la paille et boit de nouveau, avec cette fois son beau sourire sur les lèvres. Mmmm, perfeito *! Il ferme les yeux, renverse le visage vers le soleil et…*

Gabi se tourna vers Rafaela, qui sortait sa voiture du parking, pour lui montrer Celso, lui dire qu'il était revenu, que ce n'était pas la peine de s'affoler, que tout allait s'arranger. Elle ne le fit pas bien sûr. De toute façon, Celso n'était plus là, la *lanchonete* était fermée, le soleil invisible sous les nuages bruns, et elle commençait à en avoir assez de le voir partout, ce salopard qui lui avait menti, qui lui manquait si fort la nuit et qu'elle avait envie de cogner dès que le jour se levait. Rafaela klaxonna et Gabi courut sous les premières gouttes de pluie vers le SUV Hyundai noir.

Elle fut étonnée de voir Rafaela si volubile. Peut-être que l'idée de sortir de la ville et de traverser la campagne la rendait heureuse. Ou alors elle avait déjà sifflé plusieurs bières. En tout cas, comme les chauffeurs de taxi avant elle, elle vantait les mérites de sa région natale telle une émissaire cocaïnée du syndicat d'initiative. Tout dans l'État du Minas Gerais était plus grand, plus beau, plus innovant. C'était ici que l'on trouvait les plus hautes montagnes du Brésil, que l'on extrayait le plus bel or, que l'on trouvait les meilleurs musiciens, la meilleure cuisine et les plus importants sites archéologiques !

La pluie s'arrêta et le soleil apparut, faisant briller la BR 381 bordée d'un vert clinquant. La route menait à Brumadinho, le village à soixante kilomètres de Belo Horizonte, où Flávio, le frère cadet de Celso, disait posséder une fromagerie. Gabi avait hâte de le voir. Sans doute avait-il les réponses à toutes les questions qu'elle se posait.

Bien entendu, il ne les avait pas. Ou il ne voulut pas les lui donner.

Elle fut bouleversée en le voyant. Flávio ressemblait à Celso. Même chevelure brune, mêmes grandes dents blanches et mêmes yeux d'un noir brillant. Il avait lui aussi un tatouage de la déesse Iemanjá sur l'avant-bras. Il était plus jeune, mais son visage était marqué, cuit par le soleil. Si leur ressemblance physique était troublante, ils étaient totalement différents dans leur façon d'être. Sombre, sans une once d'humour, Flávio vivait seul, n'avait jamais quitté la région et n'avait pas l'intention de le faire. Il était effectivement producteur de fromages de chèvre qu'il vendait aux restaurants de Belo Horizonte. Il reçut Gabi et Rafaela dans l'étable de sa ferme et s'occupa de ses bêtes en répondant avec un mélange d'hostilité et d'ennui à l'interrogatoire serré de Rafaela.

Oui, il était le frère de Celso et de Klebber. Non, cela faisait plus de dix ans qu'il ne les avait pas vus, ni n'avait été en contact avec eux. Déjà plus jeune, il n'en avait jamais été proche. Ils posaient trop de problèmes dans la famille qui les avait adoptés car, au contraire de lui, Celso comme Klebber préféraient vivre dans la rue, obsédés par les filles, l'argent et l'apparence. Klebber suivait partout Celso, qui avait toujours un sale coup en tête, prêt à tout pour avoir le dernier jogging à la mode ou la moto la plus neuve afin de se pavaner devant la fille qui aurait les plus belles fesses du quartier. Pour leur échapper, il avait demandé à partir en pension loin de Béaga, dans l'école protestante de Lavras, dans l'ouest du Minas Gerais. Cela ne l'étonnait pas du tout que Celso ait pu avoir des ennuis. Il ignorait lesquels, et d'ailleurs, il ne savait pas avant leur venue qu'il était mort. Il en était triste, mais on n'y pouvait rien, c'était Dieu qui jugeait, et Dieu qui décidait quand et comment nous devions en finir avec notre bref passage sur terre.

Rafaela n'avait plus de questions. Gabi en avait des millions. Flávio mit la trayeuse électrique en marche et ne s'occupa plus d'elles.

La douleur de sa côte fêlée se réveilla sur la route du retour. En colère, elle observa le soleil qui se repliait derrière des nuages épais. Elle ne reconnaissait pas du tout Celso dans le portrait dressé par son catho de frère. Protestant, nuança Rafaela, mais Gabi s'énerva de plus belle. Qu'est-ce que ça pouvait foutre à quelle religion il avait choisi de croire ce con ? Car c'était un con et un menteur. Celso n'avait jamais été attiré par l'argent et elle l'aurait su s'il avait été un magouilleur obsédé par le fric.

– Tout ce qui est vrai, c'est qu'il s'est fait poignarder dans la rue et que son meurtrier aussi est mort. D'ailleurs, est-ce que ce petit voleur a vraiment été tué par un complice ? Est-ce que ce n'est pas encore une histoire de bouc émissaire de la favela ? Tu es sûre que celle qui a mené l'enquête après toi n'est pas mouillée ? Une flic corrompue, c'est dans le domaine du possible, non ?

Rafaela freina en déclenchant derrière elle une furie de klaxons outragés. Ils venaient de quitter la BR 381 au niveau de la sortie Avenida Antônio Carlos qui entrait dans la ville, et elle bloquait tout le trafic. Rafaela s'en fichait et fixait Gabi, le visage cramoisi.

– L'*investigadora* Leidiane Cavalcante est mon amie. Sans elle j'aurais été virée dix fois pour indiscipline. Je refuse que tu la soupçonnes de quoi que ce soit.

– Elle a peut-être…

– Elle n'a peut-être rien du tout ! Elle a fait son travail. Mais c'est sûr que pour toi toute la police brésilienne est corrompue. Et moi ? Tu penses que je suis corrompue ?

– Je disais juste que…

– Ça se voit non ? J'habite un triplex, je roule en Ferrari et j'ai douze comptes bancaires aux Bahamas.

– C'est bon, calme-toi et démarre parce que…

– Vous êtes tous pareils les gringos. Pour vous, on est tous des bandits, des sauvages tout juste bons à danser la samba ou à jouer au foot. Et chez toi personne n'est corrompu ? Personne ne magouille ? Personne ne tue personne dans ton pays ?

Gabi crut un moment qu'elle allait l'éjecter de sa voiture. Mais Rafaela sortit sans prévenir, manqua se faire arracher un bras par une moto-taxi et partit en grandes enjambées furieuses, laissant Gabi seule dans le Hyundai, portière ouverte au milieu de dizaines de voitures qui hurlaient leur impatience comme un essaim de frelons rendus fous par l'orage.

Capitão

Les deux chiens adoraient accompagner le *Capitão* en voiture. Dès qu'ils comprenaient qu'ils en avaient le droit, ils sautaient sur les sièges, s'asseyaient sur leurs pattes arrière et collaient sagement leur museau contre la vitre dans l'attente du départ. Comme deux gigantesques peluches.

Le problème venait ensuite. Quand le Hilux entrait dans la ville, avec ses bus, ses camions, ses voitures et ses cyclistes. Surtout ses cyclistes. Les roues des vélos rendaient Princesa hystérique, elle aboyait, grattait la portière et se jetait d'un côté et de l'autre de la banquette. Son incessante activité et les piétons se faufilant trop près de la voiture mettaient aussi Tyson dans un état d'excitation qui le faisait rugir et asperger l'habitacle de sa bave brûlante.

Leur vacarme ne dérangeait pas le *Capitão*. Bien au contraire, il adorait sentir leur puissance et leur folie meurtrière. Vargas, lui, ne les supportait pas. Ils salopaient les sièges du Hilux et parfois, emportés par leur rage, l'un ou l'autre, quand ce n'était pas les deux ensemble, pissait sur le cuir de la banquette. Mais Vargas ne montrait pas le plus léger froncement de sourcils, ni le moindre staccato nerveux de doigts pianotant sur le volant. Car les chiens donnaient le sourire au *Capitão*. C'était si rare.

Vargas prit la rua dos Caetès dans le centre. Ce centre qu'il vomissait, tant il lui rappelait sa jeunesse passée à travailler dans les bars pour un salaire de misère, à cogner pour un regard de travers et à se désespérer de ne voir aucune issue, sinon d'autres combats, d'autres coups de couteau, la prison et la mort. À dix-huit ans, il avait eu la bonne idée de s'engager dans l'armée et il avait pu bénéficier de cette époque radieuse « d'ordre et de propreté » qu'avait été selon lui la dictature, grâce à laquelle il avait rencontré le *Capitão*, qui l'avait formé, éduqué et lui avait rendu une dignité perdue dans les caniveaux.

Il gara le 4 × 4 à l'angle de la rua Rio de Janeiro et klaxonna deux fois. La jeune flic, Leidiane, sortit du restaurant de sushis. Quand elle repéra le Hilux, elle adressa un signe de tête vers l'intérieur et un des hommes du Samouraï la rejoignit en tenant par la nuque un *malandro* maigre comme une tige de bambou. Les chiens s'étaient tus et détaillaient le jeune garçon – jambes, bras, ventre – tout ce qu'ils pourraient mordre s'ils en avaient la permission. Le garçon voulut reculer quand il vit leur taille, mais il lui était impossible d'échapper à la tenaille qui lui enserrait le cou. Le *Capitão* murmura : « Assis les chiens », et fut instantanément obéi. Vargas débloqua les serrures, Leidiane ouvrit la portière arrière, mais le garçon s'arc-bouta avec une force insoupçonnée qui fit vaciller l'homme du Samouraï. Le *Capitão* caressa la tête de Princesa qu'il poussa sur la gauche et flatta les bajoues de Tyson qu'il poussa sur la droite.

– Viens petit. Ils ne vont pas te toucher. Je te le promets. Fais-moi confiance. Entre.

Sa voix était douce. Paternelle. Le garçon, hypnotisé, entra dans le Toyota en se faisant minuscule et s'assit du bout des fesses sur la banquette en essayant d'ignorer les chiens qui salivaient tout près de lui. Le *Capitão* fit un signe satisfait du menton et Leidiane et l'homme du Samouraï s'éloignèrent.

– Tu t'appelles Júlio Cesar, mais on te surnomme Jota-Cê, exact ?

Pétrifié, le garçon répondit du bout des lèvres, comme si le fait de bouger d'un centimètre pouvait déclencher l'attaque des deux monstres :

– Oui monsieur.

– *Capitão*, tout le monde m'appelle *Capitão*. Tu sais qui je suis ?

– Euh non…

– Je suis ton nouveau père, je suis ta nouvelle mère et je suis ton nouveau Dieu. Tout ce que tu feras à partir d'aujourd'hui, ce sera moi qui l'aurai décidé. Si tu me désobéis, je te punirai. Si tu m'obéis, tu seras heureux. Tu comprends ?

– Euh oui… Le Samouraï m'a dit que…

– Le Samouraï n'existe plus pour toi. J'ai racheté ta dette. Je t'ai racheté. J'ai aussi racheté ta copine Isabel. Vargas va te montrer.

Ce dernier alluma son portable, mit une vidéo en lecture et tourna l'écran vers Jota-Cê, qui y découvrit Isabel essuyant des assiettes dans la cuisine du bordel. Elle n'avait pas réalisé que quelqu'un la filmait dans son dos. L'objectif de la caméra descendit sur ses fesses, ses cuisses, et pivota vers le haut pour filmer la culotte blanche sous la jupe en jean. Le *Capitão* vit la fureur gagner le visage de Jota-Cê et en sourit.

– Isabel est à moi désormais. Si je le décide, elle arrêtera de travailler en cuisine et elle fera comme les autres filles, la pute.

– NON ! PAS ELLE !

Il avait crié et les deux chiens grondèrent en lâchant des flots de bave entre leurs crocs découverts. Le *Capitão* les calma d'un *chhh* murmuré puis le fixa.

– Je ne vais pas l'abîmer ta petite amie, je vais même la protéger, puisque tu vas m'obéir. N'est-ce pas que tu vas m'obéir ?

– Oui oui, je ferai ce que vous voulez !

– Excellent.

– Et je... dois faire quoi ?

Le *Capitão* examina le bout de ses doigts, puis de nouveau le jeune garçon.

– Tobias Haddad. Le Libanais. C'est ton oncle.

– Oui, mais...

– Ce n'était pas une question. Et maintenant cesse de m'interrompre.

Cette fois, la voix se fit moins douce. Jota-Cê regarda ses chevilles. Le *Capitão* retira ses lunettes de soleil et se pinça le nez à la hauteur des yeux. Vargas s'inquiéta, la douleur ? Le *Capitão* inspira profondément et reprit :

– Tu vas te mettre en contact avec lui...

Jota-Cê voulut évoquer les rapports tendus qu'il entretenait avec son oncle, mais il se retint, sentant les deux molosses prêts à l'avaler.

– Tu vas lui dire que tu as compris que ta vie était dans une impasse et que tu veux apprendre à t'occuper de ceux qui en ont besoin, il en sera touché. Ensuite tu ne le quittes plus, tu t'arranges même pour lui devenir indispensable. Bien entendu, tu ne parles pas de moi. Tu ne me contactes pas non plus. Tu attends mes ordres. C'est compris ?

– Oui, je vais essayer.

– Non. Si tu te contentes d'essayer, je donne l'ordre à mes chiens de s'occuper de toi et j'enferme ton Isabel dans les hôtels d'à côté à 15 reais la passe jusqu'à ce que l'intérieur de sa chatte soit aussi dur que des ongles.

Choqué, Jota-Cê avait du mal à avaler sa salive qui avait pris un goût de pétrole.

– Alors ? Tu vas faire ce que je t'ai demandé ?

– Oui… *Capitão.*

Vargas déverrouilla les portières et lui indiqua la rue du menton. Il sortit avec précaution, non sans entendre le claquement sec de la mâchoire de Princesa qui n'avait pas pu se retenir, mais l'avait loupé de peu. Une fois dehors, il s'éloigna très vite, comme une truite au palais transpercé par un hameçon mais qu'on a relâchée dans la rivière.

Le *Capitão* remit ses lunettes de soleil et inclina son siège en arrière.

– Que mon plan échoue ou non, tu ne prends pas de risques, une fois terminé, tu le tues. La fille aussi.

Vargas acquiesça et accéléra pour sortir le 4 × 4 de ces rues qui le révulsaient. Le *Capitão* se tourna vers lui.

– Tu vas me dire ce qu'il se passe ?

– Je vais trop vite ? C'est parce que…

– Je ne te parle pas de ça. Je parle de cet air d'enfant maltraité que tu traînes depuis ce matin, cet air que tu prends quand tu dois m'annoncer quelque chose qui pourrait me déplaire. Alors ?

– C'est à propos de Celso. Ou plutôt de sa gringa. Elle fouille encore partout. C'est Nilton Macambira, le producteur de cachaça, qui m'a prévenu. Elle est allée le voir, il ne lui a rien dit bien sûr, mais il a compris qu'elle ne lâcherait pas. Elle risque de découvrir quelque chose.

– Leidiane m'avait dit qu'elle gérait le problème.

– Leidiane raconte n'importe quoi parce qu'elle a peur de perdre l'argent que vous lui versez. Les traîtres et les corrompus ne sont jamais fiables, c'est vous qui me l'avez appris. Vous voulez que je me charge de la gringa ?

– J'y réfléchirai. Pour l'instant, je ne veux plus penser à rien. Arrête-toi chez Lalka. J'ai promis à Mirela de lui ramener des chocolats. Et tu as raison, tu roules trop vite.

Vargas ralentit, changea de direction et les chiens se déchaînèrent contre un cycliste qui avait frôlé le 4 × 4. Le *Capitão* tenta de regarder dehors, mais il avait du mal à faire le point, sa vision s'embrouillait, comme cela lui arrivait de plus en plus souvent. Il ferma les yeux. Et se mit à penser malgré lui à la gringa qu'il croyait repartie pour la France. Si elle creusait trop et commençait en effet à s'approcher de lui, il faudrait s'en débarrasser. C'était délicat avec une étrangère, la police fédérale s'en mêlerait, mais peu importaient les risques, si elle continuait à fouiner, il la ferait tuer ou s'en occuperait lui-même, en lui faisant payer au prix fort sa foutue curiosité.

Investigadora Rafaela

L'intérieur de sa bouche était desséché, et sa lèvre inférieure collée au matelas. Le mal de tête tourbillonnait lentement comme dans le tambour d'une machine à laver. Il fallait qu'elle se rendorme.

Une porte claque, la fille crache une série d'insultes – « Vai tomar no cu seu corno ! » *– l'homme veut lui répondre, mais il tousse, une toux violente, catarrheuse – il va s'étrangler et mourir ? – la fille continue de hurler, l'homme retrouve son souffle et lance à son tour des insanités. Deux portières s'ouvrent, se ferment violemment, un moteur s'emballe, les pneus crissent…*

Rafaela se redressa sur les coudes. À cause des crétins du bungalow voisin, son sommeil s'était enfui et elle savait qu'il ne reviendrait pas, comme sa jeunesse, et ses espoirs.

La chambre du motel était vide, elle aurait aimé que son esprit le soit aussi, mais les questions couraient dans sa tête en se heurtant les unes aux autres : quelle heure était-il ? Était-elle en retard quelque part ? Avait-elle dormi seule ? Était-elle déjà venue ici ?

Elle sortit lentement ses jambes de sous le drap et se mira dans le miroir en grimaçant. Ses jambes étaient trop grosses. Ses mollets et ses chevilles étaient trop gros. Son ventre était trop gros. Sa grosseur était trop grosse. Il fallait qu'elle arrête de manger n'importe quoi et de boire n'importe quand, et qu'elle reprenne sa vie en mains.

Elle ouvrit le minibar, mais il n'y avait plus de bières. Elle se baissa pour récupérer ses vêtements jetés en vrac sur le sol et l'acidité enflamma sa trachée. Elle se leva en se tenant aux murs pour aller vomir.

Sa tête était posée un peu plus en équilibre sur ses épaules en sortant de la douche, même si son estomac tanguait toujours et que la migraine persistait à lui broyer les tempes. Elle commença à s'habiller. Son portefeuille était vide. Avait-elle encore été dépouillée ou avait-elle tout dépensé ? Fébrile, elle fouilla ses poches. L'enveloppe était là. Froissée, mais toujours fermée. Elle respira. De plus, Thiaguinho avait décidé de ne pas se montrer ce matin pour la sermonner. *Obrigada meu Deus.*

Une fois dans sa voiture, elle prit la direction de la *delegacia*, avant de découvrir la date du jour grâce à la radio : il lui restait encore vingt-quatre heures de récupération avant de reprendre sa permanence de deux fois douze heures. Elle bifurqua pour rejoindre son domicile, en repensant aux insinuations de Gabi au sujet de Leidiane. Mais c'était impossible que son amie soit impliquée, impossible qu'elle ait bâclé à dessein son enquête, impossible qu'elle ait tué un *vagabundo* innocent pour en faire un coupable. Elle la revit, souriante, devant son beau gros 4 × 4. Combien coûtait un engin pareil ? Beaucoup plus que la paie d'une *investigadora* de classe 2, surtout avec tous leurs salaires en retard. Elle balaya ses soupçons en augmentant le son de la radio. Le bulletin météo était pessimiste, les précipitations allaient redoubler en fin de semaine, il était tombé sur la région métropolitaine davantage de pluies que lors des trois dernières années. Dieu en avait peut-être assez de l'humanité et entamait un second déluge. Son portable sonna.

– Oui ? C'est moi. Qui ? Ah, bonjour. Non, bien sûr je n'ai pas oublié. J'étais en chemin. À tout de suite.

Elle raccrocha, jeta le portable sur le siège passager, déboîta et fit à nouveau demi-tour. Elle avait oublié.

Les manifestations pacifiques étaient une idée jeune dans ce pays et il n'y avait rien d'étonnant à ce qu'elles se déroulent de façon aussi festive. Elles débutaient par des klaxons comme dans un mariage, se poursuivaient dans une parodie de carnaval avec cris et pétards, et se terminaient par des chants repris en chœur comme dans un stade de football.

La marche pour Isabel ne manquait ni de klaxons, ni de chants, ni de pétards. Au premier rang, les parents de l'adolescente disparue portaient un tee-shirt blanc floqué de son portrait. Derrière eux, la famille élargie, les enfants et le personnel de l'orphelinat, les voisins, les amis et les dizaines d'anonymes avertis par les messages Facebook. Des pancartes brandies montraient le joli visage d'Isabel et des calicots tenus à plusieurs dénonçaient l'incurie de la police.

Sur les côtés, des agents de la *Polícia Militar* en uniforme et des membres de la *Polícia Civil* observaient le défilé d'un œil mauvais. Les plus furieux d'être traités d'incapables étaient ceux de la *delegacia dos desaparecidos*. L'un d'eux, l'*investigador* Lucas, aperçut Rafaela qui se dépêchait de rejoindre les manifestants. Il lui avait interdit de se mêler de l'enquête et il serra les mâchoires en remarquant le sourire que lui adressait la mère de la disparue quand Rafaela se mêla aux protestataires.

Il sortit son téléphone. Elle n'allait pas s'en sortir comme ça !

Rafaela n'avait pas remarqué l'*investigador* Lucas, mais elle avait repéré la copine d'Isabel, celle aux cheveux frisés qui lui avait parlé de Jota-Cê. Elle marchait en compagnie d'autres filles de leur quartier et quand elle vit Rafaela elle s'esquiva très vite pour se perdre au milieu du cortège. Rafaela ne la suivit pas, préférant s'approcher des autres adolescentes. Elle se présenta comme une amie de la famille et les jeunes filles la prirent par le bras pour défiler avec elle. Après quelques questions, elle apprit que Jota-Cê avait un autre surnom qu'il utilisait sur Facebook, un vieux profil d'avant que les règles sur l'anonymat du réseau social changent. Il s'y faisait appeler *Gato Preto*, chat noir.

Elle quitta la marche pour s'approcher des étals des marchands ambulants apparus tout le long du trajet comme des fourmis ailées après la pluie. Elle découvrit Boneca, en short pailleté, qui jetait des regards gourmands sur les sacs à dos d'un couple de touristes se *selfisant* sur fond de banderoles. Dès qu'elle croisa son regard, Boneca s'enfuit elle aussi. Rafaela la laissa partir, s'acheta deux bières, un sachet XXL de *pipoca*, du pop-corn au beurre et au sel, et se dirigea vers l'entrée d'un temple.

A Santa Igreja do Filho Preferido, la Sainte Église du Fils Préféré, était une église évangélique ayant vu le jour à Manaus et qui s'était peu à peu répandue dans tout le pays. L'intérieur respirait l'opulence suspecte avec ses colonnades en marbre, son amphithéâtre climatisé et ses présentoirs de DVD sur lesquels s'affichait le visage du *pastor* en chef, un splendide métis aux yeux verts. Ce n'était pas encore l'heure du prochain office et un fidèle passait l'aspirateur sur le tapis rouge et or de l'autel, pendant qu'une autre astiquait les urnes transparentes destinées aux dons.

Assise contre le mur du fond, Rafaela piochait dans les pop-corn en pianotant de ses doigts graisseux sur le clavier de son téléphone. Elle avait ouvert Facebook et cherchait *Gato Preto*. Il y en avait plusieurs. Mais Jota-Cê était facilement repérable, grâce aux dizaines de selfies qui couvraient sa page. Il avait alimenté son compte ces derniers jours en postant des photos d'un chat efflanqué qui mangeait des *espetinhos* de bœuf. Les photos avaient récolté une vingtaine de *curtir*, de *likes*, mais Rafaela grimaça, elles étaient prises de trop près, impossible d'identifier l'endroit.

Un jeune *pastor* en chemise blanche s'avança avec le même sourire gourmand qu'avait eu Boneca pour le couple de touristes. Il s'assit près d'elle, pencha la tête de côté, prêt à la conseiller et à l'adopter dans sa bienheureuse communauté. Elle froissa le sachet de pop-corn et se tourna vers lui :

– Juste une question. Quand on meurt, et qu'on n'a commis aucun péché, combien de temps doit-on attendre avant de s'asseoir à la droite du Seigneur ? Un an ? Deux ? Davantage ?

Assis dehors, Thiaguinho s'illumina quand il la vit.

– Tu sais quoi ? Mon deuxième fils vient de décrocher le *vestibular* ! À quatorze ans et avec 17 de moyenne générale ! Je lui ai acheté un cheval. Ma fille aînée était jalouse. Je lui ai acheté une Ford Ecosport !

Malgré les deux bières bues dans le temple, Rafaela avait soif. Une soif urgente. Thiaguinho s'était mis à fouiller dans la plaie de son ventre, en enfonçant sa main jusqu'à la garde. Quand il la ressortit, ses doigts ensanglantés tenaient une balle de 9 mm qu'il tendit à Rafaela. Elle se détourna, décrocha son téléphone et appela le Dr Marcelo de Castro à l'institut médico-légal. Elle voulait le voir, était-ce possible ?

C'était possible. Elle partit sans regarder Thiaguinho qui agitait la balle comme un mouchoir sur un quai de gare.

Gabi

Le salon. Puis direction la chambre. Puis la cuisine. Et le balcon-terrasse.

Elle n'arrivait pas à s'asseoir à cause de sa côte fêlée, ni à se coucher, ni surtout à rester immobile. Alors elle sillonnait l'appartement.

Salon. Chambre. Cuisine. Balcon-terrasse.

Rafaela n'était pas rentrée de la nuit. Qu'est-ce qui lui avait pris, à Xena la guerrière, de se vexer au point de la larguer au milieu de la circulation ?

Elle fit une halte devant le drapeau brésilien et l'énorme crucifix surplombant la télévision. En France, elle n'aurait jamais accepté de rester chez quelqu'un d'aussi nationaliste et catho. Mais on était au Brésil, chérir Dieu et la patrie devait être aussi naturel qu'aimer le foot et la samba.

De passage dans sa chambre, elle buta contre sa valise posée contre la commode. Elle se souvint des questions de Rafaela. Après tout, pourquoi ne rentrait-elle pas en France ? Bien sûr, elle pouvait continuer d'enquêter, mais pendant combien de temps encore ? Et comme l'avait dit Rafaela, pour quels résultats ? Pour découvrir que Celso était un narcotrafiquant ? Qu'il était à la tête d'un réseau pédophile ? Elle alluma le smartphone Lenovo acheté dans l'après-midi dans un kiosque à journaux pour appeler la compagnie aérienne et avancer sa date de retour. La deuxième porte d'entrée, celle que Rafaela n'utilisait jamais, s'ouvrit dans son dos. Gabi comprit alors pourquoi il y avait deux portes dans ce petit appartement : une pour les gens « normaux », l'autre pour le personnel de service. La femme de ménage qui venait d'apparaître se figea et hurla en découvrant Gabi.

Francielly avait cinquante ans, un corps musclé, une coiffure afro entourant un visage ingrat, et un sourire agréable. Elle avait cinq enfants de deux pères différents, elle habitait Morro das Pedras, un quartier périphérique, il lui fallait plus d'une heure trente en bus pour arriver jusqu'ici, mais grâce à Dieu, comme elle le répétait, elle avait une dizaine d'appartements à nettoyer dans le même bloc d'immeubles, ce qui rentabilisait son voyage.

Gabi s'était présentée comme une amie de Rafaela et lui avait montré sa valise dans la chambre d'enfant. Rassurée, Francielly s'était changée dans les toilettes, revenant habillée d'un bermuda et d'un tee-shirt promotionnel d'un député local, avant de sortir balais et bassines d'un placard. Puis elle avait attaqué un vigoureux ménage en racontant son histoire à Gabi qui ne savait pas où se tenir pour ne pas la gêner.

Comme beaucoup de Brésiliens, son prénom était la combinaison de celui de son père, Francisco, et de sa mère, Suely. Francielly travaillait depuis ses quatorze ans. Elle travaillait pour que ses enfants puissent s'offrir un jour un appartement aussi beau que celui-ci, sans doute pas dans ce quartier bien sûr, mais loin de leur favela, si Dieu le voulait bien. Parfois elle rêvait même que l'un d'eux apparaissait dans la *coluna social.* Gabi haussa les sourcils : dans la quoi ? Francielly ouvrit son sac et sortit des journaux qu'elle avait récupérés chez d'autres patrons, en demandant bien sûr, comme elle le précisa très vite par crainte d'être prise pour une sale voleuse.

Elle feuilleta l'un d'eux et montra à Gabi la double page couverte de visages de notables de la ville, tous des blancs bien portants qui avaient, semblait-il, échappé à la crise économique. Ils avaient été photographiés lors de réceptions, d'inaugurations de nouvelles boutiques de décoration ou lors du mariage d'un de leurs rejetons suralimentés. Francielly en désigna quelques-uns, énuméra des noms, puis aborda le sujet qui lui tenait le plus à cœur : sa fille Lucielly, dix-neuf ans, une beauté, que Dieu en soit loué !

Elle sortit son portable et montra une collection sans fin de photos de la jeune femme, sans doute pas naturellement blonde et certainement trop maquillée.

– Je lui ai déjà offert une augmentation mammaire, mais si j'arrive à économiser encore, je lui paierai son rêve, une *ninfoplastia.*

– Une quoi ?

– Une réduction des lèvres. Pas celle de la bouche, les autres, les petites lèvres de sa *piriquita.* Elle trouve les siennes trop larges. Et le Brésil est le meilleur pays du monde pour ce genre d'opérations. C'est vrai, c'était dans le journal !

Gabi ne sut quoi répondre. La fière maman embrassa sa fille sur l'écran, rangea son smartphone dans la poche arrière de son bermuda, puis déchira en deux les pages du quotidien *O Tempo* et s'en servit pour tapisser le fond des tiroirs de la cuisine.

Gabi en profita pour s'éclipser, prétextant des courses urgentes, comme si elle avait besoin de se justifier.

Le ciel était noir de nuages pesants, mais parfois le soleil parvenait à se faufiler et il brûlait alors comme une torche. Gabi s'arrêta devant des collégiens qui dégainaient leurs téléphones dès la sortie de leur école privée tels des junkies en manque. Tous ces enfants qu'elle n'aurait jamais avec Celso.

Ils en avaient parlé un samedi soir de beuverie. Il en voulait douze ! Huit garçons, quatre filles. Soi-disant pour se venger de son enfance de fils unique. Foutu menteur. Pourtant, elle aurait tout donné pour revivre cette soirée. Après une virée dans les bars de Bastille, ils avaient décidé de rentrer à pied malgré le froid, la distance et leur taux d'alcool dans le sang. Ils s'étaient arrêtés devant le McDo de la place Voltaire.

Derrière la vitre, des adolescents dévoraient leurs burgers avec férocité. L'un d'eux ressemblait à Celso, mêmes cheveux noirs, mêmes dents étincelantes et mêmes yeux scintillants. Un enfant caché ? avait-elle plaisanté. C'était là qu'il avait lancé l'idée d'une famille nombreuse en rigolant. Mais elle s'était demandé s'il n'avait pas été sérieux. Et si elle ne désirait pas qu'il l'ait été. Une voiture la frôla en klaxonnant. Elle était descendue sur la chaussée sans le remarquer.

Elle remonta sur le trottoir où une femme lui tendit un petit prospectus rectangulaire.

Irmã Jurema
Cartas – Búzios – Tarô
Realiza qualquer tipo de trabalho. Trazendo seu amor de volta com garantia e sigilo.

Le papier était de mauvaise qualité. Le texte promettait les mêmes garanties de résultat sur le retour de l'être aimé que les tracts des marabouts du métro Barbès. Tout indiquait l'amateurisme, voire l'arnaque. Tout indiquait qu'il ne fallait pas croire en ces fariboles dans son état de fragilité, qu'il fallait froisser le prospectus et le jeter dans une poubelle. Mais elle se rendit à l'adresse indiquée au dos, comme tractée par un câble invisible.

La pièce ressemblait à un mauvais décor de théâtre dans une comédie intitulée *La Diseuse de bonne aventure*. L'intégralité de ce à quoi l'on pouvait s'attendre était réuni là : bougies, bâtonnets d'encens, Vierges Marie accablées, Bouddhas ventrus, masques africains menaçants, boules de cristal, coquillages et cartes de tarot divinatoire. Celle qui se faisait appeler *Irmã Jurema* ressemblait aussi à l'idée d'une voyante selon Disney : ample robe blanche, châle et turban fermé par un faux saphir, colliers de graines et bagues tarabiscotées.

Irmã Jurema, sœur Mimosa, du nom de la plante sacrée pour les Indiens Tabajaras comme elle le lui expliqua, avait étalé ses cauris et les caressait du plat de la main en fermant les yeux. Gabi comprit son erreur et s'apprêta à repartir.

– Ce n'était pas la faute des chauves-souris.

La phrase chuchotée cloua Gabi sur place. Elle entendait les coquillages frotter les uns contre les autres, mais n'osait pas se retourner.

– Elle n'est pas tombée du toit. Elle a sauté. Volontairement.

Les jambes coupées, Gabi revint lentement vers elle.

– De... qui vous parlez ?

– Assieds-toi *minha filha*.

Gabi ne voulait pas obéir. Elle ne voulait pas l'écouter, elle voulait partir très vite, et oublier. Mais elle s'installa face à *Irmã Jurema* qui examinait les cauris disposés entre elles sur la nappe en satin pourpre. La lumière baissa, occultant les murs et le décor factice.

– Je sais pourquoi tu aimes les petites pièces. Et avoir toujours quelqu'un avec toi. Ton enfance n'a pas été heureuse.

Il faisait nuit. Elle se laissa faire quand *Irmã Jurema* lui prit la main.

– Elle non plus n'aimait pas cette vie. C'est pour ça qu'elle a sauté. Elle était faible. Elle n'avait pas ta force.

Elle examina la main gauche de Gabi et suivit les lignes de la paume avec l'ongle acéré de son index.

– Il y a un ange à tes côtés.

– Celso ?

Son cœur battait comme le bourdon d'une cloche de cathédrale. *Irmã Jurema* prit son autre main et la tourna dans tous les sens.

– Ce n'est pas un garçon. C'est une fille.

– Naïma, celle qui… qui a sauté du toit ?

– Non, quelqu'un de vivant.

Gabi la regarda de côté, surprise.

– Rafaela ?

– Tu sais ce que signifie le nom de l'archange Raphaël ? « Dieu te guérit. » C'est lui qui nettoie la Terre des impuretés laissées par les anges déchus. Et il nous débarrasse des émotions destructrices. Mais attention, c'est aussi un ange de la mort. C'est lui que Dieu a envoyé pour tuer les premiers-nés en Égypte. Son chiffre est le 4, son jour le mercredi, c'est avec une bougie verte qu'on l'invoque et avec cette prière…

Elle se mit à la psalmodier, les yeux clos. Gabi se sentit flotter, la sueur coulait entre ses seins, ses jambes étaient lourdes, et elle n'avait plus mal à sa côte fêlée.

– Tu sauras la vérité sur ce que tu cherches par les journaux.

– Quoi ?

Gabi s'était redressée. Mais la voyante semblait avoir oublié ce qu'elle venait de dire et lui souriait comme une vendeuse de parfumerie qui vient de fourguer un assortiment de cosmétiques.

– Tu veux payer comment ? Je prends la carte bleue.

Gabi dépensa ses derniers reais en achetant tous les journaux qu'elle put trouver sur son chemin. *O Tempo, Aqui, Tudo BH, Estado de Minas.* Mais il n'y avait rien qui aurait pu lui donner un élément de réponse sur la mort de Celso. Saloperie de voyante à la noix !

Quand elle entra dans l'appartement, Rafaela cuisinait, cigarette aux lèvres. Elle lui dit de s'asseoir et de se prendre une bière, elle avait encore du nouveau à lui annoncer, même si elle n'était pas certaine, là non plus, que cela lui plaise.

Investigadora Rafaela

Rafaela adorait les mardis et les vendredis, les jours où Francielly venait chez elle. L'appartement changeait alors du tout au tout, il sentait la lessive et le citron, pas la cigarette et les fonds de casseroles abandonnés, il était rangé, même si c'était parfois dans un ordre déstabilisant, et l'ameublement paraissait aussi neuf que dans un appartement-témoin. Francielly était une perle, sauf quand elle la fatiguait à parler de ses gosses et de sa préférence pour sa plus jeune, celle dont le rêve était d'être sélectionnée pour le BBB, *Big Brother Brasil*, le Loft Story de la Globo. Mais Rafaela ne se serait jamais permis une remarque, Francielly était trop précieuse. On pouvait se séparer de n'importe quel amour, pas d'une femme de ménage de confiance.

Elle avait sorti des *pastéis* du congélateur et tentait de les faire revenir dans de l'huile sans les brûler et empuantir déjà la cuisine. Gabi était assise sur le bord de sa chaise et n'avait pas touché à sa bière. Rafaela s'étonna :

– Tu es blanche comme mon frigo. Tu as vu un fantôme ?

– Si ce n'était que ça.

– C'est-à-dire ?

Gabi ne répondit pas, le regard pensif fixé sur le mur. Rafaela retourna les *pastéis*.

– Merci d'avoir ramené ma voiture au fait. Même si tu l'as garée sur un stationnement interdit. J'ai déjà ramassé une amende. Dommage que je ne sois pas une flic corrompue, j'aurais pu me la faire sauter.

Elle vit que Gabi n'appréciait pas trop la plaisanterie. Elle savait qu'elle y était allée un peu fort en l'abandonnant en pleine rue, mais Gabi n'aurait jamais dû cracher sur son travail et sur l'honnêteté de son amie Leidiane. Elle s'était calmée depuis, les bières avaient au moins cette qualité, la rendre plus sociable. Enfin, jusqu'à un certain point. Elle sortit deux assiettes, fit glisser les *pastéis* dessus, puis s'installa face à Gabi en sortant deux autres bières Skol du réfrigérateur.

– Mange, ça va être froid.

– Tu disais que tu avais du nouveau.

– Oui. Je suis retournée à l'IML. Je voulais interroger l'employé qui t'a fait identifier le corps de Celso pour savoir s'il avait parlé à un de ses deux frères, mais j'ai appris qu'il avait disparu ce jour-là, sans demander à toucher son salaire du mois.

Gabi se redressa. Rafaela la calma d'un geste.

– Ne t'excite pas, ça arrive tout le temps ici que les gens quittent leur emploi sans expliquer pourquoi. Et ce n'est d'ailleurs pas ça le plus bizarre. J'ai contacté le service funéraire qui figurait sur le rapport. J'ai dû les secouer un peu…

Elle mordit dans un *pastel*, se brûla la langue, jura, cautérisa la plaie avec une gorgée de bière, et reprit :

– Ils m'ont avoué n'avoir pas enterré Celso au cimetière de Bonfim. La tombe que tu as vue n'abrite que de vieux morts. Le cadavre a été transporté ailleurs, ils ne savent pas où. C'est son frère aîné, Klebber, celui qui prétendait être son oncle, qui l'a récupéré. Il les a grassement payés en leur racontant que c'était à cause de toi qu'il était obligé d'agir ainsi.

– Comment ça ?

– Il a prétendu que tu avais été mariée avec Celso, que votre divorce s'était mal passé et que si tu parvenais à récupérer son corps, tu le ferais maudire lors d'une cérémonie de candomblé.

Elle désigna l'assiette de Gabi.

– C'est quoi ton histoire de ne manger qu'un jour sur deux ? Tu es anorexique ?

– C'est ça, anorexique, schizophrène et paranoïaque !

Avec rage, Gabi prit une bouchée d'un chausson fourré aux épinards, ne dit pas si elle le trouvait bon ou non, avala et reposa sa fourchette d'un geste nerveux.

– Voilà, j'ai mangé. Continue. Pourquoi son frère a récupéré le corps de Celso ?

– Aucune idée encore. Mais je commence à aimer cette histoire. Plus c'est compliqué et plus ça me motive.

– Pas moi.

Gabi repoussa son assiette et se mit à débarrasser même si Rafaela était loin d'avoir fini. Elle allait le lui faire remarquer mais Gabi jetait déjà le reste des *pastéis* dans la poubelle. Elle balança les assiettes et les couverts dans l'évier, chercha une éponge, ouvrit un tiroir, remua en mettant le bazar dans l'ordre savant de Francielly, et se figea.

Rafaela se pencha.

– Tu as revu ton fantôme ?

Sans répondre, mais gagnée par la frénésie, Gabi retira tous les ustensiles de cuisine du tiroir et les jeta sur la paillasse de l'évier. Elle décolla le papier journal qui en couvrait le fond et brandit la feuille devant le visage de Rafaela. Pourquoi lui montrait-elle la *coluna social* ? Elle était censée connaître un de ces riches enjoués ? Francielly n'allait pas aimer qu'elle ait tout arraché.

Surexcitée, Gabi agita la feuille comme un drapeau.

– Je croyais qu'elle délirait, mais sa prophétie était exacte. Elle a dit que je trouverai la vérité dans les journaux !

– Qui a dit quoi ?

Gabi lui montra une photo en bas de page. C'était l'annonce du mariage prochain entre un important producteur de bière artisanale et une jeune femme prénommée Mirela.

– Regarde, c'est elle ! Celle de la photo cachée par Celso !

Gabi

Mirela Ricci, vingt-huit ans, née à Belo Horizonte, aucune condamnation, veuve de Ricardo Nakashima, fonctionnaire de Brasília mort d'un arrêt cardiaque deux ans auparavant.

C'était tout ce que Rafaela avait trouvé sur la belle *mulata*. Elle n'en savait pas beaucoup plus sur son fiancé, Guilherme Napoleão Soares. Soixante-deux ans, ancien haut gradé de l'armée, il possédait plusieurs milliers d'hectares autour de la ville et une brasserie qui vendait dans tout le Brésil et plusieurs pays d'Amérique latine. La fortune blanche allait épouser la beauté noire, selon Rafaela. Rien de très original au pays du BBB. Gabi ne comprit pas :

– Quel rapport avec la téléréalité ?

– Pas ce BBB-là, celui du *Boi/Biblia/Balas*, les trois groupes de pression conservateurs les plus influents du Brésil : Bœuf pour les propriétaires terriens, Bible pour les Évangéliques et Balles pour les partisans du port d'armes. Tous ceux qui rêvent du retour d'une belle dictature.

– Si tu veux. Bon, on y va ?

– Où ça ?

– La voir et l'obliger à cracher le morceau.

Rafaela la calma du plat des deux mains. On ne débarquait pas chez les gens sans motif. De plus, l'enquête était archivée et elle risquait l'éviction en la poursuivant. Il fallait y aller en douceur et se renseigner davantage avant de se montrer. Gabi secoua la tête.

– Et on fait comment ? On planque dans les buissons devant chez elle ?

Rafaela désigna l'article de journal évoquant son mariage. Les préparatifs somptueux y étaient détaillés : chapelle construite pour la cérémonie, groupes de *música sertaneja* qui s'y produiraient, liste des invités prestigieux et surtout le fait que la promise avait choisi le magasin Poizon pour sa robe de mariée. Elle s'y rendait chaque semaine pour des essayages. Le mardi précisément. Aujourd'hui, donc.

Si pour Rafaela, le quartier situé sur les hauteurs avait une des plus jolies vues de Béaga, pour Gabi ce n'était qu'un quadrillage d'avenues truffées de grosses voitures et de boutiques hors de prix.

Elles attendaient depuis deux heures dans le Hyundai face au Belvedere Mall, une élégante galerie commerçante destinée à la *classe alta*, la haute bourgeoisie. Renversée sur son siège, Rafaela engouffrait l'un après l'autre des chocolats Garoto qu'elle dépiautait de leur emballage dans un bruit insupportable, en actionnant de temps à autre les essuie-glaces quand la pluie noyait trop le pare-brise. Gabi trépignait, la main crispée sur la poignée de la portière, prête à bondir. Elles avaient vu arriver le Porsche Cayenne blanc, un chauffeur bodybuildé en tee-shirt noir en sortir avec un parapluie et accompagner la *mulata* à l'intérieur, mais Rafaela n'avait pas voulu les suivre. Chez Poizon, on recevait les clientes sur rendez-vous, elles y seraient repérées dans la seconde. Il fallait attendre. Mais Gabi n'en pouvait plus d'attendre.

Rafaela lui expliqua que se marier avec un riche avait du bon, Mirela avait choisi le magasin le plus cher pour sa robe, le seul endroit où l'on pouvait trouver la célèbre marque Ombelyne. Gabi fronça les sourcils.

– Ombé quoi ?

– Ombelyne ! Le grand couturier de Paris !

– Connais pas. Pas sûre qu'il soit connu à Paris d'ailleurs.

Rafaela la regarda comme si elle plaisantait. Gabi avait envie d'une cigarette. C'était Naïma qui lui avait appris à fumer. Elle n'avait pas aimé, elle avait juste voulu faire comme elle. Elle repensa à ce que lui avait dit la voyante, que Naïma s'était suicidée. Elle avait du mal à le croire. Dans ce cas, pourquoi Naïma l'avait-elle hantée toutes ces années en lui reprochant de ne pas l'avoir sauvée ? Avait-elle été, sa vie entière, entourée de menteurs ? Elle s'apprêtait à demander une cigarette à Rafaela quand celle-ci se redressa sur son siège.

– Ils sortent.

Elle démarra le SUV. Mais Mirela et son cerbère ne se dirigèrent pas vers leur 4 × 4. Serrés sous le parapluie, ils traversèrent l'avenue et entrèrent dans l'autre centre commercial, en face. Rafaela éteignit le moteur et ouvrit sa portière. Le BH Shopping était, lui, assez vaste pour qu'elles puissent les suivre.

Il était en effet très vaste. Cinq niveaux, sol en marbre, marques de luxe, clientèle sérieuse comme si le lèche-vitrines était une activité éreintante, et décorations de Noël discrètes pour ne pas faire trop populaire.

Gabi et Rafaela suivaient depuis vingt minutes Mirela qui baguenaudait avec son garde du corps, s'arrêtant devant chaque boutique, indiquant robes, bijoux, chaussures, pendant que son accompagnateur hochait la tête, d'accord, pas d'accord. Tous les vingt mètres, elle s'arrêtait aussi pour un selfie. Bras en l'air, smartphone pointé vers son visage, grand sourire, photo, disparition du sourire, vérification du cliché et reprise de la balade.

Rafaela ne pouvait s'empêcher d'admirer cette fille qui faisait se retourner les hommes sur son passage, même s'ils procédaient de façon discrète, le garde du corps bâti comme un buffle d'eau n'encourageant pas les manœuvres d'approche. Gabi la trouvait trop grande, elle avait l'air conne, et elle était habillée comme une pute.

– On va la suivre longtemps ? On attend quoi ?

– Le bon moment.

Mais Rafaela ne précisa pas ce qu'elle entendait par là.

Mirela entra dans un salon de coiffure qui ressemblait à une joaillerie, et son bodyguard se campa sur ses jambes écartées devant la porte pour observer les alentours avec une attention de douanier. Rafaela s'installa plus loin sur un banc en bois laqué, à l'abri de fausses colonnes romaines en stuc. Elle décrocha son téléphone et déroula sa liste de contacts en faisant signe à Gabi de venir s'asseoir près d'elle. Mais Gabi ne tenait pas en place.

– Ça va nous servir à quoi au juste de savoir comment elle se coiffe ?

Rafaela ne répondit pas, trouva le numéro qu'elle cherchait et le composa…

– Boneca ? C'est l'*investigadora* Rafaela. Si tu raccroches, je te retrouve et je te fais frire comme un épi de maïs. J'ai besoin de toi. Non, je ne te paierai pas. Parce que je te le demande. Retrouve-moi au Béaga Shopping. Non tout de suite. D'accord, je paie le taxi. Dépêche-toi.

Elle rempocha le téléphone et se pencha en avant pour surveiller au loin l'entrée du salon de coiffure. Gabi soupira :

– Tu as raison, ne me dis pas qui est cette *bonéca*, j'adore les mystères.

– C'est une amie. Elle va nous aider.

Gabi attendit que Rafaela continue d'expliquer. En vain. Au loin, le garde du corps tâtait ses triceps en observant avec sévérité deux jeunes hommes d'une équipe de nettoyage. Gabi se tourna vers Rafaela.

– Il pense que les balayeurs vont kidnapper sa patronne ?

– Non. Comme beaucoup d'adeptes de salles de sport, notre ami aime les garçons.

Rafaela l'avait dit sans rire. Elle vérifia l'heure sur son smartphone, s'aida d'une poussée laborieuse sur les accoudoirs pour se redresser et soupira.

– *Meu Deus*, il va bientôt me falloir un cric. Ne bouge pas de là. Je reviens.

Et elle disparut dans l'ascenseur.

Gabi regarda sa montre et eut envie d'arracher le banc pour le jeter dans la vitrine du salon de coiffure. Qui était cette fille ? Une ex de Celso ? Le véritable amour de sa vie ?

Avait-il été tué à cause d'elle ? Était-ce elle qui avait chargé le frère faux-oncle de voler son corps ? Était-ce elle qui l'avait fait frapper le soir de Noël ? Ou alors cela venait-il de son riche fiancé ? Était-elle au centre d'une histoire minable de cocufiage ? Mais pourquoi monter une usine à gaz avec voleur, double meurtre, enlèvement de cadavre et menaces dans ce cas ?

Dix minutes plus tard, Gabi vit revenir Rafaela avec deux canettes de bière Brahma et une adolescente en short ultracourt et tee-shirt moulant une absence de poitrine, qui avançait avec l'air de vouloir poignarder le premier qui lui adresserait la parole. Rafaela fit les présentations sans s'étendre, « Gabi, Boneca », et montra le cliché de Mirela pris sur son portable pendant leur filature. Boneca étudia la photo, le salon de coiffure et le garde du corps, puis secoua la tête.

– Je n'y arriverai pas.

– Bien sûr que si.

– Vous avez dit que si je volais encore, vous me mettriez en prison.

– Ce n'est pas un vol. Juste un emprunt.

– Je risque gros.

– Je sais pourquoi tu fais semblant d'hésiter. Parce que j'ai dit que je ne te paierai pas. Alors d'accord, je vais te payer. En bons d'achat.

– Diesel. O Boticário. Zara.

– Si tu veux. Mais pas plus de 200 reais.

– 500.

– 250. Si tu essaies encore de négocier, je vais trouver quelqu'un d'autre.

Boneca souffla, dépitée. Rafaela sourit. Gabi se sentit exclue et irritée par la situation qui la dépassait. Boneca se décida et partit, tête haute et démarche dansante. Elle passa devant le garde du corps qui dressa le nez comme s'il avait détecté quelque chose de pas très clair qu'il n'arrivait pas à analyser, mais elle entrait déjà avec assurance dans le salon de coiffure et il reprit sa surveillance.

Rafaela perdit son sourire, retira la languette de la canette de bière et but une lampée. Gabi soupira :

– Quand tu auras cinq minutes, tu m'expliqueras.

– J'ai envoyé Boneca tenter de récupérer le sac de la *mulata*. Ça fait un an que j'essaie de lui éviter les ennuis et là, je la paie pour voler. *Nossa Senhora !*

Elle vida la bière en une seule gorgée, froissa le métal dans sa main et ouvrit la deuxième canette.

Cinq minutes plus tard, insupportables pour Rafaela, interminables pour Gabi, Boneca sortit du salon. Elle ne tenait pas de sac. Mais elle fit apparaitre discrètement un téléphone de la poche de son short.

Le téléphone de Mirela.

Gabi

Boneca récupéra ses 250 reais en liquide – Rafaela n'avait pas le temps de les échanger dans les magasins – et partit. La flic alluma le téléphone. Bizarrement, il n'était pas protégé par un code. Elle fouilla le répertoire, la galerie de photos – des dizaines d'autoportraits et quelques photos de deux chiens à l'air féroce –, chercha dans les appels et les textos, mais n'y trouva rien d'intéressant ou de louche. Penchée sur elle, Gabi s'étonna de l'absence d'applications de réseaux sociaux. Comment une nana qui fait cinquante selfies par jour n'a-t-elle pas sa page Facebook, ni un compte Instagram, Snapchat ou Twitter ? Elle prit le téléphone des mains de Rafaela, fouilla à son tour et trouva l'icône de WhatsApp bizarrement dissimulée dans un dossier. Quand elle commença à lire les messages, un pic de glace lui transperça le cœur.

Celso avait communiqué avec Mirela dès son arrivée au Brésil. Ils se servaient de la messagerie instantanée pour se fixer des rendez-vous secrets. Mirela expliquait qu'elle serait accompagnée d'un certain Aldemir qu'elle avait dans sa poche et Celso répondait qu'il droguerait la gringa avec des antihistaminiques et feindrait des séances de running.

Il terminait ses messages par des « j'ai hâte de te voir », Mirela avec des smileys de cœur.

Gabi ne savait pas ce qui lui faisait le plus mal. D'avoir été trahie ? Qu'il l'ait droguée comme un animal ? Ou qu'il l'appelait *la gringa* ?

Rafaela était déçue. C'était donc une banale histoire d'adultère. Qui voulait la mort de Celso dans ces conditions ? Le riche fiancé ? C'était le plus probable. Ou Mirela, qui aurait reproché à Celso d'être venu avec une autre ? C'était possible aussi.

Mirela sortit du salon de coiffure. Sa chevelure brillait comme une mer agitée sous la pleine lune. Elle prit le bras de son garde du corps et ils s'éloignèrent.

Gabi se leva d'un bond. Rafaela s'inquiéta.

– Tu vas où ?

– Il m'a trompée, d'accord, mais est-ce qu'on peut m'expliquer pourquoi je me suis fait tabasser ?

Au loin, Mirela venait d'entrer dans les toilettes. Le garde du corps se remit en position, poings glissés sous les bras pour bien faire ressortir les biceps. Rafaela se leva à son tour.

– Tu as raison, autant tout connaître de cette histoire.

Gabi se dirigeait déjà vers les toilettes, tête rentrée dans les épaules, soufflant par le nez comme un boxeur aveuglé par le sang, et Rafaela eut du mal à la rattraper.

– Savoir, ça ne veut pas dire te venger en l'étranglant, on est bien d'accord ?

Gabi ne répondit pas, passa devant le garde du corps qui ne lui accorda pas un regard et entra dans les toilettes en poussant les portes comme celles d'un saloon.

À l'intérieur tout n'était que luxe, marbre et hygiène irréprochable. Une femme de ménage noire en uniforme blanc vidait les corbeilles disposées sous les lavabos.

Gabi sentit la rage l'envahir avec la puissance d'un ouragan. Ils croyaient quoi, qu'elle était une pauvre épouse dont on rigole en allant baiser en cachette ? Elle mit un coup de pied dans la porte du premier box. Vide.

Surprise, la femme de ménage se tourna. Rafaela lui sourit, lui montra son écusson de police, lui fit signe de sortir puis s'appuya contre la porte pour l'empêcher de s'ouvrir pendant que Gabi continuait de shooter dans les autres boxes.

Mirela était assise sur le trône et fouillait son sac. Où était son portable ? Et qui claquait les portes si violemment ? La sienne s'ouvrit avec fracas, faisant voler le mince verrou. Gabi l'attrapa par les cheveux et la décolla du siège. Mirela était beaucoup plus grande qu'elle, mais la hargne de Gabi était telle qu'elle réussit à la plaquer contre la cloison, l'empêchant de bouger, les jambes empêtrées par sa culotte aux chevilles.

– C'est toi qui as fait tuer Celso ?

– Quoi ?

– Je sais que tu couchais avec lui !

– Moi ?

– Tu vas me faire croire que tu ne le connaissais pas ?

– Bien sûr que je le connaissais. Depuis toujours. C'était mon frère.

IV

DÉPRESSION

« There once was a little girl who never knew love
until a boy broke her heart »
(tatoué sur le flanc gauche de Megan Fox)

Júlio Cesar

Il éplucha douze kilos de pommes de terre, les lava, les découpa en tranches et les plongea dans une cuve d'huile crépitante. Il essuya son visage gluant, tâta les cloques de ses mains et renifla ses aisselles. Il puait la graisse et la transpiration, *porra* !

Il avait fait ce qu'avait exigé le vieux aux chiens, celui qui voulait être appelé *Capitão*. Il était revenu voir Tobias dans son village de sans-terres, en bus cette fois, parce que son ami Elias n'avait plus voulu lui prêter sa moto. Face à son « oncle », Jota-Cê avait entonné le couplet de celui qui veut redémarrer à zéro, devenir meilleur, tout apprendre en se mettant au service des miséreux, avec comme preuve de sa bonne foi l'ordinateur qu'il ramenait. Tobias l'avait écouté sans dire un mot en lissant ses cheveux entre ses doigts, puis l'avait observé pendant d'interminables secondes, avant de le confier à Nelson, l'un de ses disciples au regard d'assassin, qui l'avait conduit dans les cuisines installées au milieu du camp. Là, il avait été chargé des travaux les plus pénibles, sortir des poubelles hautes comme des réfrigérateurs, se taper le nettoyage de l'immense cantine, et pour finir, la préparation de tonnes de frites. Il travaillait comme un galérien, mais il n'avait plus croisé Tobias. Chaque fois qu'il demandait une entrevue avec son *tio*, Nelson le rembarrait en lui disant que le Libanais était trop occupé pour être dérangé par n'importe qui. Jota-Cê détestait ce Nelson qui se prenait pour un vrai *macho* parce qu'il marchait pieds nus sur la terre brûlante. Et ce con s'amusait à le voir s'épuiser dans ces travaux ingrats. Quand il aurait rempli sa mission, il trouverait un moyen de se venger de ce *filho da puta*.

Il attaqua son treizième kilo de pommes de terre quand son portable sonna. Il fouilla rapidement sa poche, sortit le Samsung et coupa la sonnerie en basculant sur vibreur. Nelson l'avait prévenu, pas de portable au boulot. Quel connard. Il se croyait où ? À l'église ? En prison ?

Le téléphone continuait de bourdonner. Sur l'écran, le visage d'Isabel. Jota-Cê ne voulait pas décrocher, il ne supportait plus ses larmes qui lui déchiraient le cœur. Le téléphone s'arrêta. Le *ting* d'un message retentit. Il s'isola derrière une pile de cartons pour l'écouter. Comme il l'avait redouté, Isabel pleurait et ses sanglots l'empêchaient presque de parler.

« C'est moi… Pourquoi tu ne réponds jamais ? Tu es où ? Tu viens me chercher quand ? Tu m'avais dit deux jours… J'ai peur… Mes parents me manquent… Un client m'a… il propose 1 000 reais pour… pour… Faut que tu viennes me chercher. Rappelle-moi. »

Il devait le faire pour la rassurer, mais pour lui dire quoi ? Qu'elle devait encore rester là-bas ? Le *Capitão* avait promis qu'elle ne risquait rien, mais que se passerait-il s'il n'arrivait pas à gagner la confiance de son putain d'oncle ? Le *Capitão* paraissait cent fois plus dangereux que le Samouraï, il ferait certainement souffrir le martyre à Isabel.

Il décida de lui téléphoner quand même, mais alors qu'il composait le numéro, quelqu'un surgit par-derrière et lui balança une énorme claque sur le crâne. Il bascula comme s'il avait été heurté par un bélier et sa hanche percuta l'angle acéré d'une gazinière. Enragé, il saisit une fourchette à viande sur la paillasse et se tourna.

Face à lui, Nelson souriait, l'air satisfait.

– Je savais que tu n'étais qu'un *malandro de merda*. Je l'ai dit au Libanais qu'il ne fallait pas te faire confiance. Allez, attaque. Donne-moi raison.

Jota-Cê crispa ses doigts autour de la fourchette, il allait l'ouvrir en deux ce grand *negão* frimeur.

Il fit un pas.

Puis s'arrêta.

Et il lâcha la fourchette qui rebondit sur le ciment avec un tintement lamentable. À cause d'Isabel, il ne pouvait risquer d'être viré d'ici. Il ramassa son portable et s'éloigna, poursuivi par le rire de Nelson qui lui tordait les tripes. Il plongea ses mains dans l'immense bassine et attrapa une pomme de terre en fermant les yeux pour ne pas pleurer.

Gabi

La praça de alimentação, au troisième étage du centre commercial, regorgeait de sapins, de guirlandes trop dorées et de fausse neige pulvérisée. Le plafond brillait comme une boule disco, surplombant la centaine de tables, les centaines de clients et le choix infini d'enseignes de restauration rapide : Burger King, Expresso Pizza, Japa Temaki, Vila Arabe, Minas Grill… Le bruit était incessant, cris d'enfants surexcités, sonneries de smartphones et musiques enthousiastes de Noël. Mais Gabi entendait tout de loin, les oreilles aussi ouatées que si elle sortait d'un avion. Assise près d'elle, Rafaela engouffrait sticks de poulet pané et poignées de frites en la surveillant du coin de l'œil comme si elle risquait de s'effondrer. Ou de se mettre à hurler et de propulser un des adolescents qui braillaient dans leurs portable par-dessus la rampe donnant sur les niveaux inférieurs.

Mirela était partie depuis dix minutes, entraînée par son garde du corps effrayé à l'idée d'être en retard. Ce qu'elle avait raconté résonnait encore dans le cerveau de Gabi comme la comptine d'un manège qui tourne, tourne et tournera jusqu'au dernier jour de l'enfer.

Quand sa mère était morte de la tuberculose, Mirela avait six ans. Elle s'était d'abord retrouvée chez une tante trop pauvre pour s'en occuper puis, en s'en échappant deux ans plus tard, à la rue. Les frères de Oliveira l'avaient sauvée d'une bande d'enfants qui en voulaient à ses maigres possessions et ne l'avaient plus jamais quittée. Celso était le plus attentionné, il la protégeait des garçons, des autres filles ou des adultes attirés par ses formes précoces. Adolescente, elle avait croisé un homme riche qui était tombé fou amoureux d'elle, mais Celso, en grand frère méfiant, s'était opposé à leur liaison. Il connaissait bien celui que tout le monde appelait *Capitão*, et il savait qu'il n'était pas pour elle. L'homme n'avait pourtant pas renoncé et avait fait tabasser Celso, le laissant pour mort. Celso s'était alors arrangé pour faire disparaître Mirela en lui trouvant du travail et un appartement à Brasília, à plus de 1 600 kilomètres de Belo Horizonte. Un jour, il lui avait présenté un ami à lui, un Brésilien d'origine japonaise, Ricardo Nakashima, qui lui avait fait une cour timide. Ricardo travaillait comme comptable au ministère des Transports et habitait un bel appartement dans un immeuble neuf. Mirela en avait assez de son studio miteux et elle l'avait épousé, avec la bénédiction de Celso. Ricardo était gentil, mais un peu ennuyeux. Et pas aussi riche que ce qu'elle avait pensé. Pourtant elle était restée auprès de lui, comme Celso l'avait décidé. Et puis un jour, Celso était parti en Europe pour échapper au *Capitão* qui cherchait encore à se venger. Quelques mois plus tard, Ricardo était mort d'un AVC pendant son sommeil. Elle avait hérité de ses dettes, elle était seule et elle savait qu'elle allait très vite se retrouver à la rue. Alors elle était revenue à Belo Horizonte et avait trouvé du travail dans une boutique en sachant que le *Capitão* allait l'apprendre d'une manière ou d'une autre. Ça n'avait pas manqué. Il était toujours amoureux d'elle et il promettait de la rendre heureuse. Mais quand Celso avait appris leur futur mariage, il était revenu pour la faire renoncer. Elle savait qu'elle commettait une erreur en acceptant de le revoir, son fiancé allait s'en apercevoir, mais Celso insistait. Dès leur première rencontre, il lui avait dit avoir tout prévu, il avait gagné beaucoup d'argent en vendant son bar à Paris, ils s'installeraient ensemble dans le sud, à Porto Alegre, elle y serait en sécurité. Mais elle avait refusé, elle ne voulait plus repartir à l'aventure, et surtout, quelque chose s'était cassé entre elle et lui après toutes ces années. Elle l'aimait toujours comme un frère, mais elle n'était plus une enfant à qui on dit ce qu'elle doit faire. Et puis un soir, Celso avait été tué par un gamin des rues, un *malandro* comme il l'avait été lui aussi dans son enfance.

Assise au cœur de l'immense BH Shopping, Gabi observait ses mains. Elles ne tremblaient pas, elles étaient inertes comme une paire de gants vides. Elle avait mal au ventre, il fallait qu'elle parte de cet endroit bruyant et joyeux. Elle se tourna vers Rafaela qui engloutissait son dernier nugget avant de nettoyer ses mains avec le petit flacon de gel désinfectant posé sur la table. Gabi n'attendit pas. Rafaela repoussa sa chaise en soupirant et se leva pour la rattraper.

Assise sur les toilettes de l'appartement de Rafaela, Gabi observait entre ses jambes le sang de ses règles colorant le fond de la cuvette. Tout le mauvais sang qu'elle s'était fait inutilement quittait son corps. Dans sa tête courait une bribe de chanson. De qui était-ce déjà ? *« Jour après jour, les amours mortes n'en finissent pas de mourir... »*

Assise dans la cuisine, Gabi observait Rafaela fumant devant la fenêtre et qui essayait de comprendre le reste de l'histoire, car l'explication de Mirela ne la satisfaisait pas totalement. Elle imaginait bien le riche fiancé envoyer des menaces à Celso pour qu'il ne revienne pas au Brésil, mais s'il l'avait fait tuer, pourquoi voler son corps ? Pour en faire quoi d'ailleurs ? Le jeter dans une décharge ? Le planter dans son jardin et lui cracher dessus tous les jours ? Et qui avait menacé Gabi ? Dans quel but ?

Mais Gabi n'avait plus envie de savoir. Celso lui avait menti du début à la fin, elle n'avait plus aucune raison de rester ici. Son voyage avait été une erreur. Son chagrin même avait été une imposture.

Assise dans la chambre d'enfant, Gabi observait sa valise ouverte sur le lit. Elle avait encore mal au ventre malgré les comprimés de paracétamol. Rafaela aurait préféré rester avec elle, mais elle devait prendre sa permanence au commissariat et ne pouvait se faire remplacer. Elle était partie depuis des heures, et depuis des heures Gabi était prostrée devant sa valise, comme si on lui avait fait une injection de Prozac.

Son avion ne décollerait pas avant une dizaine d'heures, Rafaela aurait le temps de revenir pour l'accompagner, mais ne valait-il pas mieux partir d'ores et déjà pour l'aéroport et dormir là-bas pour être certaine d'embarquer et quitter pour toujours ce pays de malheur ? Elle se secoua et commença à ranger ses mangas.

– Et tu vas t'en aller comme ça ? Tu m'as fait regoûter à la vie et tu vas m'abandonner de nouveau ?

Naïma était debout devant elle, avec ses grands cheveux frisés et sa tache qui lui mangeait maintenant toute la joue. Gabi se tourna, en colère.

– C'est toi qui m'as abandonnée et m'as laissée seule. Pourquoi tu t'es suicidée ? Pourquoi tu m'as fait croire que j'aurais pu te sauver ? Je ne veux plus jamais te voir, laisse-moi.

– Mais si je te laisse, c'est moi qui vais me retrouver seule. Seule dans le néant !

Naïma pleurait. Mais Gabi ne pouvait plus la serrer dans ses bras.

Investigadora Rafaela

Une fois de plus, sa place de parking attitrée était occupée par un de ses collègues, et elle dut se garer trois rues plus loin. Quand elle arriva devant l'entrée de la *delegacia*, la sueur collait sa chemise à sa peau comme du papier tue-mouches. La chemise de Leidiane, en revanche, était impeccable. Penchée à l'intérieur de son 4 × 4, la langue coincée entre ses lèvres en écolière appliquée, elle nettoyait les écrans sertis dans les appuis-tête des sièges. Découvrant Rafaela, elle tint à lui faire une démonstration de son nouveau système vidéo en glissant un DVD pirate de *Narcos*, qu'elle adorait, surtout à cause de Wagner Moura, le comédien brésilien qui jouait Escobar. Rafaela obéit et s'assit sur la banquette pour étudier le visage dédoublé de l'acteur moustachu, et faire mine de comparer les qualités des deux écrans. Elle ne jeta qu'un œil rapide, préférant détailler le visage de Leidiane assise près d'elle. Avec son sourire d'enfant, elle était l'image même de la béatitude innocente. Et Rafaela savait qu'elle allait tout gâcher entre elles.

Intriguée par son silence, Leidiane se tourna et sourit.

– Dis-le que je suis très belle de profil.

– Tu es très belle de profil, comme de face. Et de dos.

– Merci, je vais le faire imprimer sur un tee-shirt. Tu m'as laissé plein de messages, mais j'ai pas eu le temps de te rappeler. Tu voulais quoi *querida* ?

– C'est à propos de l'enquête sur Celso de Oliveira.

– Encore ? C'est la petite gringa qui te fait des misères ? Elle ne veut plus repartir dans son pays celle-là !

– Comment tu sais qu'elle est encore ici ?

– C'est toi qui me l'as dit.

– Non, je ne crois pas.

Le sourire de Leidiane s'effaça en une seconde.

– Bien sûr que si, je ne l'ai pas inventé. Si tu picolais moins, tu n'aurais pas de problèmes de mémoire.

Visage fermé, Leidiane éteignit le lecteur vidéo et sortit du 4 × 4.

– Alors ? Tu veux savoir quoi ?

Rafaela sortit à son tour et fit le tour de la voiture pour la rejoindre. Elle ne pouvait plus reculer, il fallait qu'elle sache.

– Je ne comprends pas que tu n'aies rien trouvé sur le deuxième homme, celui censé avoir tué le premier *malandro*. Mais il n'y a pas que ça. Le corps de Celso a été enlevé à l'IML et a disparu. La petite gringa, comme tu l'appelles, a été menacée, suivie et agressée. Et là non plus, aucune piste. Toute cette histoire avance de travers depuis le début.

– Tu veux dire quoi ? Que je n'ai pas bien bossé ? Ou alors pire, que c'est moi qui ai tué le gamin ? Je vole des cadavres aussi ? Et je frappe les gonzesses ? C'EST ÇA ?

Leidiane avait crié et tous les flics sortis pour fumer leurs cigarettes les fixaient. Rafaela tenta de parler à voix basse :

– Je me pose des questions sur cette enquête, je ne t'accuse pas, je…

– Je t'ai toujours soutenue et tu es en train de dire que je suis une vendue ? Va te faire foutre !

Elle claqua la portière de son 4 × 4 et entra dans la *delegacia* en bousculant ceux qui s'étaient agglutinés devant. Rafaela voulut la suivre, mais elle tomba sur son chef, le *delegado* Ciro Rocha, immobile, en statue du commandeur. Il s'anima et lui fit signe de la main de le suivre.

La climatisation n'était toujours pas allumée et la fenêtre toujours fermée. Assis derrière son bureau, imperméable à la chaleur de buanderie de la pièce, le *delegado* activa la souris et une série d'icônes apparut sur l'écran de son ordinateur. Rafaela attendait debout, les poings enfoncés dans les poches de son pantalon, frémissant d'impatience, de colère et d'inquiétude. Le *delegado* garda les yeux fixés sur son écran tout en parlant :

– Quelle était la raison de votre altercation avec l'*investigadora* Cavalcante ?

– Ce n'était rien. En tout cas, rien qui concerne le service.

– Tout ce qui se passe devant, derrière ou à l'intérieur de la *delegacia* concerne le service. Cependant, ce n'est pas la raison pour laquelle je vous ai convoquée. Avez-vous vu ces images ?

Elle pensait qu'il avait découvert son enquête illégale sur le meurtre de Celso, mais il tourna l'écran du PC vers elle et fit démarrer une vidéo YouTube. C'étaient des images de la marche pour Isabel, prises par un portable. Un zoom avant isola Rafaela bras dessus bras dessous avec des adolescentes, juste derrière la famille de la disparue. Puis l'objectif pivota sur les banderoles brandies autour d'eux : « *A Verdade Não é Crime* », « *A Polícia é A Vergonha do Brasil !* ».

Le *delegado* figea l'image.

– Cette vidéo a été mise en ligne hier. 13 611 personnes l'ont déjà vue. Le *governador* l'a vue. Heureusement, mon cousin qui travaille dans son cabinet m'a prévenu à temps pour que je puisse le calmer.

Rafaela se mordit les lèvres. Elle savait que son chef n'avait pas repéré cette vidéo lui-même, un de ses chers collègues avait dû avoir l'amabilité de la lui indiquer. C'était peut-être d'ailleurs celui-là même qui l'avait filmée avant de la poster sur Internet.

Le téléphone du bureau carillonna, mais le *delegado* ne répondit pas, laissant la sonnerie rebondir contre les murs de la pièce comme un interminable reproche. Il lissa sa cravate tout en observant Rafaela.

– Je reçois des appels depuis ce matin. Chez nous, personne n'aime que l'on se moque de la police.

Rafaela se secoua, il fallait qu'elle dise quelque chose.

– Ce n'était pas une manifestation contre la police, simplement une marche pour une adolescente disparue.

– C'était une manifestation *contre* la police, *investigadora* Tajès. Regardez cette banderole. « La Police est la Honte du Brésil. » Et vous étiez parmi ces gens, cautionnant ainsi ces accusations infamantes.

– Pas du tout. J'y étais pour enquêter.

– Vous faites partie du commissariat chargé des homicides, en aucun cas de celui chargé des disparitions. Vous avez outrepassé vos attributions. Je suis obligé de…

– Ne me virez pas !

Elle avait abattu ses deux mains à plat sur le bureau, renversant la statuette de la Vierge. Le *delegado* la remit en place avant de répondre :

– Ce n'était pas mon intention. Ce n'est d'ailleurs pas de mon ressort. Mais vous avez beaucoup de jours de congé à rattraper. Prenez-les. C'est le mieux. Pour tout le monde.

Quand elle sortit du bureau, elle découvrit ses collègues rassemblés dans le couloir. Un tunnel de visages hostiles. Elle ne baissa pas la tête et se dirigea vers la sortie. Jenival se tenait devant la porte avec l'air du champion cycliste qui vient de gagner sa première course.

– Vous connaissez celle de la grosse baleine seule dans un bar ? Le garçon s'approche et…

Il ne put aller plus loin. Rafaela s'arrêta devant lui et le toisa de ses yeux noirs, prête à lui enfoncer la tête dans le mur du couloir s'il voulait finir son histoire.

Elle était dans un bar. Seule, et échouée comme la baleine de la blague de Jenival. Le garçon s'approcha et déposa une bière Antarctica et un verre de cachaça Sabor de Cana devant elle. Elle but les deux très vite et commanda une nouvelle tournée. Autour d'elle, des adolescents s'excitaient sur leurs portables et un couple s'embrassait avec des bruits de ventouse. Thiaguinho, lui, tripotait sa blessure en papotant :

– J'ai loué la Fazenda Vila Imperial pour les dix ans de mon mariage. Tous mes enfants seront là. Thiago Junior viendra de Miami avec sa femme. Elle est décoratrice d'intérieur et elle gagne…

– FERME-LA ! TU ME FATIGUES ! VOUS ME FATIGUEZ TOUS !

Le couple et les adolescents s'immobilisèrent. Elle se maîtrisa et fit signe au serveur.

– Mauvaise journée. Je règle toutes les consommations pour m'excuser.

Elle prit deux chaises en plastique qu'elle empila l'une sur l'autre afin qu'elles ne s'affaissent pas sous son poids et s'installa au milieu des adolescents pétrifiés. Elle mit la main dans sa poche, ils blêmirent de plus belle, elle sortit son portable et le posa sur la table.

– Je ne suis pas saoule. Enfin, pas trop. Et je ne suis pas dangereuse. Ou juste un peu. En fait, j'ai besoin de vous. Il paraît qu'on peut géolocaliser des photos sur Facebook. C'est vrai ?

Ils la regardèrent, ébahis. Elle sortait d'où ? Tout le monde savait se servir d'un ordinateur maintenant, « même mon *vovô* commande sa cachaça par Internet ! », ajouta l'un d'eux.

Une gamine de quatorze ans, aux bras joliment laiteux tatoués de fleurs mauves, s'empara du smartphone. De quelles photos parlait-elle ? Rafaela les lui montra. L'adolescente fit virevolter son index sur l'écran.

– C'est votre ami ?

– Qui ?

– Celui qui a posté ces photos.

– Non, je ne l'ai jamais rencontré.

– Je vous parle d'un ami Facebook.

– Ah oui. Non. Mais je dois savoir. C'est très important. Et urgent.

– Alors il va falloir l'inviter. Sans ça, je ne pourrai rien faire.

– Je ne veux pas qu'il se doute de quoi que ce soit.

– Je lance l'invitation avec mon profil. Ne vous en faites pas, il va m'accepter, c'est rare les garçons qui refusent l'invitation d'une fille, même s'il n'aime que les garçons.

Dix minutes plus tard, il avait effectivement accepté. Et l'adolescente avait réussi ses manipulations. Satisfaite, Rafaela leur offrit une nouvelle tournée. Grâce aux photographies du chat rachitique, elle savait maintenant où habitait Jota-Cê.

Júlio Cesar

Son chat avait disparu et Jota-Cê en était malade. Il avait ramené des restes de poulet du camp, mais il avait beau chercher autour de la bicoque, il était introuvable. Il espérait qu'il ne lui était rien arrivé.

Il vérifia l'heure sur son smartphone. Vargas, le chauffeur du vieux au chien, était en retard. Ou alors il avait mal compris, la réception était minable dans le camp, et il devait se cacher derrière le groupe électrogène pour téléphoner, à cause de Nelson qui n'attendait qu'une occasion pour lui tomber dessus. Il ne savait pas pourquoi Vargas lui avait donné rendez-vous, mais il avait dû obéir. Il ne faisait plus que cela depuis quelques jours, obéir, à tout le monde !

Il se plaqua soudain contre le mur de briques et jeta un œil à l'extérieur. Personne. Il avait pourtant eu l'impression qu'on le surveillait. Il devenait *maluco*. Il caressa la paume de ses pauvres mains crevassées, puis inspecta une nouvelle fois dehors. Cette fois il avait bien entendu. C'était un moteur. Un filet de poussière s'élevait derrière la butte comme un feu de broussailles mobile. Une voiture ou une grosse moto. Ou des putains de flics.

C'était le Hilux de Vargas. Quelqu'un était assis à côté de lui. Ce n'était pas le *Capitão*, mais un autre de ses hommes, avec des Ray-Ban Aviator orange assorties à ses cheveux teints. Jota-Cê sortit sur le pas de la porte et leur fit signe, signe qu'il trouva lui-même idiot, comme s'il accueillait des invités pour le *churrasco* du dimanche. Dès qu'il voyait les hommes du *Capitão*, il se sentait mollir et avait envie de se terrer au fond d'un trou.

Vargas et Cheveux-Orange s'approchèrent. Vargas tenait un sac de sport Puma en bandoulière. Que contenait-il ? De l'argent ? Une arme ? Vargas lui désigna du menton l'intérieur de la maison et Jota-Cê obéit en entrant.

Vargas vérifia qu'ils étaient seuls et ordonna à Cheveux-Orange, qu'il appelait Zika, de se positionner devant la porte entrebâillée pour surveiller les alentours. Jota-Cê se dandinait d'une jambe sur l'autre.

– La prochaine fois, prévenez-moi au moins 24 heures à l'avance, là ça a été hyper juste pour venir, il a fallu que je me tire en cachette, et s'ils voient que je me suis absenté, ils vont me filer trois fois plus de boulot, je suis devenu un esclave, je n'ai jamais bossé comme ça.

– C'est bon ? Tu as fini de te plaindre ?

Vargas le dévisagea, Jota-Cê eut envie d'essuyer la sueur coulant sur ses yeux, mais se força à ne plus bouger. Surtout quand Vargas posa le sac de sport sur une chaise en plastique et fit glisser la fermeture éclair.

– Vous… allez me tuer ?

Vargas s'interrompit pour le regarder, perplexe. Zika ricanait :

– Tu crois vraiment qu'on avait besoin de venir à deux pour ça, ducon ?

Vargas enfila une paire de gants en latex et sortit du sac trois blocs de poudre blanche enrobés de film alimentaire. Il devait y en avoir pour trois kilos. Peut-être quatre. Jota-Cê n'avait jamais vu autant de coke de toute sa vie. Vargas sortit un autre bloc, de la *maconha* compressée. Et un sachet avec une centaine de comprimés blancs. Jota-Cê avait compris, ils allaient le sortir du camp et lui demander de dealer. Vargas referma le sac de sport.

– Tu vas cacher tout ça dans la maison du Libanais.

– Moi ?

Vargas poussa un infime soupir.

– Oui toi. Mais tu ne les caches pas trop bien, il faut qu'on puisse les trouver en fouillant un peu. Tu le fais aujourd'hui, avant seize heures.

– Mais comment je…

– Tu fais ce qu'on te dit et tu arrêtes de poser des questions. Si tout se passe bien, tu récupères ta femme ce soir. Et tu touches 4 000 reais.

Vargas se tourna vers Zika qui surveillait toujours dehors et qui lui répondit d'un signe du menton que tout était OK. Vargas s'approcha à quelques centimètres de Jota-Cê qui se tassa sur lui-même.

– Je résume. Avant quatre heures. Planqué mais pas trop. Le *Capitão* compte sur toi. Ne le déçois pas.

Jota-Cê déglutit en les regardant sortir de la baraque. Il se ressaisit, voulut les suivre, mais Vargas l'arrêta d'un geste.

– Tu pars dix minutes après nous.

Et ils disparurent.

Jota-Cê se tourna vers la drogue posée sur la chaise. Et s'il se tirait avec ? Il avait un pote à São Paulo qui pourrait l'aider à écouler la marchandise. Il aurait de quoi redémarrer à zéro. Mais que deviendrait Isabel ? Elle survivrait, il en était sûr.

Enfin… Non, il n'en était pas sûr. Il était même convaincu du contraire. Ils se vengeraient sur elle.

Il entassa la drogue dans son sac à dos, mais se figea à nouveau. Il avait encore entendu du bruit, comme si un bulldozer écrasait des tuiles. Il se pencha vers la fenêtre. Quelqu'un se dirigeait bien vers sa baraque. Une femme énorme à l'air farouche, qui tenait son chat entre ses bras replets et qui s'arrêta derrière la vitre cassée.

– Dis-moi Jota-Cê, tu lui as donné un nom à ton chat ?

– T'es qui toi ?

– La fin de tes ennuis. Ou le début de ton malheur. Choisis.

Il la regarda sans comprendre, puis haussa les épaules, empoigna son sac et partit. Mais elle était déjà devant la porte. Comment avait-elle fait ? Elle ne tenait plus le chat et elle brandissait son portefeuille ouvert sur le badge argenté de la *Polícia Civil.*

Oh putain, je vais en prendre pour vingt ans de prison avec toute cette came !

Elle rangea son portefeuille et le fixa avec un air mauvais.

– Elle est où ? J'espère pour toi qu'elle est vivante. Alors ? Réponds ou je t'assomme.

Il la regarda, perdu. Quoi ? Qui ? Elle n'était pas là pour la drogue ?

Elle l'attrapa par le col du tee-shirt.

– Elle est où Isabel ?

– Isabel ? Mais… je sais pas moi… je la connais pas… je…

Elle le gifla si fort qu'il valdingua et rebondit contre le mur comme une balle de tennis. Le sac à dos dont il n'avait enfilé qu'une bandoulière tomba et s'ouvrit. La flic découvrit le paquet de coke et se tourna vers lui, des éclairs dans les yeux.

– Tu as échangé ta copine contre de la dope ?

– Mais non ! Je fais ça pour la sauver ! Je vous jure ! Je ne peux rien vous dire, mais je dois obéir sinon ils vont l'obliger à faire la pute ! Ou alors ils vont la torturer. Et même la tuer !

Il vit la flic s'adoucir et se rapprocher de lui.

– Explique-moi mieux que ça. Je peux t'aider.

– Non, vous ne pouvez pas ! Il faut me laisser partir, sinon ils vont lui faire du mal ! Je vous jure que c'est vrai !

– Dis-moi qui ils sont et où ils gardent Isabel.

– OK. Je vais tout vous raconter…

Mais il la surprit en la poussant des deux mains à plat sur sa gorge. Elle recula, suffoquée, il lui arracha le sac et se propulsa dehors comme une bille de plomb. Elle voulut le rattraper, mais se prit les pieds dans le chat et s'étala en poussant un cri de douleur.

Il courut longtemps avant de repérer une voiture arrêtée sur un chemin de terre. Une Audi Q3 blanche. Vitre descendue, un blond à la peau rougie par les coups de soleil photographiait au téléobjectif les maisons de la favela accrochée à flanc de colline au loin. Jota-Cê attrapa le

Canon à pleines mains et tira d'un coup sec. L'homme fut désarçonné.

– *What are you doing man?*

– Descends connard!

Jota-Cê ouvrit la portière et attrapa le touriste par le col de sa chemise hawaïenne en criant:

– DESCENDS!

Effrayé, l'homme supplia:

– *Por favor! Don't kill me! Amigo! Amigo!*

Jota-Cê le jeta à terre et s'engouffra dans l'Audi. Les clefs étaient sur le contact. Il démarra, la voiture partit en tête-à-queue, mais il parvint à la maintenir sur la route et accéléra en projetant un nuage de gravillons. Il tapa du poing sur le volant en poussant un cri de victoire et prit la direction du camp de son oncle. Il allait prélever une partie de la dope, planquer le reste comme Vargas lui avait demandé, prendre les 4 000 reais du *Capitão*, récupérer Isabel et se tirer pour toujours. Plus rien ne pourrait leur arriver. Sa mère le lui répétait toujours: il était le plus intelligent du monde!

Investigadora Rafaela

La douleur avait fusé comme une flèche en acier, de la cheville jusqu'au cœur. Le chat avait disparu, Júlio Cesar aussi. Rafaela s'agrippa aux briques du mur pour se relever, en maudissant toute sa lignée familiale qui l'avait fait naître si grosse.

La marche pour rejoindre son Hyundai fut un calvaire. Elle traînait sa jambe meurtrie, la sueur brûlait ses yeux, coulait dans son dos et irritait sa peau comme si on l'avait aspergée de poivre. Un homme en chemise à fleurs, bermuda kaki et appareil-photo en bandoulière, semblait errer en tentant de composer de ses doigts tremblotants un numéro sur son téléphone. Il sursauta en la voyant et recula comme si elle allait se jeter sur lui pour le dévorer. Elle le rassura, elle voulait simplement rejoindre sa voiture garée plus loin. Il l'examina avec des yeux déboussolés, une bouche humide et des soubresauts de paupières. Elle s'approcha, intriguée.

– *You don't speak portuguese, sir?*

Quand il réalisa qu'elle n'était pas un nouveau danger, la joie lui enfla la poitrine avec la puissance d'un compresseur. Il lui attrapa les mains comme si elle était

Mère Térésa et lui raconta à toute vitesse, en anglais, qu'il avait subi un violent carjacking, qu'il fallait appeler la police, un médecin, le consulat de Suède, une ambulance! Rafaela lui dit qu'elle était justement de la police, lui montra sa carte car il semblait en douter, et lui demanda de décrire son voleur. Elle comprit très vite qu'il s'agissait de son Jota-Cê. Elle téléphona pour qu'une équipe vienne prendre sa déposition et le ramène à son hôtel. Elle se tourna vers lui avec un sourire plein d'espoir : la voiture, elle était à lui ou il l'avait louée ?

Grâce à l'agence de location, et en les menaçant d'entrave à la justice s'ils ne collaboraient pas immédiatement, elle retrouva l'Audi volée grâce au système de géolocalisation embarqué. La voiture était dissimulée sous les broussailles d'une piste caillouteuse, à trois cents mètres d'un terrain occupé illégalement par des sans-terres. Pourquoi Jota-Cê l'avait-il abandonnée là ? Que venait-il faire aux abords de ce camp ? Était-il à l'intérieur ou était-il reparti ? Si oui, comment ? Et si non, quel rapport pouvait-il avoir avec le mouvement d'occupation de São Izidoro ? C'était ici que la jeune Isabel se cachait ?

Étourdie par ces questions et par la douleur à la cheville, Rafaela resta assise dans sa voiture. Que pouvait-elle faire de toute manière ? Elle n'allait pas se présenter comme ça à l'entrée du camp, elle y serait refoulée, les sans-terres n'aimaient pas les visites policières sans décision de justice – avec décision de justice non plus, d'ailleurs. Il fallait pourtant qu'elle en ait le cœur net. Elle fouilla dans la boîte à gants, récupéra la vieille paire de jumelles volée à son père avant son départ de Montes Claros, se tourna vers la colline qui surplombait le terrain occupé et soupira. Il fallait qu'elle grimpe tout là-haut avec sa cheville abîmée. Elle ne voyait même pas de véritable chemin, et n'avait pas de machette.

Elle quitta le paradis climatisé de sa voiture et se mit en route.

Vingt minutes plus tard, elle s'écroula, exténuée, les bras lacérés par les broussailles, à l'abri d'un *umbuzeiro* dont l'immense corolle feuillue donnait au moins une ombre fraîche. Elle tâta sa cheville. Avait-elle gonflé ? Elle aurait donné deux mois de salaire pour un comprimé d'antidouleur et un verre d'eau – ou plutôt une bière bien glacée. Elle orienta les jumelles vers le camp en contrebas.

Des maisons approximatives, patchwork de briques, de planches et de tôles ondulées. Deux pick-up fatigués. Du linge qui séchait, des enfants qui couraient derrière un ballon, une adolescente aux cheveux humides sur un vélo, un vieillard nettoyant les dents d'un râteau et une femme arrosant un carré de basilic.

Elle faisait fausse route, Jota-Cê ne pouvait se trouver là, au milieu de cette occupation certes illégale mais pacifique. Qu'est-ce qui lui avait pris de grimper jusque là-haut ? Elle allait devoir redescendre, en clopinant sous ce soleil ardent.

Et puis elle le vit.

Il transportait des tuiles dans une brouette.

Elle ne comprenait plus rien. Le *malandro* qui avait parlé de sauver Isabel travaillait comme simple ouvrier ?

Jota-Cê posa la brouette sur ses béquilles, s'épongea le visage et palpa en grimaçant l'intérieur de ses mains, tout en surveillant autour de lui d'un air fébrile. Il se cacha soudain derrière une baraque quand passa non loin de lui un géant au torse et aux pieds nus. Dès que celui-ci eut disparu, il ressortit de l'ombre, assura les lanières de son sac à dos, saisit les poignées de la brouette et reprit sa route.

Rafaela était déconcertée. Ce jeune crétin dealait de la drogue dans le camp en se faisant passer pour un manœuvre de chantier ? Et pour protéger Isabel ?

Il s'arrêta de nouveau et regarda sur sa gauche. Rafaela orienta les jumelles dans la même direction. Un homme aux longs cheveux lâchés sortait d'une maison en adobe, accompagné de journalistes qui braquaient sur lui caméras et micros. Son visage disait quelque chose à Rafaela qui chercha sur Internet.

Ocupação São Izidoro. Google Images.

Plusieurs clichés : banderoles, manifestants, toiles de tentes, abris de fortune. Et puis, lui, l'homme aux cheveux longs, souriant, les doigts tendus en V en signe de victoire. Il s'appelait Tobias Haddad, dit le Libanais.

Avocat, porte-parole du mouvement et héros pour les sans-terres, il avait organisé une journée Portes Ouvertes pour présenter à la presse les dernières améliorations du camp. Et c'était aujourd'hui.

Rafaela pivota de nouveau les jumelles vers Jota-Cê. De plus en plus nerveux, il serrait les sangles de son sac à dos comme si c'était un parachute en se dirigeant discrètement vers la maison d'où était sorti le Libanais. Deux hommes aux visages ombrageux se partageaient une cigarette devant l'entrée. Pour éviter qu'ils le voient, Jota-Cê se cacha derrière un camion aux bas de caisse mangés par la rouille et attendit.

Rafaela souffla un grand coup. C'était quoi cette histoire ? Il fallait qu'elle aille voir de plus près. Mais comment faire avec sa cheville ? Et comment surveiller Jota-Cê toute seule ? Il lui fallait de l'aide. À qui pouvait-elle en demander ? Elle était censée être en congé et son chef la mettrait définitivement à l'écart pour désobéissance si elle impliquait des collègues. Une seule personne pouvait l'aider. Elle sortit son téléphone, hésita, puis composa un numéro. Sonnerie et messagerie. Elle prit une bonne respiration et se lança :

– C'est Rafaela…

Capitão

Les gouttes de pluie noire glissent entre les tuiles, traversent le plafond et explosent avec des chocs sourds sur les tables. Sur le tableau, les traces de craie mal effacées laissent deviner des chiffres. Ou un texte dans une langue ancienne, il ne sait pas. Il a mal aux genoux, la chaise sur laquelle ils l'ont assis est trop basse. C'est une chaise d'enfant. C'est une classe d'enfants. Ils l'ont déshabillé, ont attaché ses mains et lié son dos au dossier étroit avec du fil de cuivre qui coupe sa circulation sanguine. Malgré le coton enfoncé dans les narines, il arrive à sentir les odeurs qui imprègnent la salle. Éther, cuir calciné, sueur aigre. Ils sont debout, dans l'ombre, impatients. Tous sont venus, les étudiants aux jambes brisées, les syndicalistes crachant l'eau sale de leurs bouches tordues, les journalistes à la peau noircie par les chocs électriques et, bien sûr, la jolie brune, au visage rongé par l'acide. C'est elle qui sort de l'obscurité la première, il sait qu'elle a toujours été la plus vaillante. Ses joues ont fondu comme du plastique mais elle reste belle, comme une poupée récupérée dans une décharge. Elle s'accroupit pour être à sa hauteur et pose ses mains à plat sur ses tempes, en étau. Elle sourit et elle serre. La nuit envahit la pièce, des litres d'huile noire coulent le long des murs. Il ne doit pas fermer les yeux, c'est trop dangereux. Elle serre. Il se sent bien, et il souffre. De ses lèvres putréfiées elle lui murmure avec amour qu'il doit les rejoindre. Ses mains pâles se transforment en une vrille qui lui perfore les os du crâne. Mais les stridences de la perceuse sont couvertes par le crissement des pneus sur le gravier et les aboiements des chiens et… Le *Capitão* ouvrit les yeux.

Au début, il ne vit rien, puis tout lui apparut lentement, comme une photographie dans le bac du révélateur de son enfance. Princesa et Tyson bondissaient autour du Porsche Cayenne se garant dans l'allée. Au même moment, Vargas sortait de la maison, le portable à l'oreille, et se dirigeait rapidement vers lui.

Il se leva avec peine de sa chaise installée sur la terrasse, s'efforçant de cacher la faiblesse qui vidait ses jambes.

Crisóstomo récupérait des sacs dans le coffre et Mirela tentait de s'extraire du 4 × 4, empêchée par les chiens qui cabriolaient autour d'elle. Elle riait et son rire cristallin perçait le crâne du *Capitão* plus encore que la migraine. Il fit signe à Vargas qu'il ne voulait pas lui parler maintenant malgré l'apparente urgence. Mirela le vit s'approcher à pas lents, le visage minéral, et elle perdit une partie de son sourire. Elle tenta de plaisanter en désignant Crisóstomo qui finissait de récupérer les paquets.

– Je sais, j'ai encore dépensé.

– Tu t'absentes trop souvent et surtout sans m'avertir.

Le ton était glacial. Mirela s'immobilisa. C'était rare qu'il lui fasse des reproches devant ses hommes, mais il semblait avoir oublié la présence de Vargas, de Crisóstomo, et de Zika qui, lui, les observait avec l'œil intéressé du corbeau au moment de la sortie des poubelles.

– Je t'ai appelée cinq fois et tu n'as pas décroché. Où étais-tu ?

Elle aurait dû répondre par un sourire et un « Chez le coiffeur bien sûr ! ». Mais elle ne voulait pas paraître faible devant les trois autres hommes. Elle releva le menton.

– Tu devrais me mettre un collier et une laisse. Comme à tes chiens.

– Je vais y penser. Maintenant réponds, où étais-tu ?

Elle avait encore une chance de le calmer, mais elle lui fit face, droite comme un étendard.

– J'ai rencontré la *namorada* française de Celso.

Les chiens frémirent en sentant la colère qui envahissait leur maître.

– Je t'ai interdit de parler aux étrangers.

– La gringa ne croit pas que Celso a été tué par hasard.

– Je te permets de sortir, de dépenser l'argent que je te donne et c'est tout.

– Tu n'as pas entendu ce que je t'ai dit ? La gringa...

– ÇA SUFFIT !

Les chiens se dressèrent en l'entendant hurler.

– Tu veux savoir la vérité sur Celso ? J'allais le faire tuer quand j'ai su qu'il m'avait désobéi en revenant au Brésil. Mais il est mort avant. C'est dommage, j'aurais eu un tel plaisir de faire torturer ce bâtard !

– Tu n'as pas le droit de...

La gifle la fit basculer contre la voiture et elle tomba sur les genoux. Quand elle essaya de se relever, il attrapa ses cheveux de la main gauche et la frappa du poing droit. Le coin de sa lèvre explosa. Il réarma son bras et la frappa de nouveau, sur la pommette. Mirela s'écroula comme un tas de chiffons. Les chiens ne savaient pas ce qu'ils devaient faire. Défendre leur maître et attaquer Mirela ? Lécher Mirela qui semblait souffrir ? Folle d'indécision, Princesa mordait l'air devant elle et Tyson grognait en lâchant des litres de bave.

Le *Capitão* se pencha. Mirela était recroquevillée sur les graviers, et pourtant c'était lui qui tremblait.

– Je t'aime, mais si jamais tu me désobéis encore, tu finiras comme toutes les autres.

Il avait envie de la frapper encore. Il avait envie de la prendre dans ses bras. De lancer ses chiens sur ses hommes qui les fixaient. Ou de s'ouvrir le crâne et d'extirper la migraine en la raclant avec un couteau. Il se dirigea vers la maison même s'il avait du mal à marcher sans perdre l'équilibre.

Dans le hall, Vargas lui parla du coup de fil de Leidiane qu'il venait de recevoir, c'était urgent, il fallait prendre une décision avant que toute l'opération ne s'enclenche. Arrêté devant la fenêtre du couloir, le *Capitão* observait Mirela. Sa lèvre saignait, le pourtour de son œil avait déjà pris une teinte violette et pourtant elle ne pleurait pas, ne disait rien, ne se plaignait pas. Elle était simplement tournée vers lui et le toisait avec le regard fixe d'un rapace.

Investigadora Rafaela

Les journalistes entouraient le Libanais qui désignait rues aplanies, réverbères neufs et citernes d'eau, avec le sourire d'un politicien en campagne.

Rafaela orienta ses jumelles sur la droite.

Toujours caché, toujours nerveux, Jota-Cê épiait les deux hommes qui se montraient des photos sur leurs smartphones devant la maison du Libanais.

Elle se déplaça sur les fesses pour rester dans l'ombre de l'*umbuzeiro*. Sa cheville était chaude au toucher. Elle alluma une cigarette et la tint dans le creux de sa main pour ne pas être repérée. Mais repérée par qui ? Elle ne savait toujours pas ce qu'elle faisait là.

Des feuilles s'agitèrent sur le côté. Pourtant il n'y avait pas de vent.

Un craquement de branche sèche.

Puis le silence à nouveau.

Quelque chose ou quelqu'un se dirigeait vers elle en faisant le moins de bruit possible. Elle écrasa sa cigarette dans la terre et assura les jumelles dans sa main pour s'en servir d'arme. Face à elle, le massif de broussailles s'anima. Rafaela tenta de se redresser en évitant de faire porter tout son poids sur sa cheville. Qui allait jaillir des fourrés ? Un journaliste ? Un membre de la communauté des sans-terres ? Un cochon sauvage ?

– Je venais ici avec mon *namorado* quand j'avais treize ans.

C'était Leidiane. Avec son adorable sourire d'actrice de *novela*.

– J'ai eu ton message. Alors comme ça, tu as besoin d'une pute de flic corrompue ?

– Je suis désolée, je ne voulais pas t'insulter.

– Je plaisantais *querida*. Moi aussi je me suis excitée pour rien. Raconte-moi.

Leidiane sortit une petite bouteille d'eau minérale de la poche de sa veste, la lui tendit et s'assit près d'elle contre l'arbre. Après avoir vidé la bouteille d'une traite et soupiré d'extase, Rafaela lui résuma l'histoire de la disparue Isabel et de la filature de Jota-Cê, porteur d'un chargement de drogue. Leidiane pointa les jumelles sur le camp, les promena en un lent panoramique, puis les lui rendit avec une moue perplexe.

– Je ne suis pas sûre de comprendre. Tu recherches une fugueuse, tu enquêtes sur un trafic de came ou sur une occupation illégale ?

– Un peu tout à la fois. Le jeune *malandro* m'a juré qu'il voulait sauver sa copine. Il va vendre la drogue dans le campement. Mais il fait ça le jour où tous les journalistes de Béaga sont là. C'est soit un manque de bol terrible, soit il prépare quelque chose de plus vicieux.

– Faut s'attendre à tout avec ces *filhos da puta* de dealers. Tu as prévenu quelqu'un d'autre ? Le patron ? La *Polícia Federal* ?

– Non. Personne ne me croirait. Ou me ferait confiance. Ou aurait envie de m'aider. Tu es la seule.

– Si tu as raison, il va falloir faire gaffe. Tu n'as toujours pas de flingue ?

– Toujours pas. C'est toi mon arme fatale.

Leidiane lui sourit, Rafaela se tourna vers le flanc de la colline et pointa ses jumelles. Où en étaient les journalistes, le Libanais et Jota-Cê ?

Elle ne vit pas Leidiane oublier son sourire et sortir sans bruit son semi-automatique calibre .40 de son holster de ceinture.

Gabi

Elle fouilla les placards de la salle de bains, du salon et de la cuisine sans trouver d'antalgique. Elle hésita puis entra dans la seule pièce où elle n'avait pas cherché, la chambre de Rafaela. Elle ne fut pas étonnée de la trouver aussi impersonnelle qu'une chambre d'hôtel bon marché. Un lit à l'épais matelas couvert d'une housse mais sans drap de dessus, des vêtements froissés posés en vrac sur une chaise en bois, et une table de nuit en rotin verni. Sur le dessus, un cendrier plein, une bouteille de cachaça vide et un *Novo Testamento* à la couverture gaufrée.

« Tabac/Alcool/Bon Dieu », la sainte trinité selon Rafaela.

Elle ouvrit le tiroir et, alléluia, trouva une dizaine de boîtes d'Ibuprofène. Elle en préleva une, avala tout de suite deux comprimés, referma la porte de la chambre et serra ses bras sur son abdomen qui pulsait en lui arrachant les mêmes plaintes que pendant son adolescence, quand ses règles la transformaient en bête féroce. La douleur dans son ventre chassait celle dans son cœur, mais la colère, elle, restait immuable – *pourquoi ce salopard de Celso m'a-t-il emmenée avec lui si c'était pour me droguer chaque jour ?*

Elle se souvenait de sa gêne quand elle avait proposé de l'accompagner au Brésil. Pourquoi n'avait-il pas simplement refusé ?

Après la colère, le déni s'insinua. Non, tout cela était impossible, Celso n'avait pas voulu lui faire de mal. Il l'aimait. Il était mort parce qu'il voulait protéger sa petite sœur d'adoption. Et il lui avait menti pour la protéger elle aussi.

Et puis, le déni fut remplacé par un horrible vide, le vide du chagrin qui avait été l'essentiel de sa vie depuis des semaines. Elle était de nouveau déboussolée, comme à l'annonce de la mort de Celso. Et elle était seule. Rafaela avait promis d'être là pour son départ, mais elle ne répondait plus à son téléphone.

Et puis le vide fut submergé par la douleur à nouveau, cette vieille douleur au bide qui lui rappelait sa jeunesse merdique. Tous ceux qu'elle avait aimés, sa mère, Naïma, Celso, l'avaient trahie et abandonnée. Qu'ils crèvent tous une deuxième fois.

Elle prit sa valise, s'empara du billet de 50 reais qui traînait dans une coupelle sur le buffet de l'entrée, laissa un mot d'excuse et d'adieu sur le réfrigérateur, appela un taxi et claqua la porte sans se retourner.

Alors qu'il avait plu pendant la plus grande partie de son séjour, il faisait un temps magnifique pour son départ. Le vent avait nettoyé le ciel, désormais d'un bleu de cinéma, le soleil caressait la ville et les feuilles de palmiers se balançaient avec langueur. Un rêve tropical.

Elle attendit dans l'ombre du mur de la résidence. Maintenant qu'elle en était sortie, le vigile dans sa guérite se désintéressait d'elle. Elle ne faisait plus partie de son monde, elle était redevenue une gringa de passage, bientôt oubliée. Un énorme 4 × 4 blanc freina et s'arrêta en travers de la rue. C'était le taxi ? Déjà ? La portière côté passager s'ouvrit sur Mirela. Elle portait des lunettes de soleil et un foulard sur les cheveux comme une *people* qui veut passer inaperçue.

– J'ai besoin d'aide pour partir le plus loin possible. Et je dois payer Crisóstomo comme je lui ai promis...

Elle désigna le chauffeur du 4 × 4 qui surveillait tous ses rétroviseurs de ses yeux exorbités.

– Tu peux me prêter un peu d'argent ?

Gabi écarta les bras, désolée.

– J'aurais bien aimé, mais je n'ai plus grand-chose.

– La policière qui m'a donné sa carte, elle est là ?

– Non. Elle...

– Il faut que tu m'aides. Je promets de te rembourser !

– J'ai juste de quoi payer mon taxi, et j'ai un avion dans trois heures.

Le chauffeur du 4 × 4 klaxonna. Mirela lui fit signe de patienter puis se tourna vers Gabi en retirant lunettes et foulard. La peau autour de son œil était violette et sa pommette enflée jusqu'à la tempe.

– S'il me retrouve, il me tuera cette fois.

Investigadora Rafaela

Son portable vibra. Elle le sortit à moitié de sa poche et jeta un œil sur l'écran. C'était une nouvelle fois Gabi qui devait s'inquiéter de ne pas la voir revenir pour l'accompagner à l'aéroport. Pas le temps de lui répondre. Elle éteignit l'appareil et reprit ses jumelles.

Dans le camp, Jota-Cê avait réussi à s'approcher à couvert de la baraque du Libanais qui continuait sa visite guidée, mais un homme se tenait toujours devant l'entrée, seul cette fois, appuyé contre le capot d'un vieux pick-up. Jota-Cê fit passer son sac à dos devant lui et attendit, accroupi derrière une charrette à bras.

– On dirait qu'il veut à tout prix entrer chez le Libanais sans se faire remarquer. Pourquoi ?

Elle ne pouvait voir derrière elle Leidiane qui pointait son arme sur sa large nuque perlée de sueur en tremblant légèrement. Rafaela perçut une rumeur venant de l'extrémité du camp et y orienta ses jumelles.

Au loin, un mur de poussière s'élevait au-dessus de la route de terre. Il y avait des chevaux dans le coin ? Les hommes à l'entrée du camp s'affolèrent, certains couraient, d'autres vociféraient dans leurs téléphones.

– Qu'est-ce qu'il se passe encore ?

Elle ne remarqua pas que Leidiane ne lui répondait plus depuis un moment. Elle tourna la molette pour faire le point sur la route.

Ce n'étaient pas des chevaux, mais des Fiat de la *Polícia Militar*, des Mitsubishi Pajero de la *Polícia Federal*, et, fermant la marche, des fourgons Mercedes de la Globo, coiffés de paraboles de transmission satellite. Rafaela se redressa.

– La PM, les Fédéraux et la télé ! Tu comprends comme moi ? C'est un piège ! C'est ça la mission de Jota-Cê. Faire passer le Libanais et les sans-terres pour des dealers pour pouvoir les déloger. Il faut descendre les avertir avant que le gamin ne planque la drogue dans la baraque, sinon ça va très vite dégénérer.

Elle essaya de se lever en se tournant à moitié vers Leidiane.

– Aide-moi.

– Rassieds-toi, Tajès.

La voix de Leidiane était comme morte et c'était la première fois qu'elle l'appelait par son nom de famille. Rafaela blêmit en voyant l'arme qui la visait. Elle ne voulait pas croire à ce qu'elle pressentait pourtant depuis un moment. Pas elle, Dieu du ciel, pas Leidiane !

– Il va y avoir des morts là-bas !

– Et qu'est-ce que ça peut te foutre ?

Leidiane ne paraissait pas irritée, mais plutôt terrassée de fatigue.

– Tu les connais ces vagabonds ? Pourquoi tu veux toujours régler les affaires des autres ?

– Tu vas me tuer ?

– C'est ce qu'on m'a demandé de faire.

– J'espère qu'on te paie assez pour que tu puisses acheter un nouveau 4 × 4 de merde.

Elle avait essayé de mettre le plus de mépris possible dans sa voix, mais ses yeux étaient embués de larmes. Leidiane la regarda en crispant sa main sur la crosse du pistolet, mais elle finit par détacher ses menottes accrochées à son ceinturon.

– Donne-moi ta main droite.

– Si tu dois me tuer, fais-le, ne m'attache pas comme une chienne.

– Donne ta main, je t'ai dit.

Tout en continuant de la tenir en joue, Leidiane fit claquer une menotte sur le poignet de Rafaela, puis l'obligea à se pencher en avant, glissa la deuxième menotte sous le coude formé par une grosse racine affleurant du sol et lui emprisonna l'autre poignet. Rafaela se retrouva dans une position ridicule, agenouillée, son derrière pointé vers le ciel. Leidiane rengaina son arme, lui fouilla les poches, sortit son téléphone et l'envoya loin dans l'herbe.

– Je reviendrai quand ce sera fini. Et je te ferai partir. Très loin. C'est foutu pour toi ici. J'ai de l'argent de côté, ça t'aidera.

– Je ne veux pas de ton argent. Tu me dégoûtes.

– Je me suis dégoûtée moi aussi, au début. Mais avec le temps, on arrive à se faire à toutes nos saloperies.

Et elle disparut derrière les broussailles.

Rafaela se tourna vers le campement.

Le convoi venait d'arriver face à l'entrée.

Les véhicules prirent position en arc de cercle. Des policiers jaillirent, pistolets-mitrailleurs en main. Des membres du camp affluèrent et se massèrent derrière les barrières. Ils tenaient des pioches, des tuyaux de plomb et des machettes.

Rafaela secoua la tête, l'affrontement avait toutes les chances de se terminer en carnage. Que le Seigneur leur vienne en aide.

Investigadora Rafaela

Elle tirait sur les menottes, mais la racine résistait comme une barre d'acier scellée dans le béton. Des fourmis affolées couraient en tous sens, grimpant sur la racine, sur ses bras et sur ses jambes. Elle tira encore et sentit qu'elle allait se briser les poignets. Elle se tourna vers le camp et hurla, mais elle était trop loin. Elle bascula ses jambes sur l'avant pour s'asseoir. Malgré tous les plis de son ventre compressé, elle réussit à donner des coups de talon de son pied valide contre la racine semi-enterrée. Les chocs secouaient ses bras et lui entaillaient la peau des poignets, mais elle continuait de frapper avec furie en se remémorant le visage contrit de Leidiane. Oui, cette vendue l'avait épargnée, mais si Rafaela sortait de là, elle l'enverrait pourrir en prison. On ne risquait pas la vie de tant d'innocents pour s'acheter des bagnoles, Dieu du ciel ! Elle lui en voulait de l'avoir trompée, et surtout, de l'avoir déçue. Elle frappait sur la racine à coups de pied, mais en réalité elle frappait sur Leidiane, et sur elle-même qui avait cru en son amitié.

Crac.

La racine venait de se fendre sur un centimètre. Rafaela se déchaîna et finit par la désintégrer sous les coups. Elle avait mal aux poignets à cause des menottes, sa douleur à la cheville s'était réveillée, mais elle se leva, haletant comme une asthmatique, et dévala comme elle le put la pente vers le camp, en tombant tous les dix mètres.

Quand elle déboucha aux abords du terrain, elle discerna au loin les caméras montées sur trépied, braquées sur l'entrée, et les agents de la *Polícia Militar* qui se regroupaient en ordre serré. Personne ne l'écouterait si elle les rejoignait. L'assaut allait être donné, elle devait les devancer avant qu'ils ne défoncent les barrières, entrent dans le camp et découvrent la drogue. Elle claudiqua vers le grillage ceinturant le camp, entreprit de l'escalader, mais très vite son pantalon s'accrocha aux barbelés, comme sa chemise et la peau de ses bras. Elle parvint néanmoins au sommet, perdit l'équilibre à cause de ses mains menottées et s'effondra de l'autre côté comme un bloc de fonte. Elle se redressa en râlant contre sa condition physique déplorable – *si je m'en sors, j'arrête les burgers, la bière et les clopes, c'est juré.*

En traînant sa cheville vers les premières bâtisses, elle aperçut des hommes qui attelaient un cheval efflanqué à une carriole et leur cria d'avertir le Libanais qu'il avait été piégé. Mais ils ne réagirent pas, se contentant de toiser cette folle menottée couverte de terre. Une femme récupéra vite son linge étendu dehors et s'enferma dans sa baraque en briques. Rafaela secoua la tête : elle avait peur de quoi ? Qu'elle lui vole ses culottes ?

Des coups de feu retentirent au loin. Deux *caboclos* couraient pour rejoindre l'entrée du camp. Elle leur hurla de rester là, mais eux non plus ne l'écoutèrent pas. Elle s'enfonça dans une ruelle de terre battue, finit par trouver la maison du Libanais, contourna le Ford F 1000 mangé par la rouille garé devant et entra.

Debout devant le lit, Jota-Cê s'immobilisa, comme mis sur pause par une télécommande magique. Elle s'avança vers lui.

– Où tu as mis la drogue ?

Il sembla se réveiller, chercha une issue possible – il n'y en avait pas –, et se jeta sur la fenêtre fermée. La vitre éclata sous l'impact et il atterrit à l'extérieur sur un tas de briques. Ses genoux, ses coudes et son visage étaient entaillés, mais sous l'effet de l'adrénaline, il se releva d'un bond et se mit à courir. Rafaela chercha et trouva très vite la drogue, bêtement planquée sous le matelas.

– Qu'est-ce que tu fais là toi ?

C'était un des hommes du camp, celui qui se baladait torse et pieds nus.

– Je n'ai pas le temps de t'expliquer. Vous avez été piégés. Le Libanais va tomber pour trafic de drogue et le camp sera démantelé.

– Qu'est-ce que tu racontes ?

– Ne discute pas Iggy Pop.

– Je m'appelle Nelson.

– Je suis contente pour toi. Tu as de l'essence, Nelson ?

Il allait lui répondre d'aller se faire foutre quand il vit les menottes sur ses poignets. Il se méprit et lui sourit, complice :

– Quels enculés ces flics !

Il sortit de la maison et revint avec le bidon qu'elle avait entraperçu sur le plateau du pick-up garé dehors. Elle souleva le matelas et désigna les paquets de coke et de *maconha*.

– Fais brûler tout ça.

Elle entendit au loin le fracas des barrières enfoncées par les 4 × 4 de la police. Nelson versa l'essence sur la drogue et le matelas puis fit couler le reste en un ruisseau moiré jusqu'à la porte. Elle sortit avec lui, il gratta une allumette et mit le feu. Elle le félicita d'un pouce dressé et partit en boitant dans la direction prise par Jota-Cê. Nelson vérifia que le feu prenait bien, récupéra une machette dans le pick-up et courut vers l'entrée d'où retentissaient de nouveaux coups de feu.

Rafaela suivit les gouttelettes de sang répandues par Jota-Cê pendant sa fuite, mais elle perdit rapidement sa trace. Il s'était caché, ou alors ses saignements s'étaient arrêtés. Les coups de feu s'étaient tus, même si les sirènes de police continuaient de hurler dans une cacophonie stridente. Rafaela sentit derrière elle le souffle de l'incendie qui embrasait la baraque en adobe. Elle savait qu'elle brûlerait jusqu'au bout, les pompiers ne pourraient pas être là avant une heure au minimum. Plus de traces de la drogue, c'était au moins ça de gagné.

Elle aperçut les deux hommes qu'elle avait vus sortir de la baraque de Jota-Cê, certainement ceux qui lui avaient confié la came. Ils s'éloignaient vers l'autre extrémité du village à flanc de colline. Le plus âgé, habillé en treillis, tenait un calibre .38 à crosse argentée, le bras le long du corps comme s'il transportait un sac de courses. Ils disparurent derrière l'une des dernières habitations, ils allaient quitter le camp sans être repérés. Rafaela voulut les suivre, mais s'arrêta net.

Jota-Cê était assis par terre, adossé à une pile de tuiles rouges, et semblait parler seul. Elle s'accroupit près de lui et vit les trois impacts de balles. Le premier dans la joue, le deuxième dans le thorax, le troisième dans le ventre. Elle chercha son téléphone dans sa poche puis se souvint que Leidiane l'avait jeté dans les broussailles. Elle se leva pour aller trouver du secours mais Jota-Cê lui prit la main et essaya de se redresser.

– Isabel… faut que j'aille la chercher !

– Ne bouge pas mon grand.

Il eut un rire comme un hoquet.

– Vargas croyait qu'il m'avait eu ce *filho da puta* !

– Vargas ? C'est celui qui t'a donné la drogue ?

Il serra sa main avec toutes les forces qui lui restaient.

– Ils vont la tuer !

– Je m'en occupe, elle est où ?

– Elle s'appelle Isabel.

– Je sais. Elle est où ?

– Dans la cuisine du bordel.

– Lequel ? Dans le centre ?

– Non, le quartier de Pampulha. Rua Rubem Fonseca. Au 113. Pampulha. Rua Rubem Fonseca. Le 113 !

– Calme-toi, j'ai compris. Je reviens, essaie de ne pas t'agiter.

Mais il lui tenait toujours la main.

– Maman…

– Je ne suis pas ta mère mon grand. Et il faut que j'aille chercher un médecin.

– Maman, elle me disait toujours que j'étais…

Elle ne sut pas ce que lui disait sa mère. Jota-Cê poussa un soupir, comme s'il était ennuyé de ne pouvoir continuer. Et il mourut.

Gabi

– Tu peux arrêter d'ouvrir et de fermer ce frigo, s'il te plaît ?

Elle en avait assez de voir Mirela fouiller partout dans la cuisine.

– Quand j'ai peur, il faut que je mange. Mais il n'y a rien ici.

– Et tu crois vraiment que la nourriture va apparaître par magie parce que tu as ouvert une nouvelle fois le frigo ?

Gabi était en colère depuis son retour dans l'appartement de Rafaela. En premier lieu, elle avait eu du mal à convaincre le gardien de la résidence d'accepter de les laisser entrer. Elle lui avait répété qu'elle venait juste d'en partir, qu'il l'avait vue plusieurs jours chez Rafaela, mais il n'avait pas voulu l'écouter, s'abritant derrière le règlement intérieur de la résidence. Mirela s'était alors interposée avec ses hématomes et son regard de chiot abandonné. Le gardien avait alors fondu et était venu en personne leur ouvrir avec son double des clés. Une fois à l'intérieur, elle avait essayé plusieurs fois de joindre Rafaela, mais tombait toujours sur sa messagerie. Son avion partait dans une heure quarante-cinq. Il fallait près d'une heure pour arriver à l'aéroport. Que faire ? Laisser Mirela ici ? Tenter une nouvelle fois de changer son départ ?

Mirela parvint à dénicher un paquet de crackers et un pot entamé de confiture de pruneaux et s'installa devant la télévision en zappant comme une adolescente désœuvrée. Malgré la chaleur, elle s'était enroulée dans le drapeau du Brésil, comme si une simple étoffe pouvait la protéger du mal. Elle lui avait raconté que son fiancé jaloux l'avait frappée, qu'elle voulait repartir à Brasília, qu'elle avait besoin de l'argent que Gabi ne pouvait lui donner et qu'elle allait attendre le retour de la policière qui pourrait l'aider, elle.

Le portable de Gabi sonna. C'était enfin Rafaela. Elle décrocha.

– Justement, je n'arrivais pas à te joindre, il y a…

– Il faut que tu viennes m'aider Gabi. C'est urgent !

– Si c'est au sujet de Celso, tu peux laisser tomber.

– C'est pour autre chose, je t'expliquerai.

– Et mon avion ?

– Tu en prendras un autre, je paierai la différence. J'ai besoin de toi. Vraiment !

Gabi n'eut pas le temps de mentionner la présence de Mirela, nota l'adresse, changea de tampon et partit en disant qu'elle reviendrait le plus vite possible. Mais Mirela s'était endormie, roulée comme une chenille dans le drapeau vert, jaune et bleu.

Le garde du corps s'était enfui à pied dès que Gabi avait pris Mirela en charge, en leur laissant les clefs du Porsche Cayenne. Elle avala deux autres comprimés d'Ibuprofène, versa le reste dans le vide-poche central, avança le siège au maximum pour atteindre les pédales, programma le GPS et démarra. À la radio, un journaliste parlait d'un incendie dans un camp d'occupation illégale où avaient lieu des affrontements. Gabi changea de station. Une voix d'homme, éraillée et plaintive. Une chanson *sertaneja*.

« *E eu pensei que nunca ia te perder / Mas tudo que vejo faz lembrar você* (je croyais que je ne te perdrais jamais, mais tout ce que je vois me fait penser à toi) »

Paroles de merde. Elle éteignit.

Trente minutes plus tard, le GPS lui apprit qu'elle approchait de sa destination. En portugais, destination se disait « *destino* », qui signifiait aussi « destin ». Était-ce un bon ou un mauvais présage ? Elle ralentit en découvrant Rafaela appuyée contre sa voiture, les mains recouvertes par un sachet Hipermercado Extra. Elle était dans un sale état, habits sales et tailladés, visage et avant-bras éraflés.

– Qu'est-ce qu'il t'est arrivé ? Tu as été avalée par une tornade ?

– Trop long à raconter, on verra ça plus tard.

– Tu caches quoi sous ce sac ? Un flingue ?

Sans répondre, Rafaela grimpa dans le luxueux 4 × 4. Quand le plastique glissa, Gabi vit les menottes enserrant ses poignets. Rafaela haussa les épaules.

– Ça aussi je te l'expliquerai plus tard. J'ai retrouvé Isabel.

– Qui ?

– Une gamine disparue depuis plus d'un mois. Elle est prisonnière dans un bordel. Il faut qu'on aille la chercher.

– « On » ?

– Je ne peux plus demander à mes collègues. Je t'expliquerai.

– Ça va te faire beaucoup à expliquer.

– On prendra le temps. Mais plus tard. Là, il faut qu'on aille délivrer Isabel. Jota-Cê m'a dit que…

– Jota-Cê ? Comme Jésus-Christ ?

– Júlio Cesar. Arrête avec tes questions, on ne va jamais en finir. Je connais ce bordel, il est gardé par un seul vigile. Il faut que tu l'occupes pendant que je passe par-derrière pour récupérer la gamine.

– Et je l'occupe comment ? En lui faisant un tour de cartes ?

– Tu trouveras. J'ai juste besoin de dix minutes.

– C'est n'importe quoi Rafaela. Je ne suis pas Wonder Woman.

– Elle a quatorze ans. Son copain est mort en voulant la sauver. Et ils vont la tuer elle aussi si on reste là à papoter.

Rafaela avait avalé deux Ibuprofène et avait disparu dans une rue transversale, disant qu'elle lui enverrait un texto quand elle serait en position. Gabi n'arrivait pas à croire qu'elle ait accepté. Elle fit le tour du pâté de maisons et arrêta le 4 × 4 pour observer la longue rue.

Un homme était assis à l'ombre d'un arbre contre le mur d'une bâtisse anodine de deux étages au toit de tuiles sagement rangées. C'était ça le bordel ? Dans ce quartier résidentiel ? Elle avait oublié de demander si le vigile était armé. Certainement. Que pouvait-elle inventer pour attirer son attention ? Qu'elle réalisait un reportage sur les réseaux de prostitution ? Qu'elle cherchait une pharmacie ?

Et s'il s'en prenait à elle ? Il n'allait quand même pas lui tirer dessus ? Mais s'ils séquestraient une adolescente, ils devaient être prêts à tout, non ? Pourquoi n'avait-elle pas pris son avion ?

Ting.

Le message de Rafaela s'afficha sur l'écran. *« J'y suis. À toi de jouer. »*

Elle roula sur un mètre, stoppa de nouveau. À elle de jouer ? Comment ? Rafaela était dingue de croire qu'elle était capable de neutraliser un gardien de bordel, à coup sûr expert en combats de rue.

L'homme s'était penché en avant, intrigué par ce 4 × 4 arrêté plus loin en double-file, moteur allumé. Il se leva. Il devait mesurer deux mètres, son torse ressemblait à la carapace d'une tortue géante et sa tête à un bloc moteur de camion. Suspicieux, il s'approcha. Gabi n'avait plus le choix. Elle inspira à fond, enclencha le sélecteur sur *Drive* et accéléra. Et accéléra encore.

Le vigile se jeta au sol au dernier moment pour tenter d'éviter le Porsche Cayenne qui le percuta quand même avant de s'encastrer dans l'arbre dans un fracas de ferraille.

Investigadora Rafaela

– Elle a quatorze ans. Son copain est mort en voulant la sauver. Et ils vont la tuer elle aussi si on reste là à papoter.

Elle lui raconta l'essentiel et convainquit Gabi de l'aider. Elle prit deux Ibuprofènes, revérifia la configuration de la maison sur Google Maps et s'engagea dans une ruelle transversale, cachant comme elle le pouvait ses mains attachées. Elle atteignit l'arrière du bordel, examina le mur de clôture et ferma les yeux de découragement. Elle allait devoir grimper sur plus de deux mètres, avec ses quarante kilos de trop, sa cheville amochée, ses bras déchirés par les barbelés du camp et ces menottes qui broyaient ses poignets.

Elle repéra un tonneau au métal rouillé jusqu'à l'os, le poussa des mains et des genoux, et se hissa tant bien que mal dessus en priant Jésus, Marie et Joseph pour qu'il ne cède pas. Elle découvrit, bien entendu, des tessons de bouteilles cimentés sur le haut du mur. Elle tenta de les éviter, s'en planta quand même un dans l'avant-bras, et termina son ascension en suant comme une frite trop grasse. Elle s'accroupit entre les pointes acérées de verre, évita de trop penser, se signa et sauta en essayant de se faire la plus souple possible. Quand elle atteignit le sol, ses genoux claquèrent comme des coups de fouet. Elle contint avec difficulté la nausée qui l'envahit et récupéra sans bouger, recroquevillée dans la petite cour sentant la lessive. Sa cheville avait tenu, *graças a Deus*. Elle leva les yeux. Elle avait laissé du sang et son ADN sur le mur, sans compter la caméra qui avait dû la filmer.

Mais qui allait se plaindre ? Les tenanciers du bordel ?

Empêtrée par les menottes, elle composa un message sur son portable : *« J'y suis. À toi de jouer. »* en espérant que Gabi n'allait pas avoir peur et s'enfuir.

Deux très longues minutes passèrent. Puis elle perçut un grondement de moteur venant de la rue, suivi de cris et d'un choc sourd. Elle ne chercha pas à savoir ce que c'était, et entra dans la cuisine en faisant sursauter une jeune femme vêtue d'une robe très courte et de sandales à semelles compensées qui se renversa un Coca dessus, contempla les dégâts et soupira :

– Et bien entendu, je n'ai pas pris de rechange ! T'es qui toi ?

– Personne. Isabel est où ?

– Qui ?

– Quatorze ans, métisse, cheveux noirs, tresse blonde.

– Ah, la petite. Je croyais qu'elle s'appelait Priscila. On se connaît non ?

Rafaela avait eu la même impression en voyant ses tatouages, la fée clochette sur l'épaule et la superbe geisha à l'intérieur de sa cuisse bombée. Mais elle ne voulut pas savoir où elles s'étaient rencontrées.

– Elle est où alors ?

– Normalement elle travaille ici, dans la cuisine. C'est de vraies menottes que tu as aux poignets ?

Rafaela ne répondit pas, chercha autour d'elle, trouva un couteau de cuisine et se tourna vers la fille.

– Si tu dis que tu m'as vue, je reviens et je découpe ta jolie peau tatouée pour en faire un cerf-volant.

– *Maravilha*, j'ai toujours rêvé de m'envoler.

Et la fille lui fit un sourire rassurant avant de continuer :

– Pas de pitié, ni pour les proxos, ni pour les clients. Mais ne tue pas mes copines. Que Dieu t'accompagne.

Rafaela la remercia d'un signe de tête et ouvrit la porte. Le couloir sentait le nettoyant industriel. Il donnait sur quatre portes peintes du même beige que les murs. Toutes verrouillées. De la musique s'échappait du salon du fond aux murs carrelés. Elle serra le manche du couteau et s'avança. Une fille maigrichonne en leggins et cache-cœur pailleté dormait sur un sofa, devant un clip de Nicki Minaj diffusé sur un écran Sony. Sur la droite, un autre couloir, un escalier étroit et la salle qui servait de bar, vide et lumières éteintes. Il n'était que quatorze heures, pas encore une heure d'affluence.

En surveillant les deux couloirs, Rafaela réveilla la fille en tapotant le pied nu qui dépassait du canapé. Elle ouvrit un œil ennuyé, découvrit Rafaela, fit un sourire, mais le regard noir de Rafaela réfréna son enthousiasme naissant.

– Isabel ? Elle est où ?

– Qui ?

– Tu ne vas pas me faire ce coup-là toi aussi ? Elle est où la petite Isabel de la cuisine ?

La fille écarquilla les yeux pour mieux se réveiller, remarqua enfin le couteau de cuisine, puis les menottes, et se tassa au cœur du sofa comme si elle pouvait se fondre entre les coussins. Impatiente, Rafaela fit briller la lame dans la lumière bleutée de la télévision.

– Alors ? Isabel ?

La fille désigna l'escalier d'un doigt tremblant. Rafaela pointa la lame vers elle.

– Tu ne bouges pas de là.

Mais dès que Rafaela lui tourna le dos, elle descendit sans un bruit du canapé et disparut comme une poussière soufflée par le vent.

En haut des marches, un couloir éclairé par des néons donnait là aussi sur quatre portes. Les trois premières étaient ouvertes sur des chambres simples et propres avec un lit, une télé et une salle d'eau équipée d'une douche. La dernière porte était fermée. Rafaela colla son oreille et entendit les pleurs étouffés d'une fille et la voix d'un homme :

– C'est trop serré ? Tu vas t'habituer *amorzinha*...

Rafaela tenta de tourner la poignée sans bruit. Fermée à clé. Derrière, l'homme se mit à rire :

– Alors, tu choisis lequel ?

Les gémissements assourdis redoublèrent. Rafaela recula, souleva sa jambe non blessée et balança son pied sous la poignée. La porte s'ouvrit en claquant contre le mur.

Isabel était nue, allongée sur le lit, bâillonnée, les mains attachées au-dessus de sa tête par une ceinture. Accroupi entre ses jambes écartées, le plus jeune des deux hommes qui avaient confié la drogue à Jota-Cê, celui avec les cheveux orange, étalait un éventail de godemichés en silicone noir nervuré. Surpris par l'entrée de Rafaela, il mit une seconde de trop pour se lever et se jeter sur son pistolet posé sur la table de nuit. Elle fut sur lui avant qu'il ne puisse s'en emparer. Elle lui passa ses mains menottées au-dessus de la tête, puis sous son menton et tira vers elle. Il tenta de se débattre, mais la chaîne était trop bien arrimée sur sa gorge. Elle serra en comprimant la carotide, et en quelques secondes, réussit à l'évanouir. Elle le coucha sur le sol, se précipita sur la gamine, défit le bâillon et la ceinture, récupéra ses habits au pied du lit et les lui tendit tout en surveillant l'homme inanimé.

– Isabel, je m'appelle Rafaela. Je suis de la police. Il faut faire vite, mais tout va bien se passer.

Ce n'était pas si sûr. Des visages apparurent dans l'entrebâillement de la porte, ceux des filles alertées par le remue-ménage et d'une vieille femme qui se mit à hurler :

– Qu'est-ce que tu as fait à Zika ?

Elle se tourna vers une des filles.

– Va chercher *Trator* !

Rafaela entraîna Isabel qui n'avait pas fini de s'habiller. La vieille tenta de les arrêter mais se ratatina contre le mur à la vue du couteau, et elles dévalèrent l'escalier. D'autres filles sortirent des chambres du rez-de-chaussée. Deux clients aussi, le premier effrayé, le deuxième râlant d'avoir été interrompu. Rafaela et Isabel les dépassèrent en courant. Au bout du couloir, Rafaela entrouvrit la porte d'entrée. Pas de vigile, la voie était libre. Elle sortit, entraînant Isabel. Et elle s'arrêta, interloquée.

L'avant du Porsche Cayenne était encastré dans un arbre noir. Des voisins curieux en faisaient le tour, certains filmant avec leur portable. Assis par terre, le vigile tenait son genou en pleurant. Et Gabi n'était plus là !

Les épaules de Rafaela s'affaissèrent. Comment allait-elle partir d'ici, avec une gamine terrifiée, des menottes aux poignets et une vieille maquerelle qui avait dû appeler des renforts ?

Mais elle vit Gabi qui revenait du stand d'un vendeur ambulant. Elle tenait un sac de glaçons qu'elle tendit au blessé avant d'apercevoir Rafaela et Isabel, et de leur sourire.

– J'ai abîmé le gros méchant. Appelle-moi Wonder Woman.

Elle se dépêcha d'ouvrir la portière du Porsche et mit le contact. Le 4 × 4 recula, se décollant de l'arbre avec un bruit de succion. Rafaela fit monter Isabel à l'arrière. Elle allait s'installer à l'avant quand le *malandro* aux cheveux orange jaillit du bordel. Il titubait, les yeux vitreux, son arme à la main. La maquerelle déboula derrière lui et cria :

– Non Zika ! Pas dans la rue !

Il ne sembla pas l'entendre, pointa le pistolet à l'horizontale comme dans les mauvais films de gangsters et se mit à tirer. Les voisins se jetèrent au sol, le vigile rampa derrière l'arbre en geignant, Rafaela sauta à l'intérieur du 4 × 4 que Gabi fit bondir en accrochant deux voitures en stationnement. Leurs alarmes se déclenchèrent. Zika continua de tirer comme un halluciné. Une balle s'incrusta dans l'aile du Porsche. Gabi accéléra, faillit rater un virage, s'accrocha au volant et tourna dans la première rue. Puis dans une autre. Et dans une autre encore.

Elle vérifia dans le rétroviseur. Personne. Elles étaient sauvées.

Rafaela se tourna vers Isabel, sur la banquette arrière. Blême, la gamine serrait contre sa petite poitrine le tee-shirt qu'elle n'avait pas eu le temps d'enfiler. Assis à côté d'elle, Thiaguinho souriait en caressant le cuir raffiné de la banquette.

– Je vais m'en acheter un moi aussi de Porsche Cayenne. Ou alors je l'offrirai à ma fille pour son mariage. Son fiancé a été élu *vereador*, conseiller municipal. Tu imagines les contrats que je vais décrocher ? Tu l'as fait exprès de te faire tirer dessus ? Dans le ventre en plus ! Tu voulais la même blessure que moi, c'est ça ? C'est réussi.

Rafaela baissa le visage. Sa chemise était trempée de sang, pourtant elle ne ressentait rien, juste la tête vide, comme quand elle avait trop bu. Ce ne devait pas être grave. Gabi suivit son regard et s'affola.

– C'est quoi l'hôpital le plus proche ?

– Non, pas d'hôpital, trop dangereux. On doit mettre Isabel à l'abri.

– On le fera après, il faut te soigner d'abord.

– Pas d'hôpital je te dis. Ils signaleront ma blessure, et il y a peut-être d'autres flics mouillés dans cette histoire. *Meu Deus*, ça commence à faire mal.

– On va s'arrêter dans une pharmacie et…

– PAS DE PHARMACIE, PAS D'HÔPITAL, PAS DE TOUBIB !

– C'est bon, calme-toi. On va où alors ? Rafaela… ? Rafaela ?

L'*investigadora* Rafaela Tajès ne lui répondit pas. Sa tête avait basculé sur sa poitrine et elle ballottait, inerte, au gré des mouvements du 4 × 4.

Gabi

Cette fois, quand il aperçut le visage guerrier de Gabi, le gardien de la résidence la laissa entrer sans poser de problèmes. Elle n'attendit pas l'ascenseur, grimpa les marches quatre à quatre, ouvrit la porte et fonça dans sa chambre pour récupérer ses affaires et son passeport. En repassant dans le salon, elle aperçut Mirela, qu'elle avait totalement oubliée. Toujours roulée dans le drapeau brésilien, elle lui souriait.

– Tu as réussi à me trouver de l'argent ?

– Désolée ma belle, j'avais d'autres urgences.

Mirela perdit son air enfantin et se leva du canapé.

– Comment je vais pouvoir m'en sortir d'après toi ? Il va se venger. Il faut que je quitte Béaga !

– Moi aussi. Tu peux venir avec nous si tu veux.

– C'est qui « nous » ?

Les yeux mi-clos, Rafaela délirait en murmurant des paroles incompréhensibles. Il fallait se dépêcher de la soigner.

Mirela contourna le Porsche par l'avant, vit la calandre enfoncée et se tourna vers Gabi.

– Le *Capitão* ne va pas être content.

– Et tu m'en vois effondrée. Tu sais programmer un GPS ?

– On va où ?

– Chez ton frère.

Curieuses, les chèvres s'approchèrent. Les plus jeunes se grimpaient les unes sur les autres et tentaient de bondir par-dessus l'enclos pour mieux voir le 4 × 4 qui se garait sur le terre-plein herbeux. L'employé chargé du moulage, alerté par les aboiements des trois rottweilers qui tiraient sur leur chaîne à l'entrée de la propriété, sortit sur le pas de la porte de la fromagerie. Dès qu'il vit les portières s'ouvrir sur trois paires de jambes féminines, il retira sa charlotte en tissu et se recoiffa en vitesse.

– *Oi, tudo bem* ? Vous vous êtes perdues ?

– Non. Flávio est là ?

Il était là, et surtout furieux de revoir Mirela. Qu'avait-elle encore inventé pour se faire conduire jusqu'ici ? Et que voulait-elle ? De l'argent, à tous les coups ! Il n'en avait pas ! Et il ne voulait pas d'une embrouilleuse chez lui, elle allait semer le chaos !

Mirela secoua la tête, il se plaignait encore le pauvre saint martyr ? Toujours à se faire passer pour une victime et à pleurnicher. Flávio s'apprêtait à répliquer quand Gabi s'interposa :

– Vous fêterez vos retrouvailles une autre fois.

Elle ouvrit la portière sur Rafaela affaissée sur le siège, le devant de sa chemise noir de sang. Flávio recula en levant les mains en l'air, les paumes bien en évidence : ah non non non, il ne voulait pas être mêlé à ça ! Qu'elles la conduisent à l'hôpital !

Gabi ne l'écouta pas et demanda un coup de main à Isabel et à l'employé en bottes pour sortir Rafaela du 4 × 4. Flávio soupira avant de finalement leur venir en aide.

Il s'appelait Artur. Sans *h*, avait-il précisé avec coquetterie. Il avait entre trente et cent trente ans, Gabi n'arrivait pas à le déterminer. Il paraissait mal assemblé, un buste tonique sur des jambes décharnées, un visage fané orné d'un appareil dentaire d'adolescent et des bras poupins terminés par des mains striées de veines comme une carte routière.

Flávio lui faisait confiance, Gabi pas du tout.

Artur examina la blessure de Rafaela – une seule balle, entrée sous les côtes flottantes, sortie dans le dos – et déclara que c'était bénin. Elle avait été sauvée par sa taille, le projectile n'ayant transpercé que de la masse graisseuse. Mais elle avait perdu beaucoup de sang et son corps aurait besoin de temps pour se remettre du choc traumatique dû à la traversée de la balle. Il désinfecta les plaies, les recousit avec une aiguille de tanneur et du fil de pêche, et prépara une concoction de plantes sentant le fumier pour faire tomber la fièvre. Puis il enduisit d'un onguent épais comme du mastic ses avant-bras écorchés par les tessons de bouteilles et ses poignets endommagés par les menottes que Flávio avait réussi à cisailler. Artur contempla son œuvre d'un œil satisfait et partit examiner une chèvre qui refusait de manger depuis deux jours.

Gabi n'était pas tranquille, la visite de ce rebouteux qui n'arrêtait pas de sourire, sans doute fier de ses bagues dentaires, ne suffisait pas à la rassurer, Rafaela serait mieux dans un hôpital. Mais Rafaela avait raison, elle n'y serait pas à l'abri sans savoir quels autres policiers pouvaient se cacher derrière le piège tendu au Libanais.

Elle observa un long moment la flic qui dormait, immobile, comme morte, emplissant le lit comme un éléphant de mer sur son rocher, puis sortit de la chambre.

Dehors, elle aperçut Isabel qui pianotait sur son smartphone, parlait, puis composait à nouveau le numéro et raccrochait avec irritation. L'adolescente finit par balancer le portable dans les broussailles servant de haie entre la ferme et les pâturages. Mais elle se ravisa et se mit à quatre pattes pour partir à sa recherche.

Quand Gabi la rejoignit, Isabel était assise dans l'herbe et nettoyait le Samsung couvert de terre.

– Tu fais des tests de résistance ?

– Je n'arrive pas à joindre mon copain. Il est toujours sur messagerie ce *safado* !

Gabi perdit son sourire. Isabel parlait de Júlio Cesar, le Jota-Cê évoqué par Rafaela. Il allait falloir lui annoncer sa mort. Comment ? Elle se souvint de sa première rencontre avec Rafaela et de la froideur implacable avec laquelle cette dernière lui avait assené la nouvelle : « *Celso est mort.* » Sa vie avait basculé avec ces trois mots glacés. Il existait certainement un moyen d'enrober la chose, une phrase plus acceptable, moins cruelle et définitive.

Intriguée, Isabel la dévisageait en souriant.

– Pourquoi tu fais cette tête ?

– Jota-Cê est mort.

Voilà. Elle avait fait pareil, utilisé les mêmes mots tranchants comme des scalpels. Peut-être n'y avait-il pas d'autre solution que le choc brutal. Mais Isabel écarquillait les yeux comme si elle lui avait parlé dans une autre langue. Gabi lui expliqua qu'elle ne connaissait pas tous les détails, mais elle savait que Jota-Cê s'était démené pour la sauver, et que c'était d'ailleurs grâce à lui qu'elles avaient pu la libérer.

– Je suis désolée.

Encore une phrase bien pourrie.

Isabel la fixait toujours. Puis elle s'évanouit. Gabi la récupéra *in extremis* entre ses bras. Merde ! Elle tourna la tête dans tous les sens pour chercher de l'aide, en espérant qu'Artur, le rebouteux, était encore dans les parages.

Gabi

Elle avait trouvé les coordonnées des parents d'Isabel dans le Samsung. Ils étaient arrivés moins de deux heures plus tard, en même temps qu'une pluie violente. La mère avait enveloppé sa fille dans ses bras comme une femelle grizzli, et rien ni personne n'aurait pu l'en déloger. Le père, Anastasio, s'était précipité au chevet de leur ange-gardien, Rafaela, qui avait retrouvé sa fille comme elle l'avait promis. Il l'ausculta longuement. En cinquante ans de favela, il avait vu plusieurs blessures par balle et il rassura Gabi : Rafaela n'aurait pas été mieux soignée dans un hôpital. Il lui fallait simplement quelques antibiotiques et du repos, beaucoup de repos.

Gabi lui raconta le sauvetage mouvementé de sa fille et Anastasio comprit qu'il était préférable de ne plus revenir à Belo Horizonte. Quelques appels téléphoniques plus tard, la solution était trouvée : ils allaient se réfugier à Fortaleza, à 2 300 kilomètres de là dans le nord du pays, chez un de ses anciens protégés qui y avait monté une structure d'accueil pour enfants des rues.

Gabi réalisa soudain qu'elle était entourée d'orphelins. Isabel, Mirela, Flávio, en plus d'elle-même. Elle s'était souvent demandé si le fait de grandir sans parents poussait à une vie nécessairement lamentable. John Lennon s'en était plus ou moins sorti, comme Steve Jobs, Jean-Sébastien Bach ou Harry Potter. Mais ces enfances désastreuses laissaient des traces. Isabel s'était entichée d'un pauvre *loser* aux plans foireux. Mirela s'était mariée à un type ennuyeux avant de se fiancer à un autre, violent, qui avait l'âge d'être son père. Et Flávio vivait seul, apparemment aigri, avec pour seuls compagnons des chèvres, un bouc et trois chiens irascibles. Quant à elle ? Ce n'était pas mieux. Elle avait suivi au bout du monde un menteur qui la droguait pour pouvoir rejoindre sa frangine adorée. Nul besoin de lire des tonnes de livres de psychologie pour comprendre – et c'était là le vrai point commun entre Isabel, Mirela et elle – qu'abandonnées dans leur enfance, elles avaient développé un besoin obsessionnel d'être désirées, peu importe si c'était par un abruti ou par un nuisible.

Les parents d'Isabel étaient repartis avec leur fille, Rafaela dormait, Flávio s'occupait de la traite de ses chèvres et Mirela était invisible. Gabi ouvrit la fenêtre du salon, intriguée par un grondement lointain. Deux points lumineux se déplaçaient dans le ciel noir. Un avion. Peut-être celui qui aurait dû la ramener en France. Elle appela l'aéroport. Ils furent aimables, mais inflexibles. Non, son billet perdu ne lui serait pas remboursé. Non, il n'y avait plus aucune place de libre pour l'Europe, quelle que soit la classe, tous les prochains vols étaient complets, on était tout de même à moins de 48 heures du réveillon de fin d'année. Oui, elle pouvait être sur liste d'attente, mais il y avait peu de chances pour qu'elle puisse embarquer avant plusieurs jours.

Elle raccrocha et il se remit à pleuvoir. Ne pouvait-elle avoir au moins une bonne nouvelle ? Elle attrapa un ciré et des bottes en plastique, trop grandes bien sûr, et partit faire le tour de la propriété noyée par les trombes d'eau. « *Rien de tel que le grand air pour se rebooster* », lui avait dit Boscovitch, le manager du centre. Quand était-ce ? Un million d'années en arrière, certainement.

– On en produit trois sortes. Deux traditionnels, le « Minas » et le « Ricotta », et un troisième que le patron appelle « Boursin », c'est avec de l'ail, j'aime pas, et pourtant ça se vend très bien dans les grands restaurants de Béaga, comme O Vecchio Sogno ou O Glouton. Tu dois connaître non ?

Gabi s'était dissimulée derrière la porte entrebâillée de la pièce d'affinage et elle observait Josué, le jeune employé de la fazenda, face à Mirela qui souriait comme un soleil et voulait essayer tous les fromages. Elle était *totalement* d'accord avec Josué, le Boursin avait un goût horrible. Elle lui affirma qu'elle ne connaissait pas les restaurants dont il parlait, cela faisait des mois qu'elle ne sortait plus, elle avait été séquestrée par un malade mental qui la battait, et personne n'avait eu le courage de l'aider. Elle était seule. Sans amis. Abandonnée.

Gabi sourit en voyant le regard de chaton en quête d'adoption que Mirela lançait à un Josué au cœur déjà chaviré. Cette fille mentait avec un aplomb superbe, Gabi ne se faisait aucun souci pour elle, elle allait s'en sortir. Elle s'éloigna, mais il pleuvait trop maintenant pour continuer sa balade.

La fièvre de Rafaela était remontée. Elle réussit à lui faire prendre ses antibiotiques avec quelques cuillérées de bouillon et changea ses pansements, revoyant à cette occasion le tatouage à l'intérieur de l'épaule, la croix noire entourée d'une série de chiffres. Ce n'était peut-être pas un verset de la Bible. Une date alors ? Et n'était-ce pas un T plutôt qu'une croix ? Et qui serait ce T ? Un amour perdu, déçu, trahi ?

Rafaela geignait dans son sommeil en repoussant des ennemis qui l'assaillaient en nombre. Gabi lui tint les mains pour qu'elle se calme, examinant ses doigts boudinés. Une cantinière dans le premier foyer où elle avait échoué possédait les mêmes mains, épaisses comme des moufles. C'était une femme bourrue qui gardait tout le temps un air furibond, mais qui lui refilait en douce des carrés de chocolat et des échantillons de crèmes de beauté trouvés dans des magazines.

La chambre sentait l'écœurante infusion du rebouteux. Gabi se dit que si la fièvre montait encore, elle appellerait une ambulance, tant pis pour les risques.

Soudain lui revint en mémoire la voix de la diseuse de bonne aventure qu'elle était allée voir sur un coup de tête. Irmã Jurema lui avait parlé de l'archange Raphaël, « Dieu guérit », que l'on pouvait invoquer avec une prière. Ébahie, Gabi sut qu'elle en connaissait toutes les paroles, alors qu'elle aurait juré ne pas l'avoir écoutée. Elle s'approcha de Rafaela, se pencha sur elle et murmura :

– Ficai conosco, ó arcanjo Rafael, chamado Medicina de Deus. Afastai para longe de nós as doenças do corpo, da alma e do espírito, e trazei-nos saúde e toda a plenitude de vida prometida por Nosso Senhor Jesus Cristo. Amém.

Elle secoua la tête. C'était ridicule. Et pourquoi ne pas agiter des clochettes et marcher sur des braises pendant qu'elle y était ?

Elle serra les mains de Rafaela dans les siennes sans remarquer les deux frêles silhouettes installées à même le sol, chacune dans son coin de la pièce.

Naïma et Thiaguinho se lancent de brefs coups d'œil d'écureuils craintifs. Naïma sait qu'elle est là pour surveiller Gabi, et Thiaguinho, Rafaela, mais ils ne peuvent s'empêcher d'échanger des regards, plus tout à fait hostiles, mais pas encore complices.

Une heure plus tard, la fièvre de Rafaela tombait, la pluie s'arrêtait et la compagnie aérienne TAM appelait. Ils avaient eu un désistement, si Gabi le désirait, et si cela ne la dérangeait pas de passer le réveillon dans un avion, elle pouvait avoir une place dès le lendemain. Départ en début d'après-midi, deux escales, Brasília et Salvador de Bahia, trois heures d'attente à chaque fois, puis vol de nuit pour Paris.

Elle accepta. Le débit sur sa carte bleue dont ils avaient encore les coordonnées ne posa aucun problème. Et c'était presque la fin de ses règles. Un coup de pouce de l'archange Raphaël ? Elle avait vérifié sur Google, il était aussi le saint patron des voyageurs. Merci, Raph.

C'était donc sa dernière soirée au Brésil. Elle s'installa dans la véranda pour contempler le ciel austral, avec ses étoiles inconnues et son quart de lune inversée qui tentait d'échapper aux nuages. L'herbe sentait bon, comme un gâteau qui sort du four. Au loin, quelques chèvres bêlaient en chœur et un souffle de vent caressait le feuillage des *umbuzeiros*. Gabi ne comprenait pas pourquoi elle se sentait si bien. Tout aurait dû lui déplaire, la campagne, son amie malade et les questions sur la mort de Celso restées sans réponse, mais l'air doux qui baignait la nuit lui faisait l'effet d'une berceuse. Elle pensa à *Bride Stories*, le manga de Kaoru Mori, qui racontait la vie de paysans d'Asie centrale au dix-neuvième siècle. Une culture étrange, différente, et pourtant une vie simple et naturelle. Comme un rêve insensé.

Mais un bref froissement d'étoffe l'immobilisa et les battements de son cœur affolé résonnèrent jusque dans sa gorge.

Elle attendit, sans bouger…

Un autre bruissement soyeux.

Cela ne faisait plus aucun doute, c'était le même son répugnant de parapluie mouillé qu'on secoue. Celui de ses cauchemars.

– Ce ne sont que des *morcegos*, des chauves-souris.

Flávio s'assit près d'elle avec deux bières. Il lui en tendit une, mais elle ne bougeait toujours pas, en alerte. Il leva un sourcil amusé.

– Ne me dis pas que tu en as peur ?

– Je ne vois pas ce qu'il y a de drôle. Des rats avec des ailes, ça dégoûterait n'importe qui.

– En fait, ce sont des animaux très intelligents. Par exemple, elles connaissent le deuil et peuvent rester plusieurs jours à veiller leurs morts. Comme nous, comme les primates et les éléphants.

– Les éléphants ne te sucent pas le sang.

– Elles non plus. Elles mangent surtout des insectes. Du sang d'oiseau, à l'occasion. Elles sont bien moins dangereuses que les humains. Tu sais que pendant la Seconde Guerre mondiale, les Américains avaient voulu s'en servir comme armes ? Ils avaient projeté de les larguer à l'aube dans des conteneurs, après les avoir équipées de bombes incendiaires à retardement. Arrivées au sol au moment du lever du soleil, elles seraient allées se cacher de la lumière sous les toitures en bois des maisons japonaises. Et là, boum.

– Ça n'a pas marché ?

– Le temps que le système soit mis au point, la guerre était finie. Grâce à Dieu, et heureusement pour elles.

– Et pour les Japonais. On en apprend des choses en faisant du fromage de chèvre.

– Je ne dors que trois heures par nuit. Le reste du temps, je regarde Wildlife Channel.

Elle accepta la bière et en but une gorgée en l'observant. Sous le peu d'éclairage, il ressemblait plus encore à Celso. Mais un Celso plus tassé, les épaules certainement voûtées pour supporter le malheur du monde.

– Pourquoi tu lui en veux tant, à Mirela ?

Il vida sa bière, s'essuya la bouche avec sa manche et glissa la canette vide dans une des nombreuses poches de sa veste élimée.

– Quand on était ados, Klebber, Celso et moi, on était amoureux d'elle. Elle le savait bien sûr et elle nous mettait en concurrence, avec des défis. Pour elle, on s'est fait tatouer, on s'est battus, entre nous ou avec d'autres du quartier, et on a cambriolé les maisons de tous nos voisins pour lui offrir des chaussures, des places de cinéma, et surtout du parfum. Elle adorait les parfums.

– Je croyais que vous la considériez comme votre sœur ?

– C'est ce qu'elle est devenue quand on a compris qu'on ne l'aurait jamais. Et c'est ce qu'elle cherchait depuis le début, comme ça elle restait libre et elle était protégée en cas de problème. Mais entre-temps, Dieu nous avait punis en sonnant la fin de notre fratrie. Klebber avait fait ses premiers séjours en prison, moi je m'étais brouillé avec Celso, et Celso avait provoqué le *Capitão*.

– L'ancien militaire.

– Oui. Mirela a toujours voulu être riche, et lui, il l'était.

– C'est le *Capitão*, le responsable de la mort de Celso ?

– C'est possible. Un crime de plus, ça ne changera pas grand-chose pour lui au jour du Jugement dernier. Dieu se chargera de lui.

– Tu crois vraiment ?

– Bien sûr. Pas toi ?

– Ça serait trop facile si un dieu quelconque existait pour réparer toutes nos saloperies.

– Ne croire en rien ne te rend pas la vie atroce ?

– Je me rassure en essayant de profiter de cette existence-là.

– Je ne pourrais pas vivre sans espoir.

– L'espoir de quoi ? Je ne me souviens que d'une seule phrase de toute mon année de philo au lycée, celle d'un écrivain français, Voltaire : « *Nous sommes des victimes condamnées toutes à la mort ; nous ressemblons aux moutons qui bêlent, qui jouent, qui bondissent, en attendant qu'on les égorge.* »

– Et tu trouves que c'est suffisamment rassurant pour ne pas avoir besoin de Dieu ?

Elle voulut dormir dehors et Flávio lui confia une lampe-torche, au cas où elle aurait encore peur des petites chauves-souris. Elle vérifia que Rafaela allait bien, puis se coucha dans le hamac de la véranda. En se balançant, elle cherchait la lune derrière l'avancée du toit, mais les nuages s'en étaient emparée et la gardaient pour eux seuls.

Un craquement brisa le silence.

Ce n'étaient pas les chauves-souris cette fois. Les chiens ? Non, ils étaient trop loin. Flávio aux prises avec une insomnie ? Non plus, elle entendait au loin la télévision. Mirela ? Elle dormait dans sa chambre.

Elle alluma la torche et promena son faisceau sur la haie, les arbres et le chemin herbeux.

Celso se tenait devant le mur de la fromagerie.

Elle soupira, elle en avait assez de ce connard de fantôme. Il se prenait pour Patrick Swayze dans *Ghost* ? Il attendait quoi ? Qu'elle se mette à la poterie ? Elle ne voulait plus le voir.

Elle allait éteindre la lampe quand Celso s'avança en boitant. Il buta sur une racine et se rétablit en jurant tout bas. Les chiens aboyèrent, mais il siffla pour les faire taire. Ils obéirent.

Ce n'était pas une vision. C'était vraiment Celso. Impossible. Et pourtant, il était bien là, devant elle.

Vivant!

V

ACCEPTATION

« In the end, we all come from ∞ what's come before »
(tatoué sur le bras droit de Dave Grohl, leader des Foo Fighters)

Capitão

Des barbelés écrasés, une barrière tordue, une tong abandonnée.

Une jeune journaliste marche à reculons parmi les débris, l'air de s'aventurer dans les ruelles effondrées de Mossoul.

Elle fixe la caméra, regard grave, micro contre la bouche, détachant bien ses syllabes : « Les heurts entre les forces de police et les membres de l'association des sans-terres viennent de s'achever. Malgré les rumeurs de trafic de drogue, il n'y a eu jusqu'à présent aucune arrestation. Toutefois… »

Une tache de sang dans la terre. Zoom avant, très gros plan : « … le corps d'un adolescent de dix-sept ans, Júlio Cesar de Melo… »

Un sac mortuaire transporté jusqu'au fourgon de police : « … tué de trois balles de calibre .38, a été découvert près des décombres d'une maison incendiée… »

Yeux plissés de la journaliste : « Ce meurtre, pour l'instant inexpliqué, semble avoir renforcé la détermination des occupants illégaux de São Izidoro. Nous avons pu rencontrer leur porte-parole, Tobias Haddad… »

Plan rapproché du Libanais, affligé : « Júlio Cesar était un garçon prometteur dédié à notre cause, sa mort est une ignominie, il faut punir les responsables de ce crime. Plus que jamais, ces terres, nos terres... »

Le flacon de parfum La vie est belle fracassa l'écran de télévision. Un grésillement, et l'image mourut.

Le *Capitão* était assis sur la moquette. Autour de lui, les meubles étaient renversés, tous les flacons brisés et les robes de Mirela sorties des placards, jetées au sol et lacérées. Il souleva ses mains sans arriver à les voir. La moitié de son corps était engourdie, il avait envie de vomir, il avait envie de s'étendre et de se laisser aller. Mais il se maîtrisa et hurla :

– LEIDIANE !

La jeune policière devait attendre derrière la porte car elle apparut dans la seconde. Le *Capitão* parla avec une voix blanche si basse que Leidiane dut se pencher pour l'entendre :

– Le feu, c'est ta copine *sapatão* qui l'a mis ?

– Non, je l'avais neutralisée. Elle n'a rien à voir avec ça.

– Qui a prévenu le Libanais alors ?

– Je ne sais pas. Pas elle en tout cas.

– ALORS QUI, BORDEL DE DIEU ?

Il se prit la tête entre les mains comme si une dague d'argent fouraillait dans son crâne.

Leidiane ne savait que faire, et l'odeur de tous les parfums mêlés lui donnait l'impression d'être ivre. Devait-elle attendre une prochaine question ? Aller chercher Vargas ? En profiter pour s'éclipser ?

Elle fut sauvée par l'apparition de Zika. Essoufflé, il arborait une écharpe noir et blanc de l'Atlético Mineiro pour cacher les hématomes sur son cou et il souriait comme s'il venait de gagner au *jogo do bicho.*

– Je l'ai retrouvé !

Trop faible pour rester debout, le *Capitão* s'était assis sur les sacs de houblon et gardait les yeux mi-clos en tenant ses deux chiens en laisse. Face à lui, à genoux, Crisóstomo, le garde du corps de Mirela, mains attachées dans le dos par des colliers de serrage, regardait le sol du hangar. Le *Capitão* chuchotait comme si le son de sa propre voix pouvait lui labourer le cerveau.

– Pour la seconde et dernière fois : où est Mirela ?

Crisóstomo dut fournir un effort gigantesque pour entrouvrir ses lèvres scellées par la terreur :

– Je... ne sais pas.

Le *Capitão* donna du mou aux laisses et les chiens bondirent. Crisóstomo paniqua :

– Attendez !

Retenus par le *Capitão*, les chiens s'arrêtèrent à vingt centimètres du visage de Crisóstomo qui déglutit.

– Je ne sais pas où elle est *maintenant*. Mais je peux vous donner l'adresse où je l'ai laissée.

Quand il l'indiqua, Zika alluma son smartphone pour chercher sur Google Maps, mais Leidiane avait blêmi et le *Capitão* s'en était aperçu. Il la questionna d'un haussement de sourcils. Leidiane s'approcha pour répondre à voix basse :

– C'est... l'adresse de mon amie. La policière. Je ne comprends pas comment elle...

Le *Capitão* poussa un hurlement de bête blessée qui la fit taire. Il ouvrit la main et laissa filer les laisses en cuir en lâchant un seul mot murmuré : « *Pega.* » Princesa sauta à la gorge de Crisóstomo et Tyson planta ses crocs dans son ventre. Deux geysers de sang giclèrent. Le garde du corps se débattit en hurlant, mais les chiens ne le lâchaient plus.

Vargas et Leidiane aidèrent le *Capitão* à se lever et le guidèrent vers la sortie. À la fois épouvanté et aux anges, Zika resta dans la brasserie pour voir Crisóstomo se faire déchiqueter par les deux monstres.

Celso

La chaleur est pesante, j'ai perdu l'habitude en France. Je règle la climatisation de la chambre d'hôtel sur 22 degrés, Gabi dormira mieux. D'ailleurs, elle coule déjà vers le lit, même si ses mains se tendent mollement pour m'attirer à elle. J'en profite pour la coucher. Elle ferme les yeux, je l'embrasse, elle sourit et s'endort. Je nettoie les traces du comprimé d'Hidroxizina dans son verre. Je vérifie à nouveau. Elle dort sans bouger. Je peux partir.

En short et tee-shirt, je sautille comme un banal joggeur devant l'entrée du Shopping Diamond. Mirela est en retard. Ou alors elle ne viendra pas parce que le Capitão *lui a interdit de sortir. Un jour, je le tuerai.*

Le Porsche Cayenne arrive enfin. Son chauffeur a un œil blanc. Il doit faire peur. Mais pas à moi. Il ouvre la portière arrière. Elle sort à son tour. Elle est toujours aussi belle, plus encore même. Elle entre dans le Mall et le père Noël à l'entrée reluque ses fesses quand elle passe. Personne ne peut résister. J'attends un peu mais lorsque je m'apprête à la suivre, un Toyota Hilux se gare derrière le 4 × 4. Le pare-brise est teinté, mais quand le conducteur descend sa vitre, je le reconnais. Vargas. Le Capitão *est assis à ses côtés. Il observe le centre commercial. Il ne fait pas confiance à Mirela. Il a raison. Mais du coup, je ne vais pas pouvoir la voir aujourd'hui. Trop dangereux.* Porra!

Il fait meilleur la nuit, plus frais. On est dans une chopa-ria *du quartier de Lourdes. Gabi est heureuse, même si elle lutte contre le sommeil qui la submerge. J'ai glissé une autre dose d'antihistaminique dans sa bière. Je m'en veux, mais je sais qu'elle ne comprendrait pas.*

J'ai mis Gabi dans un taxi, je n'ai pas eu à trouver une excuse, c'est elle qui a tenu à ce que je reste. Pour profiter de mes nouveaux amis, comme elle l'a dit. Mes nouveaux amis, je les emmerde. Ils ne font que râler sur ce pays qui d'après eux sombre à cause des assistés, des homos et des marxistes et ils rêvent d'un gouvernement fort et impitoyable. Bande de cons!

J'attends, assis avec eux en faisant semblant d'acquiescer. Gabi ne revient pas. Parfait, je peux y aller.

J'ai trop bu. J'ai failli me perdre. C'est la Rua Felipe dos Santos? Ma ville a changé pendant mon absence. J'appelle Mirela. Messagerie. J'essaie encore. Elle finit par décrocher. Je lui explique pourquoi on ne s'est pas vus aujourd'hui, mais qu'on peut se rencontrer maintenant. Elle m'interrompt. Elle pense que le Capitão *est au courant de mon retour. Il faut que je quitte le pays, dit-elle. Elle ne peut pas parler trop longtemps. Elle raccroche. J'ai envie de hurler.*

C'est quoi cette église ? Je me suis encore perdu. J'entends des pas. Peut-être qu'on pourra me renseigner. Je me tourne. C'est un malandro *maigre comme une paille qui me fixe en frissonnant. Il n'a trouvé que moi comme proie ? Il tremble de plus en plus. La coke ? La peur ? Puis il sort un couteau et court vers moi. Il a tort. J'ai grandi dans la rue moi aussi. Dressé au combat. Mais ce* filho da puta *est rapide. Il m'entaille la jambe, les bras, les mains. Mon sang gicle sur lui. Il va finir par m'avoir. Je fais mine de tomber. Il se penche pour m'achever. Je lui bloque le bras, le plie en deux. Il se retrouve avec la lame contre son torse de crevette. Il ne comprend pas comment ça s'est passé. Je pivote, il se retrouve sous moi et j'appuie de tout mon poids. La lame s'enfonce jusqu'à son cœur comme dans une motte de beurre. Il ne bouge plus. Je regarde autour de moi. Personne. Je sors mon téléphone et appelle Klebber.*

Il veut fuir d'ici et me soigner. Je lui dis que je vais bien, qu'il faut d'abord se débarrasser du corps du malandro *et passer à la deuxième partie du plan. Je lui explique l'idée que je viens d'avoir. Il refuse, c'est impossible, et puis il faut de l'argent pour payer les policiers et les employés de l'IML. Je sors des liasses. L'argent de Yannis. Mon frère secoue la tête, il dit que je suis fou, j'insiste, c'est la seule façon pour que le* Capitão *se sente tranquille. Il accepte enfin. On jette le* malandro *dans le coffre de la Fiesta. Klebber appelle ses contacts. Ils négocient, et ils sont d'accord. Je vais disparaître. On me croira mort.*

– Mais je t'ai *vu* mort !

C'était la première fois que Gabi l'interrompait. Ils s'étaient isolés dans la pièce d'affinage pour ne pas réveiller Mirela. Flávio écoutait, appuyé contre la porte, Celso était assis sur une caisse, Gabi était restée debout et le toisait avec un regard noir. Les frigos bourdonnaient avec un son métallique en accord avec la tension régnant autour d'eux.

– Tu ne m'as pas vraiment vu. J'étais derrière une vitre, tu ne pouvais pas me toucher, tu étais bouleversée et tu étais obsédée par mes blessures aux mains. Et elles étaient vraies, elles.

Il attendit pour voir si elle avait d'autres remarques. Silence. Il reprit son récit…

Des bruits de friture. Ce sont les moustiques qui grillent dans les néons de l'IML où sont entreposés les corps en attente. Cinq cadavres sur les tables d'aluminium. Un vieux au corps flétri, une femme au visage enflé par les coups, deux trentenaires tués par balles et un ado victime d'un accident de moto. Il faut aller vite maintenant que l'identification est passée. Elle n'a duré que trois minutes. Trois minutes sans bouger sous le tube de verre. Simple. Klebber me tend un sweat à capuche. On paie le jeune gars. Il doit avoir seize ans. Personne ne peut croire qu'il s'occupe des autopsies. Et pourtant ils y ont cru. Gabi. Et la flic. Mais elle c'était facile, elle était toujours au téléphone.

L'appartement est minuscule. Comme celui de Gabi à Paris, mais il y fait bien plus chaud. Plus humide aussi. Il n'a pas plu comme ça à Béaga depuis des années, me dit Klebber qui me soigne. J'ai mal aux mains, aux bras, aux jambes.

Mais ça a marché, je suis mort pour tout le monde. Mirela doit souffrir et je ne peux pas la prévenir. Gabi aussi doit être triste, mais elle c'est différent, je la connais depuis moins longtemps, elle m'oubliera vite chez elle, là-bas en Europe. J'ai trois semaines devant moi pour récupérer Mirela en douceur. Trois semaines avant son mariage. Tout va bien se passer.

Mais non, tout ne se passe pas bien. Gabi est revenue. Pourquoi ? Je l'aimais bien, on avait passé du bon temps ensemble, mais il n'y avait jamais rien eu de sérieux entre nous. Et pourtant elle est là et elle fouille partout, elle a même mis un journaliste sur le coup, elle va tout foutre en l'air.

Gabi secoua la tête, ébahie et dégoûtée.

– On a vécu ensemble pendant plus d'un an, et tu appelles ça « rien de sérieux » ?

– On s'entendait bien, c'est vrai, mais de là à...

– Attends ! Quand tu dis que j'allais tout foutre en l'air, tu veux dire que... c'est toi qui as volé mon sac, qui as mis ce mot dans ma chambre et qui m'as frappée le soir de Noël ?

– On voulait juste te faire peur.

– En me tabassant ?

– Klebber y est allé un peu fort.

– Un peu ? Je me suis retrouvée à l'hôpital !

Celso répéta qu'il ne lui avait pas voulu de mal, juste qu'elle reparte. Il était retourné se cacher. Il était prêt à passer à l'action. Mais Flávio l'avait averti que Mirela s'était échappée et s'était réfugiée chez lui.

Gabi se tourna vers Flávio.

– Tu savais que Celso était vivant. Et toi aussi tu m'as menti ?

– Je ne voulais pas m'en mêler, je t'ai dit.

– Mais putain c'est quoi votre famille ? Grandir dans la rue ça ne donne pas l'autorisation d'être d'infâmes salopards !

Celso voulut intervenir :

– Tu dois comprendre que…

– Toi maintenant tu fermes ta gueule. Je ne veux plus rien savoir !

Tremblant de colère, elle se dirigea vers la sortie. Mais elle s'empara d'une pelle et pivota en la lançant en fléau sur Celso. La lame le percuta à plat sur le visage, il bascula de sa caisse et chuta sur le ciment. Elle leva la pelle pour en finir avec lui. Il n'aurait plus à jouer au mort cette fois !

Gabi

Comme l'enregistrement du vol pour Brasília n'était pas encore ouvert, elle visita mollement les boutiques de souvenirs de l'aéroport – *maillots de bain, bouteilles de cachaça, tee-shirts/briquets/mugs aux couleurs du Brésil* –, entra dans une librairie – *magazines féminins, livres de développement personnel, nouveau John Grisham* – et vérifia l'heure une vingtaine de fois sans pouvoir faire accélérer le temps.

Elle n'avait pas tué Celso. Son frère Flávio s'était interposé à temps. Elle aurait pourtant bien aimé le punir pour toutes ces semaines de cauchemar. Elle n'avait pas pu faire ses adieux à Rafaela. Sa fièvre était tombée, mais elle dormait et elle n'avait pas voulu la réveiller. Pour lui dire quoi d'ailleurs ? Prompt rétablissement ? À un de ces quatre ?

Son portable sonna. Numéro brésilien inconnu. Elle hésita, puis décrocha.

– Oui ?

– C'est Akapé. Allan Kardec Pacheco. Le web-journaliste. Tu vois qui je suis ?

– Très bien. C'est à cause de ton article farci de mensonges que j'ai été arrêtée par la police.

– C'est du passé. J'ai des infos sur ton Celso.

– Trop tard. Il ne m'intéresse plus.

– Tu es où ? Il faut qu'on se voie.

Les haut-parleurs annoncèrent les départs pour Rio et Manaus.

– Tu es à l'aéroport ?

– Bravo Sherlock.

– J'arrive.

– Je serai déjà partie et je te répète que…

Il avait raccroché. Elle rangea le téléphone dans sa poche et se dirigea vers les comptoirs de la TAM enfin ouverts. Mais une longue file s'était déjà formée, frétillante de voyageurs brandissant billets et passeports tout en se mitraillant de selfies. Pourquoi tant d'excitation ? Elle comprit en se souvenant de la date. On était le 30 décembre et ils partaient fêter le réveillon de fin d'année sur le Vieux Continent, pour certains à Paris, *A Cidade do Amor*!

Sa valise enfin enregistrée, elle se dirigea vers la douane. Mais là encore, elle se retrouva engluée dans un amas de passagers enthousiastes et impatients qui lui flanquaient des coups de valises à roulettes dans les chevilles. Elle préféra laisser passer ces angoissés et s'assit à l'écart pour attendre. Sur une télévision en hauteur, un journaliste arpentait la plage de Copacabana où aurait lieu la fête du lendemain et où des couples déjà éméchés s'embrassaient. Elle ressentit un dernier frisson. Elle était arrivée à la fin de son aventure, Celso ne la hanterait plus. Pourtant, elle avait la sensation d'un vide au creux de son ventre, comme si elle était en deuil de son deuil.

Quand l'accès au portique du contrôle des bagages à main fut enfin moins congestionné, elle se leva. Mais une main tapota son épaule. C'était le journaliste longiligne, Akapé. Ses cheveux étaient toujours coiffés au peigne, il sentait encore la terre mouillée et il ahanait comme s'il avait couru. Ce qu'il avait dû faire pour être arrivé si vite après son appel. Il regarda autour de lui, détesta voir tous ces uniformes, flics et douaniers, et lui fit signe de le suivre. Elle vérifia l'heure, mais elle avait encore le temps. Il l'entraîna à l'étage, choisit les sièges les plus éloignés, s'assit dos au mur pour pouvoir tout surveiller, frotta ses interminables cuisses filiformes et examina une nouvelle fois les alentours. Gabi soupira.

– Bon, je ne suis pas télépathe, alors si tu ne me dis pas ce que tu voulais, je vais y aller, j'ai un avion à prendre.

D'un signe discret de l'index, il désigna un voyageur tirant sa valise à roulettes, attendit qu'il s'éloigne, puis se pencha vers le sol et parla dans sa main :

– J'ai réussi à dénicher des infos sur ton Celso de Oliveira. J'avais raison de penser qu'il n'était pas net. Tiens-toi bien. Il y a une dizaine d'années, il jouait les gros bras pour Guilherme Napoleão Soares dans les bas-quartiers de Béaga. Il intimidait, rackettait et démolissait des types pour lui. Mais ils se sont brouillés, je ne sais pas encore pourquoi.

– Parce que le *Capitão* voulait se marier avec sa copine d'enfance.

Il se tourna vers elle, désarçonné.

– Tu connais le *Capitão* ?

– Je sais que c'est un ancien militaire bourré de fric.

– Pas n'importe quel militaire. Un de ceux chargés de la répression pendant la dictature, dans la *casa da morte* à Petrópolis, sous les ordres du colonel Paulo Malhães. Tu en as entendu parler, j'imagine ?

– Non. Mais tu sais, tout ça, je m'en fiche maintenant…

Elle regarda l'heure sur son portable et commença à se lever, mais Akapé la retint par le bras et continua :

– Le colonel Malhães a témoigné en 2012 devant la commission de la vérité sur la dictature organisée par l'ex-présidente Dilma. Il a avoué les meurtres, a détaillé les arrestations arbitraires, les tortures, et il a été tué chez lui quinze jours plus tard. Version officielle de la police : cambriolage qui a mal tourné. Mais tout le monde sait bien qu'il a été supprimé par un de ses anciens complices qui n'avait pas aimé qu'il balance tout. On n'a jamais su lequel. Le nom du *Capitão* a été évoqué. Lui aussi était connu pour son rôle de tortionnaire.

– Et pourquoi il n'a pas été arrêté, lui ?

– Personne n'a été arrêté, on n'est pas en Argentine ici.

– Tu ne viens pas de me parler d'une enquête ?

– Une commission seulement, et qui faisait œuvre d'histoire, rien de pénal. En 1979, le Brésil a voté une loi d'amnistie garantissant qu'il n'y aurait jamais de poursuite contre les militaires ou les policiers coupables d'exactions. Personne n'a été jugé, ni puni. C'est pour cela que la dictature a autant de nostalgiques qui trouvent que cette époque n'était pas si terrible, et qu'un peu d'ordre militaire ferait du bien au pays. Tout le monde me dit qu'il y a peu de chances qu'un candidat à la présidence se réclame un jour de la dictature, mais je ne sais pas, je lis sans arrêt des forums sur Internet où des aveuglés imaginent que seul un gouvernement fasciste pourra venir à bout de la corruption qui ronge notre pays. Ils se trompent bien sûr, c'est justement grâce à la dictature que le *Capitão*, comme beaucoup de son espèce, s'est enrichi, en achetant pour un prix de misère les terres de paysans expropriés de force. Et il continue d'en acquérir, la cupidité le dévore. Il ne lui manque plus qu'une parcelle occupée par des sans-terres pour avoir le plus important domaine de la région, et il est prêt à tout pour ça. Quoi ? Pourquoi tu fais cette tête ?

– Une adolescente a été enlevée pour forcer un jeune de la favela à déposer de la drogue dans le terrain du Libanais afin de le discréditer.

Les yeux d'Akapé s'étaient de nouveau agrandis.

– Comment tu sais tout ça ?

– La flic qui m'a aidée s'occupait de la disparition de la gamine. C'est le *Capitão* qui aurait fait tuer Jota-Cê ?

Excité comme un chien truffier, Akapé respirait de plus en plus vite.

– Jota-Cê, tu dis ? Donne-moi tous les noms que tu connais !

Il sortit un dictaphone, le fit tomber de ses doigts fébriles, se baissa pour le ramasser et se figea comme s'il venait de penser à quelque chose.

– Et toi ? Le *Capitão* te connaît ? Quelqu'un sait que tu es là ? Tu es venue comment ? En taxi ? Le chauffeur t'a prise où ?

– Calme-toi et respire. Je ne suis pas venue en taxi. Je me suis servie du 4 × 4 volé au *Capitão*.

– Le Hilux ? Le Porsche ? Et il est garé où ? Devant l'aéroport ? T'avais débranché le GPS ? Non ? Putain *minha filha*, faut que tu te tires tout de suite !

Il sauta de son siège.

– Dès que tu es à l'abri, tu me mailes tous les noms. Je t'enverrai une adresse sûre par texto. Dépêche-toi !

Il détala comme un lévrier. Gabi secoua la tête, vraiment parano ce pauvre garçon. Elle se dirigea vers l'escalator menant à sa porte d'embarquement. Et elle le vit.

Zika, celui aux cheveux orange qui avait tiré sur Rafaela devant le bordel.

Il n'était pas seul. Un cinquantenaire massif en treillis scrutait les passagers. Zika repéra Gabi et la désigna à l'autre qui mit la main dans la poche de sa vareuse. Il était armé ? Il n'allait quand même pas lui tirer dessus en plein aéroport ? Si ?

Elle accéléra en direction de l'escalator, mais ils lui coupèrent la route. Et si elle criait pour prévenir les flics qui patrouillaient ? Et si ces derniers étaient complices ? Elle regarda tout autour d'elle. Par où s'enfuir ?

Investigadora Rafaela

L'enveloppe ? Où est-elle ? Qui me l'a prise ? RENDEZ-LA-MOI !

Rafaela se redressa comme une renarde traquée et ne reconnut rien autour d'elle. Puis elle entendit les chèvres, le moteur lointain d'une tondeuse et le chant de ces oiseaux dont elle se rappelait peu à peu les jolis noms – *Bem-Te-Vi, Saracura, Jacurutu.* Elle souffla, rassurée. Elle était dans la chambre de la fazenda.

Elle avait chaud, elle avait froid, elle avait mal au ventre, dans le dos, aux bras, aux poignets. Épuisée, elle s'adossa aux oreillers encore humides de sa fièvre. Autant que ses blessures, elle payait ses nuits blanches et ses excès. En se disant cela, elle eut envie d'une cigarette, d'un double cheeseburger-frites et de l'animation grouillante d'un quartier louche. Il fallait qu'elle rentre chez elle.

La porte s'entrebâilla et Flávio passa la tête.

– Gabi est partie. Elle t'appellera quand elle sera en France. Tu crois que tu peux arriver à marcher ?

– *Se Deus quiser*, si Dieu le veut.

Elle essaya de se lever, mais la tête lui tournait. Il l'aida en calant son épaule sous son aisselle et en lui entourant la taille.

– Tu comptes m'emmener où comme ça ?
– Sous la douche. Tu pues.
Elle ne se vexa pas et ne fut pas gênée quand il la déshabilla. Il l'installa sur une chaise en plastique, se déshabilla à son tour en restant en slip, fit couler l'eau de la douche et la frotta avec l'énergie qu'il devait mettre pour soigner ses chèvres. Puis il la sécha, vérifia les coutures de ses plaies, refit ses pansements, lui enfila un tee-shirt qui sentait le savon et changea ses draps avant de l'installer de nouveau dans le lit. Pendant tout ce temps, il ne dit pas un mot. Il ramassa le linge et les draps sales et sortit en fermant la porte. Elle n'avait plus envie de partir, elle allait rester ici jusqu'à la fin des temps, lavée, changée et nourrie comme une truie impotente par cet homme mutique. Elle ferma les yeux et s'endormit.

La pluie s'éloignait vers les vallées voisines, même si quelques nuages effilochés s'accrochaient encore aux sommets des montagnes. Rafaela réussit à se lever et s'approcha à pas lents de la fenêtre pour respirer l'air chaud et parfumé de la fin d'après-midi. Invisible de l'extérieur derrière le rideau en coton, elle contempla Mirela étendue dans le hamac de la véranda, qui tripotait les boutons d'un vieux poste-radio posé sur son ventre dénudé, sans réussir à choisir entre les stations de *sertanejas* et celles de R'n'B. Quand Celso la rejoignit avec une carafe remplie d'un jus rouge carmin et deux grands verres, Mirela leva un œil de sa radio.
– C'est quoi ?
– Jus de jatobá, avec du miel. Comme tu aimes.

– Comme j'aimais, quand j'avais huit ans. Il n'y a pas de la bière plutôt, *querido* ?

Celso fit aussitôt demi-tour et repartit dans la cuisine. Rafaela sourit. Les hommes étaient ridicules. Les femmes aussi d'ailleurs, quand elles étaient amoureuses.

Il revint avec deux canettes de Brahma perlées de gouttelettes et, derrière son rideau, Rafaela en déglutit d'envie. Celso en tendit une à Mirela qui la posa sur la table comme si elle s'en désintéressait déjà. Il tira une chaise, s'assit près d'elle et tâta sa joue gonflée à cause du coup assené la veille par Gabi. Mirela éteignit la radio.

– On part bientôt j'espère ?

– Dès qu'on le pourra.

– C'est quoi ton plan ?

– Tout simple, on descend jusqu'à Santos, on prend un bateau pour Buenos Aires et on s'y installe.

– Avec quel argent ?

– J'en ai. Un bon paquet. Un gringo français me le devait.

– Pourquoi l'Argentine ?

– Klebber a des potes là-bas.

– Il va venir avec nous ?

– Klebber ? Ben oui, il ne va pas rester seul à Béaga.

– J'aimerais bien prendre des cours de tango. Tu crois que ce sera possible ?

– À Buenos Aires ? Il y a des chances.

Il sourit et continua de raconter leur futur voyage, sans remarquer qu'elle observait à la dérobée quelque chose au loin. Rafaela suivit son regard. Près de l'enclos du bouc, Josué, le jeune employé de la fazenda, lavait ses bottes au tuyau d'arrosage. Rafaela les avait entendus, Mirela et lui, une heure plus tôt dans le couloir. Alors qu'il lui parlait de ses économies patiemment rassemblées pour acheter son propre troupeau de chèvres, elle lui avait demandé de lui en confier une partie. Ils iraient ensemble à São Paulo, elle y connaissait du monde, elle le rembourserait dès leur arrivée, elle pourrait même trouver une affaire dans laquelle investir ensemble. Josué était tenté, ou plutôt envoûté.

Avec qui allait-elle partir ? Celso ? Josué ? Elle entendit un craquement de parquet et se tourna. Klebber, le frère aîné de Celso, se tenait devant la porte.

– Je descends au village. Tu veux quelque chose ?

Il était le plus moche des trois, et le plus dur, il n'avait pas hésité à cogner Gabi pour la pousser à rentrer en France. Il était arrivé dans l'après-midi, avec de mauvaises nouvelles. Celui qui devait les conduire jusqu'au port de Santos s'était défilé par peur de représailles du *Capitão* qui avait ameuté tout Béaga pour retrouver sa fiancée. Klebber attendait maintenant la réponse d'un ancien compagnon de prison qui lui était redevable.

Rafaela se déplaça comme une vieillarde et prit un billet de 20 reais dans son portefeuille.

– Ramène-moi des cigarettes.

– Marlboro ?

– Non, des Brésiliennes, Derby, Hollywood ou Carlton. Et fais gaffe, les hommes du *Capitão* risquent de venir dans le coin.

– Je ne crois pas. Pour le *Capitão*, Celso est mort, et il sait que Flávio ne supporte pas Mirela. On est tranquilles ici.

– Va le dire à Mirela. J'ai l'impression qu'elle est pressée de partir.

– Ce n'est pas elle qui commande.

– Tu en es certain ?

Il voulut répondre, se ravisa et sortit. Rafaela s'allongea. Elle ne voulait pas dormir, elle en avait assez de passer son temps couchée comme une comateuse. Elle ferma les yeux, juste cinq secondes.

– Rafaela ! Réveille-toi ! Rafaela !

Elle ouvrit les yeux. Il faisait nuit dans la chambre. Gabi était près d'elle. Elle rêvait ? Non. Gabi était bien là et lui racontait qu'elle n'avait pas pu prendre son avion, qu'elle avait échappé de justesse aux hommes du *Capitão*, qu'elle était venue en bus puis en taxi jusqu'ici et que, maintenant, elle ne savait plus quoi faire.

Rafaela non plus.

Gabi

« 3, 2, 1… BONNE ANNÉE ! »

Le feu d'artifice explose au-dessus de l'Arc de triomphe. Sur les Champs-Élysées, la foule se bouscule. Multitude de visages hilares sous les bonnets de laine, bouteilles de champagne, coupes en plastique et cris de bonheur face caméra…

Gabi baissa le son de la télévision. C'était déjà 2017 en France. Il manquait encore quatre heures aux Brésiliens avant de pouvoir se faire la bise et se souhaiter plein de bonnes choses.

Elle était seule dans le salon de la fazenda. Rafaela se reposait, Flávio avait prétexté du travail, Josué était parti rejoindre ses parents et Mirela devait se faire les ongles dans sa chambre avec le vernis ramené du village par Klebber qui, lui, s'entretenait à voix basse avec Celso dans la véranda.

Elle leur avait raconté sa fuite de l'aéroport, cachée au milieu d'un groupe de touristes, et avait assuré que personne ne l'avait suivie, mais Celso voulait tout de même partir sur-le-champ. Klebber l'avait convaincu que c'était risqué tant qu'il n'aurait pas trouvé la bonne personne pour les exfiltrer en douce. Mirela, elle, voulait sauter dans le premier bus pour São Paulo, et Celso ne comprenait pas pourquoi elle voulait retourner vivre dans cette ville. Flávio préférait qu'ils quittent tous sa propriété le plus vite possible, mais il savait que Rafaela ne supporterait pas le voyage. Ils avaient remis leur décision au lendemain, les nuits de réveillon portaient peut-être conseil.

Gabi zappa sur d'autres images de fêtes autour du monde, Australiens, Russes, Indiens célébrant la nouvelle année dans l'optimisme et les embrassades. Elle avait encore perdu son avion. Et cette fois, sa valise. Flávio lui avait promis qu'il l'emmènerait à Brasília, elle pourrait s'y envoler pour la France en toute sécurité. Elle n'en était plus certaine.

Elle entra dans la cuisine pour chercher quelque chose à manger. Celso avait eu la même idée et posait une poêle en fonte sur la gazinière. Ils échangèrent des banalités – *« Je fais une omelette, tu en veux ? »*, *« Non »*, *« Il ne pleut plus »*, *« Exact »* – et le silence s'installa avec une lourdeur de béton armé. Elle se rendit compte qu'elle ne ressentait plus rien pour lui. C'était si étrange. Quelques jours auparavant, elle aurait donné sa vie pour le revoir.

Elle s'apprêtait à repartir quand elle s'arrêta et se tourna vers lui.

– Pourquoi tu m'as emmenée au Brésil avec toi ?

Surpris, il éteignit le feu sous la poêle même si ses œufs n'étaient pas encore cuits, et tripota son visage tuméfié. Comme il ne répondait pas, elle continua :

– Ce n'était pas plus simple de me laisser à Paris ?

– Oui mais… tu insistais beaucoup. Et comme tu es du genre entêtée, je ne savais pas comment refuser sans que tu te méfies.

– Qu'est-ce que ça pouvait te faire que je me méfie ? Je ne pouvais que te gêner pour aller retrouver ton grand amour.

– Je ne l'aime pas. C'est comme ma sœur.

– Même le plus nul des psys te trouverait trop cliché.

Elle ne le lâcha pas du regard.

– Alors ? Pourquoi tu m'as emmenée puisque tu n'en avais rien à foutre de moi ?

Il regarda à droite, à gauche, en l'air, avant de répondre enfin :

– Je savais que je risquais gros en revenant au Brésil. Je me disais que tu comprendrais, que tu m'en empêcherais et que tu me ferais repartir en France avec toi.

– J'étais ton assurance-vie quoi.

– Je suis désolé.

Elle secoua la tête.

– Non. On est désolé quand on est en retard de cinq minutes, pas quand on joue avec la vie des autres.

Elle aurait pu le frapper encore, mais c'était à elle-même qu'elle en voulait. Elle avait surinvesti dans un amour à sens unique, comme une naufragée qui s'accroche à n'importe quel bout de bois, même le plus pourri.

Elle sortit de la maison et traversa la propriété qui sentait bon l'herbe mouillée. Une voix derrière la fromagerie. C'était Mirela au téléphone qui raccrocha et sourit en lui montrant le portable : Josué, l'employé de la fazenda, leur souhaitait une bonne année. Quand elle glissa le Samsung dans sa poche avec un geste souple de prestidigitateur, Gabi la trouva d'une élégance rare.

– Flávio m'a dit que vous alliez partir en Argentine.
Mirela eut un de ses sourires éblouissants.

– Flávio aimerait que je disparaisse le plus loin possible.

– Il faut dire que ton fiancé veut mettre le feu à la région et tuer tout le monde pour te récupérer. Ça ne te fait pas bizarre d'être au centre de cette guerre ?

– Tu penses que c'est ma faute ?

– Ben, oui.

– Je n'ai rien demandé. Celso s'est toujours senti obligé de me protéger et le *Capitão* m'a toujours aimée.

– Quand on aime, on offre des fleurs ou un bijou, pas des coups de poing.

– Il est jaloux. C'est un homme. Ils sont tous comme ça.

– Tous, je ne sais pas, mais ce n'est pas une excuse pour lui pardonner.

– Et je m'en sors comment seule ? Je n'ai pas fait d'études, je ne sais pas chanter, il me reste quoi ? Femme de ménage ? Vendeuse ? J'ai déjà donné, les clients ne me lâchaient pas tant qu'ils n'avaient pas mon numéro de téléphone et les autres vendeuses jalouses voulaient me voir morte.

– Et tu préfères dépendre d'un homme, même s'il te traite comme un paillasson ?

– Ce n'est pas pire que de crever de faim dans la rue. Ça aussi j'ai déjà donné. Les hommes se servent de moi, je me sers d'eux. J'ai de la chance, Dieu m'a donné un corps qui leur plaît.

– Et tu ne veux pas manquer de respect à Dieu.

– Non.

Mirela lui adressa un sourire. Gabi ne sut pas s'il était complice ou naïf. Des détonations éclatèrent au loin. Elle se ramassa sur elle-même, mais Mirela la rassura :

– C'est juste des pétards. Il est minuit. *Feliz ano novo querida.*

Elle se pencha, déposa un baiser sur sa joue, repartit vers la fazenda et encore une fois, Gabi ne put s'empêcher de l'admirer. Cette belle girafe était à l'origine de ses ennuis, de son amour trompeur à sa quête insensée, et pourtant elle n'arrivait pas à lui en vouloir. La nouvelle année lui apportait peut-être la sagesse – et une balle dans la tête si le *Capitão* les retrouvait.

Investigadora Rafaela

Debout près du lit, elle étirait ses bras, faisait tourner ses hanches et fléchissait les genoux. Sa cheville allait mieux, ses cicatrices ne la faisaient pas trop souffrir, mais les plis superposés de son ventre la gênaient toujours autant. De ce côté-là, rien n'avait changé. Elle sentit un regard, tourna la tête au-dessus de son épaule et découvrit Gabi qui souriait dans l'encadrement de la porte.

– Ce n'est pas un peu tôt pour te remettre au sport ?

– Je veux être prête.

– Pour les J.O. ?

– Pour la guerre. Parce qu'ils vont finir par venir.

Gabi perdit son sourire, entra et ferma la porte. Rafaela s'assit sur le lit, essuya son front, ses joues et son cou et examina la sueur accumulée sur ses doigts avant de se tourner vers Gabi.

– Je suis désolée de ne pas t'avoir crue quand tu parlais de flics corrompus.

– Et moi je suis désolée d'avoir eu raison.

– Tu n'aurais pas dû revenir, tu aurais dû avertir ton consulat et te faire rapatrier. Le *Capitão* ne laissera jamais tomber. Non seulement il va vouloir reprendre sa petite fiancée, mais aussi venger l'affront que je lui ai fait subir en fichant en l'air son plan pour nuire au Libanais.

– Je sais, mais Flávio est persuadé qu'il ne viendra pas ici.

– Flávio a fait partir Josué, il a placé ses chiens à l'entrée de son terrain et il est en train de nettoyer son fusil. Même si je ne vois pas comment il compte s'y prendre face à des hommes entraînés à tuer.

– Et toi au fait ? Pourquoi tu n'as jamais d'arme ?

Rafaela se leva en grimaçant sous l'effort, alla jusqu'au lavabo de la salle de bains pour s'asperger le visage. Quand elle s'essuya, elle vit que Gabi ne l'avait pas quittée du regard. Elle soupira et ouvrit le placard. Sa chemise lavée, raccommodée et repassée par Flávio était rangée sur un cintre. Elle souleva le rabat de la poche de poitrine, hésita, puis en sortit l'enveloppe jaunie et froissée et revint s'asseoir. Posé sur l'oreiller, le paquet de cigarettes Hollywood encore scellé brillait comme une invite malgré l'avertissement en caractères noirs « *FUMAR MATA* ». Elle le tourna dans tous les sens et le reposa sans avoir lâché l'enveloppe. Et elle parla sans regarder Gabi :

– J'étais en poste à Montes Claros, dans le nord de l'État du Minas Gerais, là où je suis née. Ce n'est pas la ville la plus dangereuse du pays, mais il y a des bandits et des crimes comme partout dans le monde. On avait été appelés sur un *assalto*, un braquage, dans une supérette. Ils étaient trois et ils avaient eu la bonne idée d'attendre un samedi matin pour faire leur coup, au milieu de familles entières. Ils ont commencé à tirer dès qu'ils nous ont vus. J'ai donné l'ordre de répliquer. Ça a duré cinq minutes.

On se serait cru en Syrie. Les trois braqueurs se sont fait descendre. Un collègue a été touché au coude. Et un gosse qui lavait les pare-brise au feu rouge a reçu une balle dans le ventre. Il est mort dans mes bras.

Elle se tut, tritura l'enveloppe, la posa sur son genou, prit le paquet de Hollywood et défit la cellophane, mais elle se ravisa et balança le paquet à l'autre bout de la chambre. Gabi désigna son tatouage sur l'épaule, le T et la série de chiffres.

– J'imagine que c'est la date de sa mort. Le T, c'est pour quoi ?

– Thiaguinho. On n'a jamais su son nom de famille. Il n'en avait sans doute pas. L'affaire a été vite close, ce n'était qu'un *vagabundo*, un gamin des rues qui dormait sur des cartons, tout le monde s'en fichait.

– Et cette enveloppe ?

Là aussi, Rafaela prit le temps de répondre. Elle se massa les poignets couverts d'hématomes jaunis, scruta Gabi, puis se lança :

– Thiaguinho avait été touché par une balle perdue, tirée soit par un des braqueurs, soit par moi. Il était dans ma ligne de tir. J'avais réclamé une analyse balistique en secret, avant de demander ma mutation.

Elle désigna l'enveloppe posée sur son genou.

– Le résultat est là.

– Et tu n'as jamais osé l'ouvrir ? Ce n'est peut-être pas toi la responsable de sa mort.

– Je sais. Peut-être que je me flagelle pour rien depuis tout ce temps et que je suis la reine des imbéciles. Mais si c'est moi, je ne suis pas sûre de pouvoir le supporter.

Elle se redressa en entendant les chiens aboyer dans le lointain.

La porte s'ouvrit sur Flávio, le visage blanc.

– C'est eux.

Gabi

Dans ses derniers moments de lucidité, sa mère passait son temps à regarder de vieux westerns sur des cassettes VHS. Gabi les trouvait nuls, les héros étaient fades, les Indiens de méchants anonymes, et quand à la fin ils mouraient, tout le monde était content. On était loin de l'ambiguïté d'*Akira* ou de la richesse de *Dragon Ball*. Mais elle se souvenait d'une image. Dans l'aube flamboyante, la tribu de cruels Apaches apparaissait à contre-jour sur la crête d'une colline. Et sa mère frémissait. De trouille et de plaisir.

L'aube s'était levée, mais personne ne se profilait encore à l'horizon. Les montagnes étaient effleurées par de délicats nuages roses, et dans la vallée le vert de la végétation scintillait de la dernière pluie, comme arrosé de paillettes d'or. Un bel endroit pour mourir.

Les trois rottweilers qui gardaient l'entrée de la propriété s'étaient tus et Flávio n'aimait pas ça. Il voulait aller voir. Il n'aimait pas non plus entendre ses chèvres bêler, souffrant qu'on ne vienne pas les traire. Il voulait y aller aussi. Mais, son fusil entre les mains, caché derrière les rideaux du salon, il surveillait l'étendue herbeuse devant sa fromagerie après avoir vu passer le Hilux gris argent qui avait disparu depuis. Celso et Klebber avaient ramassé ce qu'ils avaient pu trouver, hache, scie, pelle et pioche, et ils avaient couru à l'arrière de la maison jusqu'à la route menant au petit bois au cas où les hommes du *Capitão* contourneraient la propriété. Gabi ne voyait pas trop ce qu'ils comptaient faire armés d'outils de jardin. Creuser leurs tombes ?

Accroupie sous la fenêtre de la chambre, elle se redressa en entendant un moteur.

Le Hilux apparut de nouveau au bout du sentier et s'arrêta à deux cents mètres de la fazenda. La portière côté conducteur s'ouvrit, le *Capitão* en sortit, ses deux chiens surexcités jaillirent à sa suite, mais il leur chuchota quelques mots et ils s'assirent près de lui. Il croisa ses bras et appuya sa hanche contre le capot avec l'air tranquille d'un papa patientant à la sortie de l'école.

Dans le salon, Flávio avait épaulé son fusil en plissant les yeux pour mieux voir. Il n'y avait personne d'autre dans le pick-up, le *Capitão* était venu seul. Pourquoi ses rottweilers ne lui avaient-ils pas barré la route ? Pourquoi ne les entendait-il plus ? Le *Capitão* les avait-il tués ? Et qu'attendait-il comme cela devant sa voiture ?

La porte de la cuisine s'ouvrit et Mirela en sortit.

À l'arrière de la maison, Celso lui hurla de rentrer. Elle se tourna vers lui, haussa une épaule désolée et se dirigea vers le 4 × 4.

Gabi se souvint d'elle au téléphone la veille au soir. Elle n'appelait pas Josué, mais le *Capitão,* pour lui dire où elle se trouvait. En fin de compte, c'était lui qu'elle avait choisi, le seul qui pouvait lui garantir un avenir loin de la misère.

Les chiens bondirent pour lui faire la fête et le *Capitão* la serra dans ses bras. Elle parlementa en montrant la fazenda, il lui sourit, la fit entrer dans le Hilux et verrouilla les portières d'un coup de télécommande. Elle tambourina aux vitres mais il sortit un pistolet à crosse argentée de la poche de sa veste et tira en l'air. Aussitôt, des détonations éclatèrent venant du petit bois. Les fenêtres à l'arrière de la fazenda explosèrent. Flávio se jeta au sol. Dans la chambre, Rafaela et Gabi avaient fait de même.

Le silence revint. Au loin, Celso cria :

– Quelqu'un est blessé ?

Flávio répondit que non. La voix de Celso se fit plus proche, il avait dû sortir de son abri pour s'avancer entre l'étable et la maison.

– *Capitão*, laisse partir tout le monde, c'est entre toi et moi.

Une rafale de pistolet-mitrailleur lui répondit. Pas de négociations, pas de quartiers. Gabi se tourna vers Rafaela qui se tenait le ventre. Les points n'avaient pas tenu quand elle s'était jetée à terre et une tache de sang imbibait ses bandages, mais elle fit signe que ça allait. Gabi ne voyait pas comment. Ils allaient se faire descendre les uns après les autres, dans une version réelle de Call of Duty.

Mirela criait à l'intérieur du 4 × 4 en frappant sur les vitres, mais le *Capitão* ne l'écoutait plus. Penché, il murmura à l'oreille de ses chiens qui s'élancèrent vers la maison, comme propulsés par une arbalète.

Flávio redressa son fusil et visa les deux monstres qui n'étaient déjà plus qu'à trois mètres. Mais il ne put se résoudre à les abattre. Alors que le doberman fusait vers la porte, le pitbull préféra bondir par la fenêtre brisée et Flávio le reçut en pleine poitrine. Ils roulèrent au sol. Le pitbull planta ses crocs dans sa cuisse. Le doberman apparut à son tour. Cette fois, Flávio tira. Le molosse fut atteint à la tête et son sang aspergea les murs. Il pointa ensuite le canon du fusil vers le pitbull vissé à sa jambe. Il tira une deuxième fois et, avant de s'évanouir, il aperçut la gueule du chien qui disparaissait dans un brouillard rouge.

Gabi rampa jusqu'à lui, se forçant à oublier l'odeur de la poudre, du sang et de la chair brûlée, et tenta de le réanimer sans y parvenir. Elle récupéra l'arme et la poignée de cartouches dans sa poche de poitrine pour les ramener à Rafaela.

– Je ne saurai pas m'en servir. Toi oui.

Rafaela hésita une seconde puis s'en empara. Elle rechargea la carabine, se dirigea pliée en deux vers la fenêtre, s'accroupit, visa et tira. La balle ne souleva qu'un nuage de terre aux pieds du *Capitão*. Elle l'avait raté de peu et il courut s'abriter derrière son 4 × 4.

Gabi devait arrêter l'hémorragie de Flávio. Elle rampa vers le salon et vit par une fenêtre brisée les deux hommes à l'orée du bois. Zika était armé d'un pistolet-mitrailleur, Vargas de deux automatiques, et ils se séparèrent à l'arrière de la fazenda, avançant avec méfiance, craignant sans doute que les assiégés ne soient armés comme eux.

Gabi revint avec des torchons et improvisa un garrot à la cuisse de Flávio, toujours évanoui. Rafaela rechargea et se remit avec peine en position. Le *Capitão* en avait profité pour entrer dans son Hilux et il démarrait pour contourner les bâtiments. Cette fois, Rafaela s'appliqua et tira dans la calandre. Le moteur s'étouffa et le pick-up s'arrêta dans un soupir de ferraille. Mais un deuxième 4 × 4 surgit du sentier et freina près du Hilux. C'était le Mitsubishi blanc. Leidiane en jaillit, se posta à l'arrière du Hilux et se mit à canarder la fazenda. Mais elle ne s'était pas suffisamment cachée et Rafaela l'avait en ligne de mire. Pourtant, comme Flávio avec les chiens, elle n'arrivait pas à presser la détente.

Gabi avait réussi à arrêter les saignements de Flávio, il fallait maintenant des compresses pour Rafaela. Courbée, elle retourna dans la cuisine en jetant un œil prudent par les vitres pulvérisées. Celso était penché sur Klebber qui venait de prendre une balle dans l'épaule. Il n'avait pas vu Zika qui s'approchait dans son dos. Gabi cria pour l'avertir, et Celso se redressa en pivotant, la pelle dans les mains. Zika n'eut pas le temps de tirer. Le tranchant de la pelle lui sectionna la gorge. Il lâcha son pistolet-mitrailleur et plaqua ses deux mains sur son cou pour tenter d'arrêter les flots de sang. Celso récupéra l'arme et lui tira une rafale dans la poitrine. Zika s'affaissa, mort avant de toucher le sol. Mais Vargas surgit de l'autre côté. Il tira et Celso prit la balle dans le haut du dos. Fouetté par l'impact, il roula sur le côté, réussit à lever le pistolet-mitrailleur et tira au jugé. Les balles arrachèrent la moitié du visage de Vargas.

Pendant quelques secondes, le silence revint dans la vallée.

Puis les chèvres se remirent à bêler, Klebber à gémir et Celso, toujours à terre, souleva son pouce de deux centimètres vers le haut pour dire à Gabi que ça allait. Pour l'instant.

La cicatrice de Rafaela saignait toujours. En grimaçant de douleur, elle plaça deux nouvelles cartouches dans le fusil, mais Leidiane et le *Capitão* avançaient côte à côte en tirant en rafales et Rafaela ne pouvait plus se redresser pour répliquer. Les impacts hachaient le reste des fenêtres. Couchée au sol, Gabi couvrit sa tête de ses deux bras pour se protéger de la pluie de verre, de plâtre et de bois.

Flávio, Klebber et Celso étaient hors de combat, Rafaela trop exposée et Gabi désarmée, alors que Leidiane et le *Capitão* n'étaient plus qu'à deux mètres de la maison. C'était la fin.

Soudain, une sirène retentit. Suivie d'une deuxième.

Gabi rampa de nouveau vers la porte déchiquetée de la cuisine pour comprendre. Trois voitures de police freinaient dans des tourbillons de terre. Jenival, le collègue de Rafaela, fut le premier à fuser du véhicule de tête. Leidiane se tourna, pistolet pointé sur lui. Jenival lui tira deux balles dans la bouche. Les autres policiers encerclèrent le 4 × 4. Mirela hurla qu'elle n'était pas armée en plaquant la paume de ses mains bien en évidence sur la vitre.

Dans la confusion, le *Capitão* réussit à entrer dans la cuisine. Gabi s'empara d'un couteau pour se jeter sur lui, mais il la frappa au visage avec le canon de son pistolet. Elle tomba en arrière, il l'enjamba et pointa son arme sur son front. La crosse du fusil s'abattit alors contre son dos et il bascula contre le réfrigérateur. Livide, le flanc imbibé de sang, Rafaela dirigea sa carabine sur lui et tira. Mais le percuteur claqua dans le vide. Les cartouches devaient être trop vieilles.

Le *Capitão* braqua le pistolet sur elle, puis sur Gabi, comme s'il hésitait. Laquelle des deux allait-il tuer en premier ? Il décida en souriant : la gringa. Mais mille rayons laser lui enflammèrent le cerveau et il s'enroula sur lui-même, aveuglé par la douleur. Gabi saisit à deux mains la poêle en fonte posée sur la gazinière et l'envoya s'écraser contre son crâne.

Flávio. Jenival. Mirela.

Josué lui avait remis sa démission. Le jeune employé était désolé, mais il ne pouvait plus travailler à la fromagerie, il y avait eu trop de sang, trop de morts. Flávio aurait pu trouver un nouvel apprenti, mais il préféra se débrouiller seul, malgré sa jambe prise dans une attelle. Pour les chèvres, ce n'était pas trop problématique, il pouvait s'asseoir et brancher le système automatisé de traite. Le plus difficile avait été de creuser la tombe. Cela lui avait pris plus de cinq heures. Il la voulait large et profonde pour pouvoir les enterrer ensemble. Ses trois rottweilers, le doberman et le pitbull. Il leur avait choisi un bel endroit, en surplomb de la rivière, sous un *umbuzeiro* qui leur donnerait une ombre douce. Puis il était revenu en claudiquant jusqu'à sa fazenda, s'était installé dans le hamac de la véranda et avait contemplé les chauves-souris tournoyer dans le ciel rose.

Le *delegado* Ciro Rocha caressa son livre de sermons, s'éclaircit la voix et transmit les félicitations du maire, du préfet et de la direction régionale de la *Polícia Civil* à Jenival. Mais il avait une question, comment avait-il su que l'*investigadora* Cavalcante était impliquée ? Jenival se rengorgea, fier.

– Primo, ma sœur. Elle travaille chez ViaJap, le concessionnaire Mitsubishi de São Bento. Comme je râle toujours au sujet de mes salaires en retard, elle ne comprenait pas comment faisait ma collègue pour se payer des 4 × 4, surtout en liquide. Deuxio, Akapé, le journaliste. C'est un cousin par alliance du côté de ma mère. Il m'a averti que la gringa était menacée. Il m'a suffi de localiser le téléphone de la goui… de l'*investigadora* Tajès.

Le *delegado* grimaça. Encore ce journaliste ? Jenival le rassura, Akapé n'écrivait qu'un petit blog que personne ne lisait, c'était un vrai parano, persuadé que le pays allait un jour rebasculer dans le fascisme. Et à propos d'Internet, il en avait une bonne : c'est une *coroa* très moche qui s'inscrit sur Tinder, mais qui a zéro match, jusqu'au jour où…

Le *delegado* Ciro Rocha le laissa raconter sans l'écouter. En plus d'être un nouveau héros, l'*investigador* Jenival était l'oncle de l'assistante-parlementaire du *governador* qui, lui-même, était apparenté à la famille du *delegado*. Béaga était un œuf, il ne fallait pas risquer de le briser.

Les dents des bulldozers mordent les briques.

La journaliste enjambe les gravats.

Le ton grave, elle raconte : « … suite à l'incendie criminel, au meurtre inexpliqué d'un adolescent et aux heurts inacceptables contre les forces de police, la prefeitura *a été obligée d'ordonner la destruction des habitations illégales et l'expulsion des squatteurs. Tobias Haddad, dit le Libanais… »*

Brasília. L'esplanade du Palacio do Planálto.

Tobias au mégaphone au milieu d'un groupe de femmes levant leur visage vers lui. « … l'ancien porte-parole du mouvement des sans-terres a quitté le Minas Gerais et s'est choisi un nouveau combat. Il a pris la tête d'une association en lutte contre le nouveau projet de loi sur la prostitution… »

Retour sur la journaliste campée devant les bulldozers : « … Quant aux terrains de São Izidoro, ils viennent d'être rachetés par SojaBras, une société agroalimentaire détenue par un groupe d'industriels mineiros, qui ont assuré que… »

Mirela éteignit le nouvel écran Sony 4K. Il fallait qu'elle demande au *locutor* de lui installer Netflix. Le *locutor* saurait faire, il était efficace, dévoué et obéissant, même s'il la fatiguait avec ses vieilles histoires de rodéos.

Elle avait hésité avant de se réinstaller dans la propriété, mais elle avait eu raison de le faire. L'endroit était magnifique, il suffisait juste de revoir la décoration. Elle avait fermé la brasserie, trop de travail. Elle avait payé les enterrements de Vargas et de Zika, réglé les frais d'hôpital de Klebber et fait aménager une chambre médicalisée au rez-de-chaussée pour Celso. Au contraire de son frère aîné qui avait vite guéri de sa blessure à l'épaule, Celso n'avait pas encore récupéré de son opération. La balle avait traversé son poumon gauche, frôlant le cœur. Il était encore très faible et Mirela aimait s'en occuper comme d'un petit animal fragile.

Dès son retour, elle avait fouillé la maison, la brasserie, les granges et le garage et avait fini par dénicher le trésor de guerre du *Capitão*. Il était enfoui sous l'autel de la chapelle privée où devait avoir lieu leur mariage. De l'or, des diamants et du liquide. Énormément de liquide, des reais, des euros et des dollars.

Elle était riche. Elle ne dépendrait plus de personne. Plus jamais.

Capitão

La ligne sur l'écran bleuté dessinait des pics montagneux et des vallées tremblotantes. Sur le côté, une série de chiffres, dont le plus gros clignotait en rouge : 85, 88, 86... Des câbles gris pendaient de l'ensemble métallique comme de vieux ponts suspendus jusqu'au patches collés sur son corps flasque. Trois tubes de perfusion entraient dans un cathéter fixé à son poignet bleui par l'éclatement de trop de veines. Un quatrième tuyau passait derrière ses oreilles puis sous son nez avec deux embouts enfoncés dans ses narines.

Il avait été le roi du monde. Il n'était plus qu'un pantin. Dieu avait fini par le lâcher.

Il ouvrit les yeux. Comme à son habitude, l'infirmière était partie sans fermer la porte et ne reviendrait pas avant le lendemain matin. Le couloir était désert, le policier de garde devait être encore en train de fumer dans la cour du rez-de-chaussée. Dans la salle vitrée face aux ascenseurs, les aides-soignantes riaient en se montrant des photos de leur réveillon sur leurs smartphones. C'était le moment.

Il serra les mâchoires, agrippa les montants latéraux du lit et se redressa. Mais le chiffre rouge s'affola sur l'écran : 95, 98, 102…

Il s'immobilisa pour calmer les battements de son cœur et empêcher l'alarme de se déclencher.

100, 95, 88…

Quand son rythme cardiaque fut stabilisé, il bascula ses jambes sur le rebord du lit, ses jambes nues et blanches sous l'absurde chemise de nuit au tissu imprimé comme un drap d'enfant.

On lui avait retiré ses menottes à la demande des médecins, persuadés qu'il ne pouvait aller nulle part dans son état. La tumeur grossissait comme une inéluctable marée noire, les cellules se divisaient, s'ajoutaient, se multipliaient dans une folle orgie arithmétique. Lui qui avait adoré l'ordre, c'était l'anarchie qui dévorait son cerveau. Les âmes funèbres allaient gagner la partie.

Mais il ne les laisserait pas le dominer.

Il éteignit le scope, ôta les trois patches de l'électrocardiogramme sur sa poitrine et retira le tube d'oxygène de ses narines ainsi que les tuyaux du cathéter de son poignet. Un dernier coup d'œil pour vérifier le couloir derrière la porte entrebâillée. Toujours désert. Les télévisions des autres chambres claironnaient la chanson du générique de la *novela* de huit heures :

« *Tudo o que você faz, um dia volta pra você* (tout ce que tu fais, un jour se retourne contre toi). »

Le chanteur était ce type qu'il détestait, Renato Russo, un homosexuel mort du sida, puni par Dieu comme il le disait.

Il prit appui sur la table de nuit pour se lever. Le carrelage était froid sous ses pieds nus, c'était agréable. Il alla jusqu'à la porte, la ferma avant de traverser la chambre jusqu'à la fenêtre.

Sur l'autoroute en contrebas, les réverbères faisaient briller les voitures comme des jouets dans une vitrine. Au-dessus des montagnes, le ciel était bleu cobalt et une première étoile brillait. Vénus. Déesse de la beauté et de l'amour. Il avait essayé de lui apprendre le nom des étoiles. Mirela riait. Se trompait. Riait encore.

Il fit coulisser la vitre. L'air était doux. Il ne pleuvrait pas cette nuit. Il grimpa sur le fauteuil, mit le pied sur le rebord et se jeta dans le vide.

Investigadora Rafaela

Isabel lui avait envoyé plusieurs textos pour lui dire qu'elle l'avait invitée sur Facebook, mais qu'elle ne l'avait toujours pas acceptée. Rafaela lui répondit pour la remercier, ouvrit sa propre page, ouverte un soir d'ennui, et supprima son compte.

Comme elle arrivait maintenant à se baisser sans trop geindre, elle aida Francielly à faire un grand ménage. Elles jetèrent une vingtaine de bouteilles et Francielly repartit avec le reste des pansements et des sprays antiseptiques pour les prochaines opérations de sa fille. Rafaela alluma des bougies parfumées et eut de nouveau l'impression d'avoir emménagé dans un appartement témoin.

Il lui restait encore trois semaines de congé. Elle avait envisagé de partir quelques jours à Montes Claros pour voir sa famille et ses amis d'enfance, avant de réaliser qu'elle n'en avait pas vraiment envie. Ses amis étaient mariés, avaient des enfants et des emplois normaux, qu'allait-elle leur raconter ? Qu'elle avait pris une balle en s'échappant d'un bordel ? Qu'elle avait été soignée par un rebouteux dans une fromagerie ? Quant à son père, il allait encore lui reprocher son poids, son manque d'ambition et sa coupe de cheveux.

Elle avait perdu trois kilos chez Flávio, entre la fièvre et les infusions d'Artur, mais elle en avait déjà repris cinq en restant assise devant la télévision à engloutir des plats surgelés.

Elle fit le siège du bureau du *delegado* Ciro Rochas. Épuisé par ses visites, il accepta qu'elle anticipe son retour.

Elle devait reprendre le lendemain. Retour aux enquêtes, et à Jenival et ses blagues tordantes. Elle ne lui avait pas encore dit merci de l'avoir secourue. Il avait tué Leidiane. Ses nuits étaient-elles agitées ? Non, il devait dormir comme un hippopotame rassasié.

Son paquet rouge et blanc de Hollywood était toujours intact. Elle le balança dans la poubelle et alluma la télévision. Un député fédéral au visage congestionné par la colère, ou la bêtise, vitupérait contre la *bolsa familia*, le programme social en faveur des sans-ressources qui, selon lui, favorisait la paresse et aggravait la crise. Il continuait de réclamer un gouvernement fort, appuyé par l'église et surtout l'armée, qui seul pouvait…

Rafaela soupira et zappa.

The Voice. Une adolescente mignonne et mal maquillée hurlait du Adèle :

« *I must've called a thousand times / To tell you I'm sorry for everything that I've done…* »

Aucun fauteuil ne se retourna.

Elle éteignit.

Assise sur le canapé du salon, elle leva les yeux vers la statuette de *Nossa Senhora* et le Christ crucifié qui l'observaient, attendant qu'elle prenne sa décision. Elle baissa son regard sur l'enveloppe posée devant elle sur la table basse.

L'enveloppe jaunie et froissée.

Elle en eut assez. Elle attrapa le briquet et mit le feu à l'enveloppe. Elle la regarda se consumer jusqu'au bout dans le cendrier, puis se leva en s'appuyant sur les accoudoirs, alla récupérer le paquet de cigarettes dans la poubelle et sortit prendre un verre. Juste un. Et puis on verrait.

Gabi

Belo Horizonte. Dimanche 8 janvier 2017.

Le consulat lui avait remis un duplicata de son passeport, sa banque lui avait envoyé une nouvelle carte bleue par UPS et la TAM l'avait mise sur une nouvelle liste d'attente, en priorité cette fois, cela prendrait seulement quelques jours, qu'elle se tienne prête.

La praça da Liberdade avait encore ses habits de fête, un orchestre amateur jouait du Mozart avec délicatesse, l'air sentait le maïs grillé, le caramel et les fleurs délicieusement pourrissantes. Gabi longea les palmiers impériaux en effleurant le pansement sur sa pommette, celle percutée par le pistolet du *Capitão*. Elle allait avoir une cicatrice, mais elle en aimait l'idée, ça lui donnerait un côté rebelle. Elle acheta une canette de guaraná à un marchand ambulant, entra dans sa voiture de location, débrancha son téléphone, tant pis si la compagnie aérienne l'appelait, et prit la direction du nord, sans rien demander au GPS.

Elle n'avait pas encore envie de rentrer. Pour se retrouver en hiver ? Revoir ses collègues du centre de formation ? Elle avait plutôt envie de savoir si c'était vrai que le

Minas Gerais était la plus belle région du plus beau pays du monde, comme le lui avait si souvent répété Rafaela. Même pauvre, violente, injuste et toujours au bord d'un basculement fatal, cette terre lui ressemblait, et elle se sentait bizarrement bien ici. Et surtout, elle qui avait toujours recherché la compagnie, même la plus mauvaise, elle avait envie d'être seule pour la première fois de sa vie.

Elle profita de son arrêt au dernier feu de l'avenida do Contorno à la sortie de la ville pour chercher une station de radio *sertaneja*, sans voir les deux enfants assis sur le bord du trottoir qui lui faisaient de grands signes. Le feu passa au vert et elle accéléra vers la sortie de Béaga, coude à la fenêtre ouverte.

Naïma continue d'agiter ses bras, mais la Ford Ka se fond au loin dans la circulation. Elle hausse les épaules et se rassied sur le bord du trottoir, près de Thiaguinho qui aspire avec sa paille les dernières gouttes du Coca.

Il se tourne vers elle.

— Je t'ai dit que j'ai trois enfants ? L'aîné est avocat. Ma fille a épousé le maire de Béaga. La plus jeune est chirurgien plastique. Et toi ?

– J'ai ouvert ma galerie d'art rue Jacob, à Paris. Je peins aussi. J'ai vendu deux toiles au MoMA de New York.

Naïma caresse sa tache de naissance sur la joue en regardant les pieds sales du garçon. Il les glisse sous lui. Elle redresse le visage.

– En vrai, tu aurais eu quoi comme vie si tu n'étais pas mort ?

– Une vie de merde, je pense.

– Moi pareil.

Ils éclatent de rire en se cachant la bouche dans la main. Et le beau soleil de janvier les éblouit jusqu'à les rendre transparents.

Remerciements

Mort à Béaga a été écrit suite à mes longs séjours au Brésil, mais aussi grâce aux livres des autres. C'est un écrivain, Pierre Lemaitre, qui a lancé cette idée de revendiquer haut et fort ses influences, quand ce ne sont pas des emprunts ou purement des vols à l'arraché. Donc merci à ces auteurs que je ne connais pas et que je connais pourtant si bien : Rosa Montero, Aaron Gwyn, Graham Hurley, Andrea Camilleri, Stephen King, Lawrence Block, Inia Asano, Ron Rash, Ken Bruen, Adrian McKinty, Lauren Beukes, Jo Nesbø, Maurizio de Giovanni, André de Leones, Fernando Bonassi.

Et Pierre Lemaitre, donc.

Mes recherches à Belo Horizonte n'auraient pu être accomplies sans l'aide de plusieurs amis précieux. *Muito obrigado* à :

Alexandre Segur, qui m'a présenté à Isabella Ricci et Vinicius, qui à leur tour m'ont guidé vers la fromagerie Capri-Vita d'Onivaldo Ramos Leão et la cachaçaria São Gonçalo do Bação à Itabirito.

Andreia et Jean-Marie Chavent, qui m'ont conduit à Regina Ganz (mon guide dans les bas-fonds tragiques de Béaga), Maître Luciana Goulard et sa sœur Analu, de la *Polícia Civil*, qui elles m'ont mené jusqu'à l'*investigadora* Karina Silveira de la *Polícia Federal*, le Dr Marcelo Mari de Castro de l'IML, l'*investigador* Tiago Zacarias del Maestro et l'*investigador* Lucas Guimares de la Brigade des disparitions, l'*investigador* João Batista Lauria et l'*investigador* Juliano N. Silva de la Brigade des homicides.

Merci aussi à Roberto qui m'a parlé, pas toujours en bien, de sa ville ; à Reinaldo, chauffeur de taxi et, lui, grand amoureux de Béaga ; ainsi qu'au personnel de l'Holiday Inn BH Savassi.

Merci à Thierry Aguila qui a fait rebondir le roman (*à toi maintenant*).

À Patrick Coulomb qui y a cru.

À mon agent, Christophe Ledannois, et toute l'équipe de Quelle Belle Histoire.

À Nadia, Ninor, Madjid et toute l'équipe de l'Ami Justin pour les moments de calme.

À coach Guillaume Meichtry de me maintenir en forme.

Et enfin à Violaine Chivot, qui a insisté, et à Léna Pérard, qui a pris le relais avec toute l'équipe des éditions du Masque, Florence Junker pour la correction et Louise Cand pour la jolie couverture.

Et un merci spécial à mes premiers lecteurs, Florence, Clara, Pierre, Muriel et Serge.

Photocomposition Belle Page

Achevé d'imprimé en mai 2022
par l'imprimerie Bussière
18200 Saint-Amand-Montrond
pour le compte des Éditions J.-C. Lattès
17, rue Jacob, 75006 Paris

LE MASQUE
s'engage pour l'environnement
en réduisant l'empreinte carbone
de ses livres.
Celle de cet exemplaire est de :
950 g éq. CO_2
Rendez-vous sur
www.lemasque-durable.fr

PAPIER À BASE DE FIBRES CERTIFIÉES

N° d'édition : 01 – N° d'impression : 2065174
Dépôt légal : juin 2022
Imprimé en France